KB093578

HAMLET

셰익스피어 4대 비극

햄릿

—

윌리엄 셰익스피어 지음

이태주 옮김

WILLIAM

SHAKE

SPEARE

푸른생각

햄릿

초판 1쇄 인쇄 · 2022년 1월 25일
초판 1쇄 발행 · 2022년 2월 5일

지은이 · 윌리엄 셰익스피어
옮긴이 · 이태주
펴낸이 · 김화정
펴낸곳 · 푸른생각

편집 · 지순이 | 교정 · 김수란, 노현정 | 마케팅 · 한정규
등록 · 제310-2004-00019호
주소 · 서울시 마포구 토정로 222 한국출판콘텐츠 402호
대표전화 · 02) 2268-8707
이메일 · prun21c@hanmail.net / prunsasang@naver.com
홈페이지 · http://www.prun21c.com

ISBN 979-11-92149-05-9   03840
값 19,000원

셰익스피어의 비극 세계는 선과 악이 혈투를 벌이는 무대입니다. 햄릿은 클로디어스와 대결합니다. 리어 왕은 고네릴과 리건과 대결합니다. 에드거는 에드먼드와 대결합니다. 이아고는 오셀로와 대결합니다. 맥베스는 덩컨 스코틀랜드 왕과 대결합니다. 코델리아는 왜 죽어야 합니까. 데스데모나는 왜 죽어야 합니까? 리어 왕, 햄릿, 오셀로, 덩컨은 왜 그렇게 죽어야 합니까? 글로스터 백작은 왜 두 눈을 빼앗겼습니까? 거트루드는 왜 독약을 마셔야 했습니까? 싸움은 끝나지 않습니다. 전쟁은 계속됩니다. 선은 악이 제압하고, 악은 자멸합니다. 세상은 말세의 혼란이요 황무지입니다. 셰익스피어는 이런 문명의 황야 속에서 펜을 들었습니다. 그는 역사와 대결합니다. 그는 악의 근절을 위해, 평화와 질서를 위해 싸웁니다. 그의 작품은 악에 대한 저항의 선언이요, 절실한 기도요 통곡입니다.

비극을 읽고 참담했을 때 아리스토텔레스는 위안이 되었습니다. 비극이 주는 정화작용, 카타르시스(Katharsis) 때문입니다. 비극은 인간의 마음에 건강한 효과를 미친다는 것입니다. "연민과 공포를 통해 감정을 정화시킨다"는 것입니다. 병적인 정서는 다분히 주관적이고, 개인적이며, 자기중심적인 요소가 됩니다. 우리는 비극을 통해 비극적 인물과 그 상황에 동화되면서 자기중심적인 몰입에서 차츰 벗어나 '외부'로 자신의 존재가 확산되는 것을 알게 됩니다. 동정(同情)을 통한 영혼의 확대는 심리적이며 도덕적인 건강에 이롭게 작용합니다. 비극이 인간 생활에서 일어날 수밖에 없는 불가피성을 비극의 수용자는 인식하게 되고, 우리의 통찰력은 고통을 극복하고 얻어지는 조화로운 정신적 안정을 모색하게 됩니다. 이 때 도달되는 정화작용을 통해 정신은 새로운 삶의 인식에 도달합니다. 비극작품은 행동의 모방을 통해 동화작용을 일으키면서 개인의 영역을 벗어난 보편성(universality)을 얻게 됩니다. 비극작품은 질서와 조화의 가능성과 필요성을 역설하는 수단이 됩니다. 아리스토텔레스는 그의 『시학(Poetics)』을 통해 이 같은 요지의 견해를 피력했습니다.

세상에서 가장 많이 읽히는 책은 성서와 셰익스피어 작품이라고 합니다. 성서는 하느님의 메시지입니다. 셰익스피어 작품은 인간에 관한 기록입니다. 셰익스피어 작품에는 성서에 관한 수많은 인용이 있습니다. 성서 속에 셰익스피어가 있고, 셰익스피어 속에 성서가 있습니다. 당시 셰익스피어는 제네바 판 성서를 읽었습니다. 엘리자베스 시대는 르네상스 문화 속에 있었지만, 여전히 중세는 짙게 남아 있었습니다. 그 가운데서도 종교입니다. 국민들은 매주 의무적으로 교회에 가서 성경을 읽었습니다. 교회에 모습이 보이지 않으면 우범자로 낙인 찍혔습니다. 의무적으로 교회에 가는 것도 아닙니다. 교회에 가서 기도를 올리지 않으면 안 되는 세상이었습니다. 기근과 전염병이 시도 때도 없이 발생했습니다. 종교적 갈등과 반목이 심화되었습니다. 사람들이 체포되어 투옥되고 고문당하고 처형되었습니다. 런던 다리 난간에는 대역 죄인의 시체가 수시로 걸려 있었습니다. 엘리자베스 시대 영국은 태평천하를 외쳤지만 외세의 침략과 반란은 국민적 불안의 요인이었습니다.

셰익스피어는 어릴 적부터 어머니로부터 성서를 배우고, 문법학교에서 성서를 이수했습니다. 매주 교회에 참례하면서 그의 머리는 성서로 가득 찼습니다. 그의 작품에 성경 구절이 광범위하게 깔리는 이유입니다. 비극작품 시대가 끝나고 마지막으로 발표한 작품이 〈템페스트〉입니다. 이 작품은 인생에 대한 셰익스피어의 고별사입니다. 원수들이 탄 배를 마술로 난파시켜 자신의 동굴 앞에 일행들을 끌고 와서 복수를 하려는 순간 프로스페로는 연민의 정을 느껴 자신을 파멸시킨 원수를 용서했습니다. 그때의 그의 대사입니다.

> 이자들의 극심한 악행은 뼈에 사무치고 치가 떨리지만
> 고귀한 이성의 힘으로 분노의 정을 억제하자.
> 용서하는 미덕은 복수보다
> 더 거룩한 행위가 된다.

용서하고, 기도하는 기나긴 생의 과정을 셰익스피어와 그의 시대는 되풀이하고 있었습니다. 그의 작품 37편은 그런 과정을 품고 있는 다양한 인간의 기록입니다. 프랑스의 소설가이며 문화부장관을 지낸 앙드레 말로는 말했습니다. "신이 나에게 인간이란 무엇인가라고 묻는다면, 나는

루브르 박물관을 보여주겠다." 그렇습니다. 수많은 그림도, 셰익스피어의 작품도 인간이 살아오고 살아가는 생생하고 피눈물 나는 생생한 기록입니다. 셰익스피어의 비극은 복수극입니다. 그 대표적인 작품이 〈햄릿〉입니다. 햄릿은 복수의 길에서 용서의 길로 마음의 행로를 바꿉니다. 코델리아는 자신을 버린 리어 왕을 용서합니다. 포샤는 법정에서 유대인 고리대금업자 샤일록에게 자비심을 베풀고 용서하라고 강권합니다. 〈심벨린〉에서 이모진의 부친 심벨린은 "모든 사람을 용서한다"고 선언합니다. 〈겨울 이야기〉에서 레온티즈는 질투심에 눈이 멀어 온갖 복수극을 자행하지만 그의 아내와 딸은 자비심을 베풀어 그를 용서합니다. 이 같은 용서의 덕행이 절정에 도달한 작품이 〈템페스트〉입니다. "원수를 사랑하라"는 기독교의 이웃사랑은 용서하는 행동에서 시작됩니다. 누가복음은 전하고 있습니다. "하느님 아버지시여, 이자들을 용서해주십시오. 그들은 자신들이 무슨 일을 하고 있는지 모르고 있습니다." 셰익스피어 작품에는 허다한 용서의 장면이 펼쳐지고 있습니다.

셰익스피어는 전성기를 지나면서 자신의 인생, 자신의 작품을 회고합니다. 맥베스에서 그는 인생에 대한 체념을 전달하고 있습니다. "인생은 바보들의 넋두리요, 온갖 소리와 분노로 가득하지만 아무런 의미도 없다." 리어 왕은 비극의 근원을 건드립니다. "인간은 울면서 이 세상에 태어났다. 알고 있는가. 처음으로 공기를 들이마실 때, 우리는 고통 속에서 울며불며 아우성쳤다." 충신 켄트는 리어 왕의 참극을 보면서 울부짖었습니다. "이것이 세상의 종말인가?" 셰익스피어는 햄릿을 통해 실토합니다. "우리들 인간은 모두가 죄인이다. 누구 하나 믿을 사람이 없다." 이 말은 사도 바울이 로마인의 편지 속에서 언급했던 내용 그대로입니다. 셰익스피어는 자신의 인생관을 정리하면서 〈템페스트〉를 들고 런던에 작별을 고하면서 이 작품의 주인공 프로스페로가 되었습니다. 이 작품에서 전달한 셰익스피어의 고별사는 다음과 같습니다.

> 이제 여흥은 끝났다. 지금까지 연기를 했던 배우들은
> 이미 말했던 것처럼 모두 요정들이다.
> 대기 속으로, 아련한 공기 속으로 녹아 들어갔다.
> 환상 속의 가공의 현상처럼
> 구름에 닿는 마천루도, 화려한 궁전도
> 장엄한 사원도, 거대한 지구 자체도
> 지상에 있는 모든 것은 결국 녹아들어
> 지금 사라진 환영처럼 그 자리에는
> 아무런 흔적도 없이 사라진다.
> 우리 인간은
> 꿈같은 실타래로 짜여지고 있다네.
> 하염없는 인생을 꾸미는 것은 잠이다.

　기도와 자비심과 용서는 셰익스피어가 작품에서 남긴 유언의 '키워드'입니다. 셰익스피어 비극의 끝머리는 항상 그렇게 마무리되었습니다. 셰익스피어는 〈햄릿〉, 〈리어 왕〉, 〈오셀로〉, 〈맥베스〉 등 비극의 주인공들이 겪은 환멸과 절망 너머로 인간의 가능성과 희망을 보았습니다. 그의 비극을 읽는 희열과 행복은 바로 이것입니다.

2021년 12월
옮긴이　이태주

햄릿

Hamlet

등장인물

클로디어스_ 덴마크 왕

햄릿_ 덴마크 왕자. 선왕의 아들이며 클로디어스 왕의 조카

폴로니어스_ 클로디어스 왕의 고문관이며 재상

호레이쇼_ 햄릿의 친구

레어티즈_ 폴로니어스의 아들

볼티먼드, 코닐리어스, 로젠크랜츠, 길든스턴, 오즈릭_ 궁신들

시종

마셀러스, 바나도, 프랜시스코_ 경호병들

레이날도_ 폴로니어스의 하인

배우들

두 어릿광대들_ 무덤 파는 일꾼

포틴브라스_ 노르웨이 왕자

부대장

영국 사신들

거트루드_ 덴마크의 왕비. 햄릿의 어머니

오필리어_ 폴로니어스의 딸

햄릿 부왕의 망령

그 밖에_ 남녀 귀족들, 군인, 선원, 사신, 시종들

장소

덴마크

제1막

제1장 엘시노성

　엘시노 궁성 망대의 좁은 통로. 좌우의 포탑으로 통하는 문. 한밤 중, 별이 총총한 추운 밤. 열두 시를 알리는 종소리. 무장한 보초병 프랜시스코가 왔다 갔다 하고 있다. 이윽고 똑같이 무장한 바나도가 궁성에서 나온다. 어둠 속에서 프랜시스코의 발소리를 듣고 바나도, 소스라치게 놀란다.

바나도　누구야?

프랜시스코　넌 누구냐? 정지. 신원을 밝혀라.

바나도　국왕 만세!

프랜시스코　바나도?

바나도　그렇다.

프랜시스코　꼭 제 시간에 왔군.

바나도　막 열두 점을 쳤어. 가서 자게, 프랜시스코.

프랜시스코　교대해줘서 고마우이. 가슴까지 꽁꽁 얼어붙는군. 기분이 언 짢아.

바나도　별일 없었나?

프랜시스코　생쥐 한 마리 얼씬 안 했네.

바나도　잘 가게. 호레이쇼와 마셀러스를 만나거든 빨리 오라고 해. 나와 함께 보초 설 친구들이니.

　　호레이쇼와 마셀러스 등장.

프랜시스코　인기척이 나는군. 정지, 누구얏!

호레이쇼　이 나라의 백성.

마셀러스　덴마크 왕의 충신.

프랜시스코　수고하게, 난 물러가네.

마셀러스　여봐, 바나도!

바나도　어라, 호레이쇼도 거기 있었나?

호레이쇼　그렇게 됐네.

바나도　잘 왔네, 호레이쇼. 잘 왔네, 마셀러스.

마셀러스　그래, 그것이 오늘 밤에도 나타났나?

바나도　아직은 못 봤네.

마셀러스　호레이쇼는 그것이 우리의 망상이라면서 통 믿어주질 않아. 우린 그 무시무시한 것을 두 번씩이나 목격했는데 말이야. 그래서 오늘 밤엔 우리와 함께 망을 보자고 했지. 이 밤을 꼬빡 새우면서 말이네. 만약에 그 허깨비가 나타난다면, 호레이쇼도 우리의 눈을 믿어줄 게 아닌가. 그 허깨비한테 말을 걸어볼 수도 있고.

호레이쇼　웃기는 소리 마. 보이긴 뭐가 보인다고 그래?

바나도　잠시 앉아서 내 말 좀 들어보게. 이틀 밤이나 우리는 이 눈으로 똑똑히 봤어. 귀를 세우고 잘 좀 들어봐.

호레이쇼　그래, 앉아서 바나도 얘길 들어보세.

바나도 바로 어젯밤이었어. 북극성 서쪽에 있는 저 별이 늘 달리던 궤도를 지나 지금 빛나고 있는 바로 저 부분의 하늘을 비추고 있을 때였지. 마셀러스와 나는 단둘이서…… 좋은 한 점을 치는데…….

　　　유령 등장

마셀러스 쉿, 조용히 해. 또 나타났어.

바나도 승하하신 선왕의 모습 그대로군.

마셀러스 호레이쇼, 자넨 학자지? 말 좀 걸어보게.

바나도 선왕의 모습 그대로지? 호레이쇼, 잘 봐두라구.

호레이쇼 똑같군. 두렵고 놀라워 가슴이 오그라드는 것 같네.

바나도 말을 걸어줬으면 하는 눈치야.

마셀러스 물어봐, 호레이쇼.

호레이쇼 그대는 누군가? 무엄하게도 돌아가신 선왕께서 행차 때 즐겨 입으시던 늠름한 갑옷 차림으로 한밤중에 나타나다니. 대답하라, 하늘을 대신하여 명령한다. 대답하라.

마셀러스 화가 났나 봐.

바나도 저것 봐, 당당히 걸어가버리는데?

호레이쇼 멈춰라! 대답하라, 대답하라! 너에게 명한다, 대답하라! (망령 퇴장)

마셀러스 사라졌어. 대꾸조차 않는군.

바나도 어찌 된 셈이야, 호레이쇼? 파랗게 질려 부들부들 떨고 있군그래, 아직도 우리들 망상이라고 하겠나? 어떻게 생각해?

호레이쇼 이 두 눈으로 똑똑히 보지 않았으면 도저히 믿을 수 없었네.

마셀러스 선왕의 모습 그대로지?

호레이쇼 꼭 닮았어. 야심만만한 노르웨이 왕과 단신으로 결투를 해서 무찔렀을 때에도 바로 저런 갑옷 차림이셨어. 또 담판에 임하셨다가 화가 치밀어 썰매 탄 폴란드 군인 놈들을 빙판 위에 때려 눕혔을 때도 바로 저렇게 찌푸린 표정이셨지. 참으로 이상한 일이야.

마셀러스 그전에도 두 번 한밤중 바로 이 시간에 갑옷을 걸치시고 성큼성큼 보초 앞을 지나가셨어.

호레이쇼 이 일을 어떻게 생각해야 할지 모르겠는데, 내 의견을 말한다면, 이 나라에 큰 변이 일어나는 흉조다.

마셀러스 자, 앉아서 말해보자. 도대체 매일 밤 엄중하게 경비를 세우면서 백성들을 괴롭히는 이유가 뭔지 자네들은 알고 있나? 매일같이 대포를 만들어대고, 무기와 탄환을 외국으로부터 사들이고, 조선공을 낱낱이 징발해서 쉴새 없이 혹사시키잖나. 이렇게 밤낮을 가리지 않고 비지땀을 흘리면서 억척스럽게 일을 하게 하다니, 무슨 기막힌 사태라도 일어날 셈인가? 누구 아는 사람이 있으면 말 좀 해주게.

호레이쇼 내가 말해주지. 떠도는 소문은 이렇다. 방금 모습을 보인 선왕은 야심만만한 노르웨이 왕 포틴브라스의 도전을 받은 적이 있었다. 하지만 용맹하신 선왕께서는 한칼로 포틴브라스를 무찔렀지. 그 결과, 조약에 따라 노르웨이 왕은 자신의 생명과 영토를 햄릿 왕께 바치게 되었어. 물론 선왕께서도 마찬가지로 영토를 거셨기 때문에 반대로 만약 포틴브라스가 이겼다면 선왕의 영토가 고스란히 그의 수중에 들어갈 뻔했지. 이렇게 해서 상호 계약에 명시된 법조문에 따라 햄릿 왕은 포틴브라스의 영토를 손에 넣으셨지. 그런데 그의 아들인, 똑같은 이름의 천치 같은 애송이 포틴브라스가 혈기에 넘쳐, 하루 세 끼 배만 차면 노르웨이 국경 언저리로 가서 불한당들을 긁어모아 한소동 벌일 기미가 엿보인다는 거야. 우리 쪽 판단은, 선친이 잃은 땅을 아들 포틴브라스가 무력을 써서라도 다시 **빼앗아**가려는 거지. 나라가 이토록 군비를 서두르고 경비를 굳히며 온통 부산을 떠는 이유는 모두 이 때문이라고 나는 생각해.

바나도 그럴듯한 얘기로군. 그 불길한 망령이 무장하신 선왕의 모습으로 보초 선 우리 앞을 지나간 것은, 예나 지금이나 선왕이 전쟁의 진원(震源)임을 생각할 때 앞뒤가 꼭 들어맞네.

호레이쇼 눈에 박힌 티처럼, 이 망령이 우리 마음을 들뜨게 하누나. 그 옛날 로마 제국이 영화를 누릴 때, 위대하신 시저가 살해되기 전날 로마의 모든 무덤은 텅텅 비고, 거리로 떼지어 몰려나온 송장들은 앙앙대고 캑캑거렸어. 하늘의 별은 화염의 꼬리를 나부끼고, 핏빛 이슬이 내렸으며, 태양에도 이변이 생기고 썰물과 밀물의 바다를 지배하는 달님도 말세가 온 듯 병들어 사그라졌지. 이 망령도 그때와 똑같은 재난의 전조(前兆)로서 다가오는 운명을 미리 알리는 재앙의 서곡, 하늘과 땅이 함께 이 나라 백성들에게 보여주는 흉운의 징조가 아닌가.

　　망령 다시 등장

쉿! 저것 봐, 망령이 또 나타났어! (망령이 팔을 벌린다) 벼락을 맞더라도 한번 막아보자. 멈춰라, 허깨비! 할 말이 있거든 하라. 네 원한을 풀어주면 나에게도 복이 되나니, 말을 하라. 이 나라의 흉운을 남몰래 알고 있는가? 미리 알아서 피할 수만 있다면, 오, 말하라! 아니면 생전에 빼앗아 모은 재화를 땅속에 파묻어둔 탓으로, 죽어 망령이 되어서까지 지상을 떠돌아다니는 거냐? (닭 울음소리 들려온다) 말하라, 마셀러스, 막아서!

마셀러스   이 창칼로 칠까?

호레이쇼   안 서거든 쳐라.

바나도   여기다!

호레이쇼   여기야! (망령 퇴장)

마셀러스   사라져버렸어, 저토록 거룩한 분에게 주먹다짐으로 위협한 건 잘못이야. 아무리 후려쳐도 공기처럼 끄떡없는데 공연히 어리석은 짓만 했어.

바나도   망령이 막 말을 하려는데 마침 닭이 울었어.

호레이쇼   닭이 울자 마치 죄인이 무서운 호출이라도 받은 듯 깜짝 놀라더군. 새벽을 알리는 닭이 요란하고 날카로운 울음소리를 내어 해의 신을 부르면, 동이 트는 이 신호에 불과 물, 땅과 공기 속에서 마냥 사방을 떠돌던 영혼들이 황급히 자신의 거처로 도망간다는 얘기가 거짓말이 아님이 방금 눈앞의 일로 증명되었네.

마셀러스   닭 홰치는 소리를 듣자 사라졌어. 크리스마스 직전이 되면, 수탉이 새벽을 알리면서 밤새도록 울어댄다는 거야. 그 때문에 망령들은 얼씬도 하지 못한다네. 밤은 정결해지고, 별들은 마력을 잃고, 요정들은 장난기를 거두고, 마녀들은 신통력을 잃게 돼. 그토록 그 시간은 정결하고 거룩하다는 거지.

호레이쇼 나도 그런 소릴 들었지. 어느 정도 믿을 만한 얘기야. 아, 보게, 새벽이 붉은 망토를 걸치고 동녘 높은 산마루로 이슬을 밟으며 다가서네. 자, 이제 보초를 끝내세. 내 생각 같아선 오늘 밤의 일을 햄릿 왕자님께 전하는 게 좋을 것 같아. 우리들에 입을 다물었던 그 망령도 햄릿 왕자님껜 후련히 털어놓을 거야. 왕자님께 이 일을 전하는 데 찬성인가? 왕자님에 대한 충성심으로 보나 우리들의 의무로 보나 당연한 일인 것 같은데.

마셀러스 그렇게 하세. 오늘 아침 그분을 쉽게 발견할 수 있는 장소를 내가 알고 있네.

제2장 성 안의 회의실

나팔의 취주. 덴마크 왕 클로디어스, 왕비 거트루드, 궁신들, 폴로니어스와 그의 아들 레어티즈, 볼티먼드와 왕자 햄릿 등 등장.

클로디어스 사랑하는 형 햄릿 선왕의 죽음은 아직도 기억에 생생하지만, 그리고 우리 모두가 슬픔에 빠져 온 나라가 비통으로 미간을 찌푸리는 것은 당연한 일이나, 슬픔에서 벗어나 우리들의 형편도 생각해야 마땅하리라. 한때 나의 형수님을 지금 나의 왕비로 모신 까닭이 바로 이 때문이다. 강대국 덴마크의 왕위를 나눌 이

거룩한 왕비를, 나는 슬픔에 얼룩진 기쁨으로 한 눈에는 웃음을 다른 한 눈에는 눈물을 머금고 장례식에선 환성을 지르고 혼삿 날엔 비탄의 노래를 들으며, 때로는 기뻐하고 때로는 슬퍼하면서 아내로 맞아들였노라. 이 경우 나는 그대들의 진언을 마다하지 아니했고, 그대들도 기꺼이 이 일에 찬동해주었다. 이 모든 일에 대해서 그대들에게 감사의 마음을 전하는 바이다. 그대들도 알고 있듯이 젊은 포틴브라스가 우리 국력을 얕보았는지, 아니면 선왕의 죽음으로 우리나라가 혼란스러워지고 질서도 깨어졌으리라 생각하였는지, 자기들이 우세하다는 몽상에 빠져 끊임없이 전갈을 보내며 우리를 괴롭히는 것은, 그 옛날 그의 부왕이 법의 확고한 계약에 따라 용감무쌍한 우리 선왕께 양도한 영토를 내놓으라는 것이지만, 그에 관한 이야기는 이쯤 해두자. 지금 우리에게 있어서, 그리고 여기 모인 여러분에게 말하고자 하는 요점은 다음과 같다. 즉, 과인이 포틴브라스의 삼촌인 노르웨이 왕에게 편지를 썼다는 것이다. 그는 지금 노쇠하여 병상에 있는 몸이라 조카의 속셈을 아직 모르고 있을 것이다. 따라서 나는 이 편지에 즉시 그 계획을 중지시키도록 요구했다. 그 까닭인즉슨 이 음모에 필요한 군대를 모두 삼촌인 그의 백성으로부터 징병하려 하고 있기 때문이다. 그래서 코닐리어스와 볼티먼드, 너희 둘을 사신으로 노르웨이 왕에게 파견하니, 전갈 속에 자세히 밝혀놓은 조항에 관해 허락된 범위 내에서 노르웨이 왕과 절충하는 권한을 너희들에게 주노라. 자, 그러니 가거라. 급히 가서 사명을 다하고, 충성을 보여라.

코닐리어스, 볼티먼드 이 일뿐만 아니라 모든 일에 충성을 서약합니다.

클로디어스 경들만 믿겠다. 무사하기를 빈다. (볼티먼드와 코닐리어스 퇴장) 자, 그런데 레어티즈, 무슨 일이냐? 너의 청이라면 언제든지 들어줬다. 덴마크 왕과 너의 부친의 관계는 머리와 심장이 더 이상 가까울 수 없을 정도로 가깝고, 손이 입에 더 이상 봉사할 수 없을 정도로 특별하다. 너의 소원이 무엇인가, 레어티즈?

레어티즈 존경하옵는 폐하, 프랑스에 돌아갈 윤허를 얻고 싶습니다. 제가 프랑스로부터 기꺼이 덴마크로 돌아온 것은 폐하의 대관식에 참석하기 위해서였습니다. 이미 그 의무를 다한 지금, 다시 프랑스로 돌아가고 싶은 생각뿐입니다. 그래서 폐하의 윤허를 간청하는 바입니다.

클로디어스 부친께서 허락해주셨느냐? 폴로니어스, 어떤가?

폴로니어스 네, 하도 간청하길래 할 수 없이 내키지 않는 마음으로 허락을 했습니다. 승낙의 도장을 찍었습니다. 폐하께서도 윤허를 내려주옵소서.

클로디어스 좋다, 레어티즈. 편리한 시간을 택해 떠나거라. 가서 마음껏 시간을 즐겨라. 열심히 공부해서 탁월한 소질을 살려라. 그런데 나의 조카이며 나의 아들인 햄릿…….

햄   릿 (방백) 핏줄은 통해도 마음은 통하지 않아.

클로디어스 어찌 된 일이냐. 아직도 얼굴에 먹구름이 서려 있으니?

햄   릿 천만의 말씀을. 햇볕을 너무 많이 쬐고 있어 탈인걸요.

거트루드 봐라, 햄릿. 어두운 얼굴을 거두고 폐하께 좀 더 부드러운 눈길을 보여드려라. 마냥 눈을 아래로만 내리깔고 돌아가신 아버지 생각만 해서야 되겠느냐. 살아 있는 것은 모두 언젠가는 죽을 운명이라는 것을 너도 알지 않느냐? 누구든 이 세상을 떠나 영원한 나라로 간다는 것을 너도 알고 있겠지?

햄 릿 　네, 왕비님, 알고 있습니다.

거트루드 　그렇다면, 왜 너에게만 유난스럽게 보이느냐.

햄 릿 　보인다고요, 왕비님? 보이는 게 아니라 사실입니다. '보인다' 는 말은 알지 못합니다. 어머님, 검게 더럽혀진 이 외투만으로도, 의례적인 이 검은 상복만으로도, 억지로 뿜어대는 과장된 한숨으로도 불가능합니다. 눈에서 넘쳐흐르는 눈물로도, 슬픔으로 일그러진 표정으로도, 슬픔의 모든 형태·변화·모습 등을 다 합쳐도 저의 진정한 마음을 전할 길이 없습니다. 이 모든 것들은 겉으로 '보여주는', 누구나 흉내 낼 수 있는 몸짓입니다. 제 마음속에 있는 것은 그런 겉보기와는 다른 것입니다. 드러내는 슬픔은 겉으로만 장식하는 의상에 지나지 않는 것이지요.

클로디어스 　착하고 갸륵한 마음씨로다, 돌아가신 부왕을 애도하는 햄릿이여. 하지만 생각해보라. 너의 아버지께서도 그 아버지를 여의셨고, 그 아버지 또한 아버지를 여의셨다. 그리하여 유족들은 자손 된 도리로서의 효성으로 일정 기간 반드시 상복을 입고 지내야 한다. 그러나 한없이 애통해하고 슬퍼하는 것은 오히려 신의에 어긋나는 고집 센 행위이며, 남자답지 못한 짓이다. 그것은 분명 신의 섭리에 역행하는 의지의 표현이며, 신앙이 부족한 마음이며, 참을성도 없고 사리분별이 없다는 증거다. 그것이 피할 수 없는 일인 것은 누구나 다 아는 사실이고, 누구든 체험할 수 있는 흔한 일인데, 무턱대고 반항하면서 슬퍼해야만 하는가? 어리석은 짓이다. 하늘을 배반하고 망자(亡者)를 배반하고 자연을 거역하는 일이요, 이성에 비추어보면 더욱 우직한 일이다. 왜냐하면, 아버지가 죽는 것은 당연한 일이고, 인간의 첫 죽음에서부터 오늘날에 이르기까지 죽음은 누구든 맞이하게 되는 당연한 일이기 때문이다. 제발 부탁하노니, 그 부질없는 슬픔을 거두고 나를 아버지로 여겨달라. 이 자리서 공언하건대 너야말로 나의 왕위 계승자다. 그러므로 나는 인자한 아버지의 깊은 사랑으로써 그대를 사랑한다. 그럼에도 불구하고 너는 다시 비텐베르크대학으로 돌아가려 하다니, 그 일은 내 소망에 어긋나는 일. 제발 부탁한다. 이곳에 남아서 우리들의 격려와 위안 속에서 나의 중신(重臣)으로서, 핏줄로서, 아들로서 있어다오.

거트루드 어미의 청도 들어다오, 햄릿. 비텐베르크로 돌아가지 말고 제발 내 곁에 남아다오.

햄 릿 충심껏 분부대로 따르겠습니다, 왕비님.

클로디어스 오, 멋지고 흐뭇한 대답이로구나. 나와 함께 이 덴마크 땅에서 살자꾸나. 자, 갑시다, 거트루드. 부드럽고 솔직한 햄릿의 대답이 내 마음을 말끔히 개게 했다. 이 일을 축하하는 뜻으로 축배를 들자. 오늘 덴마크 왕이 술잔을 들 때마다 축포를 쏘아 올려 왕의 건배를 하늘에 떨치게 하고, 이 나라를 쩡쩡 울리게 하라. 자, 가자. (주악이 울리는 가운데 햄릿을 제외하고 모두 퇴장)

햄 릿 아아, 이 너무나도 더럽혀진 육체여, 녹아 흘러 이슬이 되거라. 전능하신 신의 율법이 허락한다면 차라리 자살이나 할 텐데.

아, 신이여 신이여, 지루하고 멋없고 평범하고 무익한 이 세상 살이여! 아아, 지긋지긋하구나. 이곳은 황폐한 뜰, 잡초의 씨앗만 자라나 무성한, 더럽고 천박하고 거친 세상. 아아, 이런 꼴이 되어버리다니 — 돌아가신 지 두 달, 아니 채 두 달도 안 되었어. 그토록 빼어나신 임금님, 지금의 왕과 비교하면 태양신과 야수의 차이로구나. 그토록 어머님을 사랑하셨는데, 하늘의 바람이 어머님 얼굴에 닿을세라 염려하셨는데. 천지신명이여, 또다시 기억해야만 하는가? 어머님은 언제나 부왕에게 매달려 있었지. 마치 사랑하면 할수록 애정의 욕구가 더해지기라도 하듯이. 그러나 한 달 새에 — 생각하기도 싫다 — 약한 자여, 그대의 이름은 여자인가! 한 달도 되기 전에, 가련한 아버님의 유해를 따라 니오베처럼 온통 눈물에 젖어 장지로 가던 구두가 퇴색하기도 전에, 아, 그분이, 그 어머님이 — 오, 신이여, 이성이 없는 짐승이라 해도 그보단 더 오래 슬퍼했으련만 — 숙부와 결혼을 하다니. 부왕의 동생이면서도, 내가 헤라클레스와 닮지 않은 것 이상으로 부왕과 조금도 닮지 않은 그와 한 달 새에, 마음에도 없이 흘린 눈물의 소금기로 쓰린 눈동자의 핏발이 채 가시기도 전에 어머님은 결혼하셨다 — 오, 끔찍이도 사악한 서두름이여, 그토록 민첩하게 불륜의 잠자리로 치닫다니. 이것은 선(善)이 아니다. 선한 열매를 맺을 수도 없다. 하지만, 가슴이 빼개지는 한이 있더라도 입을 다물고 있어야지.

호레이쇼, 마셀러스 그리고 바나도 등장.

호레이쇼 안녕하십니까, 전하.

햄 릿 오, 잘들 있었느냐? 엇, 호레이쇼 아닌가 — 아니, 내가 정신이
나갔나?

호레이쇼 틀림없습니다, 전하. 한결같은 전하의 충복이지요.

햄 릿 여보게, 우린 친구 사이 아닌가. 그런 말 말게. 그런데 호레이쇼,
비텐베르크에서는 왜 왔나? 아, 마셀러스!

마셀러스 전하!

햄 릿 만나서 반갑네. (바나도에게 인사하면서) 안녕하신가? 헌데 도대체
비텐베르크에선 왜 왔나?

호레이쇼 수업을 빼먹고 빈둥대고 싶어서요.

햄 릿 자네 원수가 그런 말을 한다 해도 난 안 믿을 걸세. 그런 고약한
소릴 해서 악한이나 된 듯 믿게 하려 해도 내 귀는 믿지 않는다
구. 자네는 게으름뱅이가 아니야. 난 알고 있지. 그래, 이곳 엘시
노에 무슨 용무가 있나? 떠나기 전에 술이나 실컷 먹여주지.

호레이쇼 부왕의 장례식에 참례하러 왔습니다.

햄 릿 여보게들, 제발 나를 놀리지 말아주게. 어머님의 결혼식을 보러
왔겠지.

호레이쇼 하긴 전하, 연이어진 행사라서요.

햄 릿 호레이쇼, 절약, 절약이야. 장례식의 고기 요리가 싸늘히 식기
전에 다시 혼례 식탁에 올린다 이거야. 그따위 혼례식을 보느니
천당에서 원수 놈을 만나는 게 차라리 낫지. 아, 호레이쇼, 나의
아버님을 — 아, 나의 아버님을 뵙는 듯하다.

호레이쇼 어디서요?

햄 릿 내 마음의 눈에, 호레이쇼.

호레이쇼 한 번 뵈온 적이 있습니다. 훌륭한 임금님이셨지.

햄 릿 어느 모로 보나 **빼어난** 인물이셨어. 다시는 그분을 만날 수 없게 됐네그려.

호레이쇼 전하, 어젯밤 그분을 뵌 듯합니다.

햄 릿 봤다고? 누굴?

호레이쇼 전하, 전하의 아버님이신 국왕 폐하를 뵈었습니다.

햄 릿 나의 아버님 국왕 폐하를?

호레이쇼 잠시 고정하시고 제가 여쭙는 말씀에 귀를 잘 기울여보십시오. 두 증인 앞에서 아주 기막힌 일을 낱낱이 보고하겠습니다.

햄 릿 제발 어서 좀 말해주게.

호레이쇼 이틀 밤 연이어 마셀러스와 바나도 두 사람은 보초를 섰습니다. 고요하고 적막한 한밤중이었지요. 그때 전하의 부왕을 꼭 닮은 모습을 만났단 말입니다. 머리끝서부터 발끝까지 단단히 무장한 부왕께서 그들 앞에 나타나시더니, 엄숙한 걸음걸이로 그들 곁을 지나가셨답니다. 그것도 세 번씩이나 말이에요. 놀라서 겁에 질린 그들 앞을 지휘봉의 길이만큼 거리를 두고 지나가셨답니다. 그들은 온몸이 오싹해져서 혼비백산한 나머지 말문이 꽉 막히더랍니다. 말 한마디 건네보지 못했던 게지요. 그들이 남몰래 저에게 이런 사연을 들려주었습니다. 그래서 사흘째 되던 날 밤, 저는 그들과 함께 망을 봤지요. 그러자 그들이 말한 똑같은 시각에 똑같은 모습을 하고, 망령이 정말로 나타난 것입니다. 진정 부왕의 모습 그대로였습니다. 이 오른손과 왼손이 서로 똑같은 것처럼 그렇게 똑같았습니다.

햄 릿 그래, 그게 어디였나?

마셀러스 전하, 저희가 보초 섰던 망대였습니다.

햄 릿 말 한마디 건네보지 못했는가?

호레이쇼 전하, 제가 말을 걸어보았습니다만, 아무런 대꾸도 없었습니다. 하지만 그 망령은 꼭 한 번 고개를 치켜올리더니 뭔가 말하고 싶다는 듯한 시늉을 했습니다. 그러나 바로 그때 새벽닭이 요란스레 울어댔습니다. 그러자 그 소리에 망령은 몸을 움츠리더니 허겁지겁 우리 눈앞에서 사라져버렸지요.

햄 릿 심상치 않다.

호레이쇼 전하, 맹세코 이건 사실입니다. 전하께 알려드리는 것이 저희의 의무라고 생각했습니다.

햄 릿 그렇고말고, 그렇고말고. 하지만 내 심사를 어지럽히는구나. 너희들은 오늘 밤에도 보초를 서는가?

마셀러스, 바나도 네, 전하.

햄 릿 무장을 하고 있었다고 했지.

마셀러스, 바나도 그렇습니다, 전하.

햄 릿 머리끝부터 발끝까지?

마셀러스, 바나도 전하, 그렇습니다.

햄 릿 얼굴은 못 보았겠군?

호레이쇼 전하, 보았습니다. 투구 안대가 걷어 올려져 있었거든요.

햄 릿 그래, 찌푸린 표정이던가?

호레이쇼 노여움보다는 서글픈 얼굴이었습니다.

햄 릿　창백하던가, 불그레하던가?

호레이쇼　아주 창백하시더군요.

햄 릿　자네들을 말끄러미 쳐다보던가?

호레이쇼　네, 계속 응시했습니다.

햄 릿　나도 함께 있었으면 좋았을걸.

호레이쇼　그랬다면 놀라셨을 겁니다.

햄 릿　그랬을 거다, 그랬을 거야 — 오랫동안 머물러 있었는가?

호레이쇼　보통 속도로 100을 헤아릴 정도의 시간이었습니다.

마셀러스, 바나도　아니에요, 더 길었어요. 훨씬 더 길었습니다.

호레이쇼　내가 보았을 때는 그 정도 시간이었어.

햄 릿　수염은 반백이었지, 안 그래?

호레이쇼　생시에 뵈었던 그대로 희끗희끗했습니다.

햄 릿　오늘 밤엔 나도 망을 보겠다. 혹시나 다시 나타날지 모를 일이니까.

호레이쇼　틀림없이 나타날 겁니다.

햄 릿　거룩하신 부왕 그대로의 모습으로 나타나신다면, 설사 지옥이 아가리를 벌리고 닥치라고 명령을 내릴지라도 기필코 말을 걸어보겠다. 너희들에게 부탁이 있다. 지금까지 이 일을 비밀로 간직해온 것처럼 제발 앞으로도 계속 침묵을 지켜다오. 비록 오늘 밤 어떤 일이 일어나더라도, 가슴속 깊이 박아두고, 입 밖에 내지 마라. 너희들의 호의에 보답할 날이 있을 거다. 잘들 있거라. 열한 시와 열두 시 사이에 망대로 내 꼭 가마.

전 원　전하를 위해 의무를 다하겠습니다.

햄 릿 의무가 아니라 우정일세. 내 다정한 친구들, 안녕히. (햄릿만 남고 전원 퇴장) 무장을 하신 아버님의 망령이라 — 만사가 심상치 않다. 흉측한 일이 움트고 있구나. 어서 오라. 그때까지 내 마음이여, 침착하라. 악행은 반드시 폭로되게 마련이다. 비록 온 땅이 악을 덮어 눈가림한다 하더라도 우리는 끝내 그것을 보고야 말 것이다. (퇴장)

제3장 폴로니어스의 집

레어티즈와 오필리어 등장.

레어티즈 짐을 배에 실었으니 이젠 작별이다. 자, 오필리어, 바람이 불고 선편(船便)이 있거든 졸지 말고 소식도 전하거라.

오필리어 염려 마세요.

레어티즈 그리고 햄릿 전하에 관한 얘긴데, 그분의 변덕스러운 호의는 겉치레일 뿐이다. 그저 젊은 한때의 바람기라 생각해둬. 철보다 일찍 피는 오랑캐꽃이지. 일찍 피지만 금세 시들고, 보기엔 아름답지만 오래가지 않아. 한순간의 달콤한 향기요 일순간의 희롱에 지나지 않지. 그뿐이야.

오필리어 그저 그뿐일까요?

레어티즈 그 정도뿐이라고 생각해둬. 인간의 성장이란, 근육이 커지고 키가 자라는 것뿐만이 아니라, 내부에 있는 정신이라든지 영혼의 힘도 함께 성장하는 법이거든. 전하께서 어쩌면 지금은 너를 사랑하고 계실는지 몰라. 그분의 깨끗한 마음은 더러운 짓을 하거나 속임수를 쓰는 법이 없으니까. 곤란한 것은, 그분의 신분이 너무 높다는 데 있어. 무엇이든 뜻대로만 일을 처리할 순 없는 입장이 아니다. 왕실의 체통을 지켜야 하는 법도에 그분은 얽매여 있지. 전하는 신분이 낮은 사람들처럼 제멋대로 행동할 수가 없는 입장이야. 게다가 전하의 선택 여하에 따라 이 나라의 안정과 번영이 좌우되거든. 따라서 전하가 배우자를 간택하는 데 있어서도, 전하는 자신이 통치하고 있는 국민의 의사에 따라 여러 가지 제한을 받게 되는 거야. 그러니, 그분이 너를 좋아한다고 말씀하시더라도 너로서는 전하의 그런 고백을 믿지 않는 것이 현명한 일이야. 송두리째 넋을 잃고, 자제심도 없는 구애에 응하여 소중한 정조를 바치는 일이 없도록 오필리어, 조심해라. 단단히 조심해야 한다. 기분에 좌우되지 말고, 정욕의 위험한 화살이 닿지 않는 곳에 있어야 한다. 정숙한 처녀는 달빛에 아름다운 살갗을 드러내놓는 법이 아니거든. 아무리 정숙해도 이 세상 험담을 완전히 피할 수는 없어. 봄에 싹트는 봉오리는 활짝 피기도 전에 벌레 먹기 십상이고, 아침 이슬처럼 빛나는 싱싱한 젊음일수록 무서운 독기에 찔리기 쉬운 법이야. 그러니 주의해야 돼. 가장 안전한 길은 매사에 조심하는 일이지. 젊을 땐, 비록 유혹의 손길이 닿지 않아도 저절로 유혹에 빠져들게 마련이지만.

오필리어 값진 충고를 마음속에 간직하여 감시의 눈길로 삼겠습니다.

하지만 오라버니, 엄격한 목사님처럼 천당으로 가는 험한 길을 저에게만 일러주시고, 오라버니는 탕아처럼 화려한 쾌락의 꽃길을 걸으시느라 저에게 일러주신 충고를 잊어버리시면 안 돼요.

레어티즈 내 걱정을 말아라. 자, 너무 지체했구나.

　폴로니어스 등장.

아버님이 오신다. 축복을 두 번 받으면 행복도 두 배가 된다는데, 작별 인사를 두 번이나 받는 행운을 얻게 되었구나.

폴로니어스 아직도 여기 있느냐, 레어티즈? 타라, 어서 배를 타거라, 이 녀석아! 돛이 바람을 한껏 안고 있다. 모두들 기다리고 있어. 자 ─축복해주마. 몇 마디 충고해둘 테니 명심해라. 함부로 입을 놀리지 말 것. 엉뚱한 생각은 실천에 옮기지 말 것. 사람들과 절친하게 사귀는 건 좋지만 너무 허술히 접근하지 말 것. 사귄 친구들이 진실하다는 것이 확인되면 절대로 놓치지 말라. 젖비린내 나는 햇병아리들과 마냥 악수를 나누다간 손바닥만 둔해져 못써. 싸움판에 끼어들지 말 것. 그렇지만 일단 끼어들면 철저히 해치워라. 그들이 너를 조심하도록 말이다. 남의 말에 귀를 기울이되 너는 말을 삼가는 게 좋아. 남의 의견을 잘 듣고, 너의 판단엔 신중을 기할 것. 주머니 사정이 허락하는 한 옷맵시는 내되 눈에 띄면 못써. 품위가 있어야 해. 저속은 금물이야. 의복은 인격의 표시니까. 프랑스의 고관대작들과 세련된 상류사회 양반들은 이 점에 있어서 아주 우수하단 말이야. 돈은 빌리지도 말고 빌려주지도 말 것. 돈을 빌려주면 돈도 잃고 친구도 잃어. 게다가 돈을 빌리면 절제심이 약해지지. 무엇보다도 중요한 일은 자기 자신에게 충실할 것. 그렇게 하면 밤이 지나 낮이 오듯이, 타인에게도 충실해진다. 이젠 작별이다, 내 충고를 마음속에 간직하여라.

레어티즈　삼가 작별 인사를 드립니다.

폴로니어스　시간이 임박했다. 하인들이 기다린다.

레어티즈　잘 있어라, 오필리어. 내가 한 말을 잊지 마라.

오필리어　기억의 자물통 속에 간직해뒀어요. 그 열쇠를 오라버니에게 맡겨두렵니다.

레어티즈　다녀오겠습니다. (퇴장)

폴로니어스　레어티즈가 너에게 뭐라고 말했느냐?

오필리어　햄릿 전하에 관한 것이에요.

폴로니어스　거 잘했군. 떠도는 풍문에 의하면 전하께서 요즘 너와 단둘이 지내는 시간이 많아졌다면서? 게다가 너도 전하를 위해서는 서슴없이 시간을 내드린다던데. 만약에 그렇다면, 내가 듣기로는 사실인 것 같다마는, 몇 마디 주의해둬야겠다. 너는 네 신분을 제대로 파악하지 못하고 있는 것 같구나. 내 딸로서의, 네 명예로서의 평판을 깊이 생각해야 돼. 그래, 둘 사이는 어떤 관계냐? 이 아비에게 사실대로 모두 털어놓으려무나.

오필리어　전하께서는 요즘 여러 번 저에게 사랑을 호소하셨습니다.

폴로니어스　사랑이라? 횟! 너 참 순진하구나. 하긴 위험한 고비를 겪어봤어야 알지. 그래, 전하의 애정을 너는 믿고 있느냐?

오필리어　어떻게 생각해야 할지 몰라 그저 어리둥절하옵니다.

폴로니어스　그렇겠지. 내가 가르쳐주마. 넌 정말 철부지 아이로구나. 애정의 표시를 마치 금화인 양 고맙게 받아들였으니 말이야. 값비싸게 굴어야 돼. 말[馬]을 너무 부려먹으면 숨이 끊어지듯, 우리가 지껄이는 이 말[言語]도 너무 써먹으면 값이 떨어지는 법이거든. 이쯤 해두겠다만, 네가 그런 식으로 처신하면 세상 사람들은 이 아비를 아마 바보 취급할 거다.

오필리어　하지만 그분은 진정으로 사랑을 고백하셨습니다.

폴로니어스　글쎄, 겉으로는 그럴 거야. 이제 그만 집어치워, 집어치우라고.

오필리어　진정이라고 고백하시면서 마냥 하늘에 맹세하셨습니다.

폴로니어스　그게 바로 함정이다. 나는 뻔히 알고 있어. 피가 끓어오르면 어떤 맹세인들 늘어놓지 않겠니? 하지만 얘야, 맹세란 불길처럼 활활 타오르지만 열기는 없는 법이거든. 한참 맹세를 하고 있는 동안 어느새 그 불길은 빛도 열기도 함께 사라지게 마련이야. 그 불길을 진심으로 받아들였다간 큰코다친다. 앞으로는 순결한 처녀답게, 쓸데없이 그분과 만나는 일을 삼가도록 해라. 상대방의 요구에 호락호락 넘어가지 말고 고자세를 취해야 돼. 햄릿 전하는 아직 젊고, 너와는 달리 아주 자유로운 신분이시거든. 요컨대 오필리어, 전하의 맹세를 믿지 마라. 그런 맹세 따위는 겉과 속이 다르기 때문이야. 당치도 않은 탄원을 우겨대는 청원인들처럼 입으로는 그럴듯하게 뇌까리지만, 속에는 어떻게 하면 더 멋지게 속여 먹을까 하는 뱃심이 엉큼하게 도사리고 있거든.

알겠니? 마지막으로 한 번만 더 일러둔다. 앞으로는 단 한순간이라도 햄릿 전하께 말을 건넨다든지 함께 이야기를 나누면서 시간을 허비하지 않도록 해라. 알겠지? 단단히 조심해야 해. 자, 가자.

오필리어   분부대로 하겠습니다. (두 사람 퇴장)

제4장 망대의 한 통로

햄릿, 호레이쇼, 마셀러스 등장.

햄 릿   바람이 살을 베어내는 듯하구나. 몹시 춥다.

호레이쇼   꽁꽁 얼어붙겠습니다.

햄 릿   몇 시냐?

호레이쇼   열두 시가 아직 안 된 것 같습니다.

마셀러스   아닙니다, 열두 시 종을 쳤는걸요.

호레이쇼   그래? 난 못 들었어. 그렇다면 망령이 나타날 시각이 됐구나.

우렁차게 울리는 나팔 취주, 뒤이어 두 발의 축포 소리.

전하, 이게 무슨 소립니까?

햄 릿   왕께서 밤새도록 주연을 베풀고 있다. 축배를 들며 난장판을 벌이고 있는 참이야. 주정을 해대고 빙글빙글 돌며 춤을 추고 있어. 왕이 라인산 포도주의 잔을 비울 때마다, 그의 만수무강을

축원하는 북이 울리고 나팔 소리가 진동하고 있지.

호레이쇼   그게 관례인가요?

햄 릿   그래. 나 자신도 이 나라에 태어나서 이곳 관습에 젖어 있지만, 저런 풍습은 차라리 없애버리는 것이 좋겠어. 엄청나게 마셔대는 저 술타령 때문에 우린 세계 여러 나라로부터 비난을 받고 바보 취급을 당하지. 그들은 우리를 돼지처럼 퍼마셔대는 주정뱅이로나 알고 있다고. 망신스러운 일이야. 아무리 우리가 훌륭한 업적을 쌓아 명예를 떨친다 해도 말짱 헛일이지. 이런 일은 개인에게도 있을 수 있는 일이야. 가령 어떤 사람이 선천적으로 결함을 갖고 있다고 치자. 타고난 그 결함은 당사자에게 책임이 있는 것은 아니지. 인간으로선 태어나는 것 그 자체를 선택할 순 없는 일이거든. 그렇지만 그 사람의 어떤 한 가지 성질만이 유난스럽게 발달하여 이성의 울타리를 허물어뜨렸을 때나, 혹은 공교롭게 못된 버릇만이 쌓이고 쌓여 미덕을 해쳤을 때에는, 그것이 선천적인 것이든 후천적인 것이든 그런 결함을 짊어진 사람은 아무리 빼어난 미덕을 지니고 높은 덕망을 갖고 있어도, 그 한 가지 결함으로 인해 세상의 지탄을 받게 되는 법이지. 티끌만 한 오점 때문에 우수한 본질이 오해를 받고 비난을 받는다는거야.

　　　망령 등장.

호레이쇼   전하, 드디어 왔습니다!

햄 릿   제신들이여, 천사들이여, 우리를 지켜주소서! 그대는 누구냐? 성령이냐, 악령이냐? 천상에서 왔는가, 지옥에서 솟았는가? 우리를 구하러 왔는가, 아니면 멸망시키러 왔는가? 그토록 의심스러운 모습으로 나타났으니 나는 입을 다물 수가 없구나. 오, 햄릿, 부왕이시며 덴마크의 왕이신 그대여, 대답하라! 나를 의혹에 빠뜨리지 말아다오. 관 속에 넣고 단단히 봉하여 장례의식에 따라 매장한 그대의 유해가 어찌하여 수의를 벗고 나타났는가? 그대가 고이 잠들었던 유택(幽宅)의 무거운 대리석 뚜껑을 열고, 다시 이곳에 나타난 까닭은 무엇인가? 한번 싸늘한 시체가 되었던 그대가 어이 다시 갑옷을 걸치고 이 으스름 달밤에 나타나서 이 밤을 무섭게 위협하는가? 어찌하여 바보 같은 우리들의 마음에 헤아릴 수 없는 의혹을 던져 주고, 우리들의 온몸을 공포에 떨게 하는가? 말하라, 그 이유가 무엇이냐? 어떻게 하라는 것이냐?

호레이쇼 함께 가자고 손짓을 하는군요. 전하께만 알려드릴 것이 있는 모양입니다.

마셀러스 보세요, 아주 근엄하고 다급한 동작으로 전하를 어디 다른 먼 곳으로 모셔 가려는 것 같습니다. 하지만 따라가지 마세요.

호레이쇼 그래요, 절대 안 됩니다.

햄 릿 나는 두려울 게 없다. 내 목숨은 핀 하나만큼의 가치도 없어. 내 영혼을 저 망령이 어쩔 수 있겠느냐? 저 망령과 똑같은 불멸의 영혼이 내게도 있지 않은가? 또다시 나더러 오라고 손짓한다. 따라가야겠다.

호레이쇼 바다로 끌려가면 어떡합니까? 햄릿 전하, 바다 끝에 치솟은 무시무시한 벼랑으로 끌고 간 뒤, 끔찍한 모습으로 돌변하여 전하의 이성을 마비시킨 후 혼백을 빼버리면 어떡합니까? 이성을 찾으세요. 절벽 위에서 짙푸른 바다를 내려다보고 우렁찬 파도 소리에 귀를 기울이면, 그런 장소는 별다른 이유도 없이 마음속에 죽음에의 향수를 불러일으킵니다.

햄 릿 여전히 나를 부르고 있다. 가라, 그대의 뒤를 따르마.

마셀러스 전하, 가지 마십시오.

햄 릿 손을 치워라.

호레이쇼 진정하십시오. 가시면 안 됩니다.

햄 릿 운명이 나를 부르고 있다. 온몸의 핏줄이 네미아 사자(헤라클레스가 그리스의 네미아에서 죽였다고 전해지는 무서운 사자―역자 주)의 근육 마디마디처럼 팽팽히 치솟고 있다. 여전히 나를 부르고 있군. 여봐라, 이 몸을 막지 마라. 나를 방해하는 자는 모조리 귀신이 되게 하겠다. 들었느냐, 비켜라! 망령이여, 가거라. 너의 뒤를 따르마. (망령과 햄릿 퇴장)

호레이쇼 망상에 홀려 미친 듯하구나.

마셀러스 따라가봅시다. 명령에만 복종할 때가 아닙니다.

호레이쇼 가보자. 이 일이 장차 어찌 될 판인가?

마셀러스 덴마크에서 뭔가 푹푹 썩고 있습니다.

호레이쇼 하늘의 뜻을 따르는 수밖에.

마셀러스 어서 가봅시다. (퇴장)

제5장 망대의 흉벽

망령과 햄릿 등장.

햄 릿 어디로 가느냐? 말하라, 더 이상 따라가지 않겠다.

망 령 듣거라.

햄 릿 그러마.

망 령 시간이 임박했다. 이글거리는 유황불에 괴로운 이 몸을 맡겨야 하는 그 시간이 임박했다.

햄 릿 아, 가련한 망령!

망 령 나를 가련히 여기지 말고 내 말을 들어라.

햄 릿 말하라, 들어주마.

망 령 듣고 나서 넌 복수를 해야 한다.

햄 릿 뭐라고?

망 령 나는 네 아비의 망령이다. 밤이면 정해진 시간 동안 어둠 속을 떠돌다 낮이 되면 불길 속에 틀어박혀 고통에 신음하고 있다. 생시에 저지른 죄가 불꽃 속에 타 없어져 정화되기만을 기다리고 있다. 만약 내가 금단(禁斷)의 계율을 깨뜨리고 연옥(煉獄)의 비밀을 한마디라도 털어놓는다면, 그것을 듣고 너의 영혼은 상처를 입고, 젊은 핏줄은 얼어붙으며, 너의 두 눈은 유성처럼 튀어나와 사라지고, 마디마디 곱슬한 머릿 다발은 헝클어지며, 머리칼은 한 가닥 한 가닥 성난 산돼지 털처럼 곤두설 것이다. 하지만 영원한 세계의 비밀을 이 세상 사람에게 털어놓을 순 없다. 듣거라, 듣거라, 잘 듣거라! 만약에 네가 아버지를 조금이라도 사랑한 적이 있다면…….

햄 릿 오, 신이여!

망 령 네 아빌 죽인 극악무도한 살인자에게 복수하라.

햄 릿 살인?

망 령 살인이란 어차피 잔학한 일이지만, 이번 살인은 그중에서도 가장 잔인하고 흉측하고 무도한 짓이었다.

햄 릿 어서 말씀하십시오. 상상도 사랑도 따르지 못할 만큼 빠른 속도로 날아가 원수를 해치우겠습니다.

망 령 믿음직스럽구나. 내 말을 듣고도 분개하지 않는다면 너는 망각의 강기슭에 번성하는 잡초보다도 못한 우둔한 자일 것이다. 자, 햄릿, 잘 듣거라. 세상에 전해지고 있는 것은 내가 정원에서 낮잠을 자다가 독사에게 물려 죽은 것으로 되어 있다. 덴마크 온 백성들이 나의 죽음에 관한 이 같은 엉터리 소문에 속고 있지만, 사실은, 잘 듣거라, 사실은 네 친아비의 생명을 빼앗은 독사는 현재 그 머리 위에 왕관을 쓰고 있다.

햄 릿 오, 나의 예감대로! 숙부가?

망 령 그렇다. 근친을 간음한 부정한 자, 짐승 같은 놈. 간악한 지혜와 배반의 재능 — 그 악독한 지능과 재주로 유혹의 마수를 뻗쳤다. 창피스러운 정욕의 품안으로 정숙한 듯 보였던 나의 왕비를 맞아들였다. 아아, 햄릿, 얼마나 천박한 배반이냐. 마음속 깊이 사랑해주던 나의 품을 떠나, 혼례식 때의 굳은 맹세를 지켜온 나를 배반하여, 나와 비교하면 형편없이 비열한 녀석에게 마음을 주다니! 진정 정숙한 여인이라면 비록 음탕한 짓거리가 천사의 모습을 가장하고 유혹을 해도 결코 마음이 흔들릴 수 없는 것을. 이와 반대로 음탕한 여성은 눈부신 천사와 관계를 맺는다 해도, 천당의 잠자리에 식상한 나머지 썩고 더러운 고깃덩이를 포식하는 법이다. 그러나 아뿔싸, 아침 공기가 풍겨오누나. 간단히 말하마. 늘 해오던 버릇대로 나는 정원에서 낮잠을 자고 있었는데, 너의 숙부가 나의 방심을 틈타 몰래 숨어들었다. 숙부는 헤보나 독즙이 든 작은 병을 들고 와서 내 귓속에 부었다. 그 독즙은 인체를 썩게 하고, 순식간에 핏줄 속에 번져 온몸의 구석구석에 침투하여, 우유에 식초 방울을 떨어뜨린 듯 맑고 깨끗한 피를 흘리게 하고 굳게 만들었다. 내 피부는 금세 뻣뻣해졌고, 문둥이처럼 추악한 껍질이 나의 깨끗한 몸을 뒤덮었다. 잠자는 동안 동생의 손에 목숨도 왕관도 왕비마저도 일시에 빼앗긴 나는, 죄업이 한창일 때 명이 다한 탓에 성찬의 예식도 받지 못하고 임종의 성유(聖油)도, 최후의 기도도, 참회도 없이 하느님 앞에 끌려나가 심판을 받기에 이르렀다. 오, 무서운 일이다! 무서운 일이다! 정말로 무서운 일이다! 만약에, 너에게 아들로서의 정이 남아 있다면 덴마크 왕실의 거룩한 침소를 정욕과 불의의 잠자리로 버려두지 마라. 그렇지만 이 과업을 위해 어떤 방법이든 써도 좋되, 네 마음을 더럽혀서는 안 된다. 또한 어머니를 위태롭게 해서도 안 된다. 어머니는 하늘의 심판에 맡겨둬라. 그녀의 마음속에 박힌 가책의 가시가 그녀를 찌르고 쑤시도록 내버려둬라. 자, 이별이다. 개똥벌레 불빛이 새벽을 알리는 듯 흐릿해졌

다. 잘 있거라, 잘 있거라, 잘 있거라. 나를 기억해다오. (퇴장)

햄 릿 오, 하늘의 제신들이여! 오, 땅이여! 그리고 — 지옥도 불러낼까? 오, 맙소사! 심장이여, 탄탄히 견디어라! 나의 근육들이여, 한꺼번에 늙어 비틀어지지 말아라. 나를 튼튼히 지탱해다오. 그대를 기억해달라고? 그러마, 불쌍한 망령이여, 내 기억이 이 흐트러진 머릿속에 자리 잡고 있는 한, 내 잊지 않으마. 그대를 기억해달라고? 그러마, 내 기억의 수첩으로부터 모든 기록, 격언, 지식, 과거의 인상들은 지워버리겠다. 철없을 때 보았던 모든 기록을 지우고, 당신의 명령 하나만을 이 기억의 노트 속에 남겨두리라. 그 밖의 부질없는 것들은 깨끗이 치우리라 — 진정으로, 하늘에 맹세코! 아, 악독한 여인! 아, 악당, 웃음 짓는 괘씸한 악당! 적어도 덴마크에는 이런 악당도 있다는 게지. (적어둔다) 그래, 숙부라, 그대로 적어두마. 이번엔 내 좌우명을 적자. '잘 있거라, 잘 있거라, 나를 기억해다오.' (무릎을 꿇고 칼자루에 손을 대면서) 자, 맹세했다.

호레이쇼, 마셀러스 (안에서) 전하, 전하!

　　　호레이쇼와 마셀러스 등장.

마셀러스 햄릿 전하!
호레이쇼 하늘이여, 전하를 보호하소서!
마셀러스 제발!
호레이쇼 어어이, 어어이, 전하!
햄 릿 어어이, 어어이, 여기다! 오너라, 새야, 이리 와.

마셀러스 귀하신 전하, 괜찮으십니까?

호레이쇼 어떻게 됐습니까, 전하?

햄 릿 아, 놀라운 일이다!

호레이쇼 전하, 말씀해주십시오.

햄 릿 안 돼, 소문이 나면.

호레이쇼 전하, 맹세코 퍼뜨리지 않겠습니다.

마셀러스 저도 맹세합니다.

햄 릿 도대체 상상조차 할 수 없는 일이야. 비밀은 지키겠지?

호레이쇼, 마셀러스 전하, 하늘에 맹세합니다.

햄 릿 덴마크의 악당치고 극악무도하지 않은 놈은 없단 말이야.

호레이쇼 그런 말이야 망령이 아니라고 못 하겠습니까?

햄 릿 아, 그래, 네 말이 옳다. 그러니 구질구질하게 이야기를 늘어놓을 게 아니라, 악수나 하고 헤어지는 게 좋겠다. 자네들인들 일이 없을라구. 사람은 제각기 해야 할 일이 있고, 하고픈 일도 있는 법. 모두가 다 그래. 나만 하더라도 말일세. 그래, 나는 말이야, 이제부터 기도하러 가겠어.

호레이쇼 전하 말씀이 애매모호하여 앞뒤가 맞지 않습니다.

햄 릿 미안하네. 기분을 잡쳤다면 용서해주게. 정말 미안하네.

호레이쇼 전하, 그런 게 아닙니다.

햄 릿 아니야, 그랬어. 호레이쇼, 성 페트릭(아일랜드의 수호 성인-역자 주)의 이름을 걸어 맹세하건대 기분이 잡친 거야. 그것도 몹시. 오늘 밤 본 망령은 믿어도 좋을 만한 망령이다. 그 정도만 일러두겠다. 망령과 나 사이에 오고 간 이야기를 알고 싶겠지만, 제발

참아주게. 그나저나 자네들은 친구이기도, 학자이기도, 군인이
기도 하니까 대수롭지 않은 청 하나만 들어주게.

호레이쇼　전하, 그게 무엇입니까? 들어드리겠습니다.

햄　릿　오늘 밤 우리가 본 것을 절대로 입 밖에 내지 마라.

호레이쇼, 마셀러스　전하, 말하지 않겠습니다.

햄　릿　맹세하라.

호레이쇼　결코 말하지 않겠습니다.

마셀러스　저도 말하지 않겠습니다.

햄　릿　내 칼에 걸어서 맹세하라.

마셀러스　전하, 이미 맹세했습니다.

햄　릿　진정코 이 칼에 걸어서, 진정코.

망　령　(지하에서 소리친다) 맹세하라!

햄　릿　앗하, 두더지, 너도 한마디 거드는구나. 바로 거기 있었어? 여보
게들, 땅속에서 하는 소릴 들었지? 자, 맹세들 하게.

호레이쇼　전하, 맹세의 말을 선창하십시오.

햄　릿　'오늘 밤 본 것을 절대로 말하지 않겠노라.' 자, 이 칼에 걸어 맹
세하라.

망　령　(지하에서) 맹세하라!

햄　릿　신출귀몰이로다. 장소를 바꿔 보자. 자, 이곳으로 오게나. 다시
한번 이 칼 위에 손을 대고 맹세하라. '오늘 밤 본 것을 절대로
말하지 않겠노라.'

망　령　(지하에서) 그의 칼에 맹세하라!

햄　릿　잘한다, 두더지 양반. 땅속에서 아주 민첩하게 움직이시는군.

훌륭한 광부야. 자, 다시 한번 장소를 바꾸자.

호레이쇼 아, 참으로 해괴한 노릇이군.

햄 릿 그러니 아무것도 묻지 말아다오. 여봐, 호레이쇼, 이 천지간에는 우리들의 학식으론 도저히 해결할 수 없는 일들이 많아. 자, 다시 한번 해보자. 조금 전에 한 대로 맹세해보라. 앞으로 내가 이상스러운 거동을 취하더라도, 때로는 미친 척하더라도, 그런 경우에 나를 쳐다보며, 알겠나, 팔짱을 이렇게 끼고 머리를 요렇게 살래살래 흔들면서, 또 때론 제법 알 만하다는 듯한 말투를 써가며 '으응, 알겠어' 한다든지, '그 뜻을 모르는 바 아니지만' 이라든지, '말할 수만 있다면' 이라든지, 또는 '입 밖에 낼 수만 있다면' 등등의 모호한 말투를 써가며, 마치 나의 비밀을 알고 있다는 듯이 행동하지 않도록 하란 말이다 — 알겠나? 자, 맹세하라. 그렇게 하면, 만약 자네에게 위태로운 고비가 오더라도 반드시 신의 은총이 내릴 것이다.

망 령 (지하에서) 맹세하라. (그들, 맹세한다)

햄 릿 진정하여라, 불안한 망령이여! 자, 여러분들, 이젠 됐어. 잘 부탁하네. 지금은 보잘것없는 이 햄릿도, 신이 허락하시면 언젠가는 그대들의 깊은 우정에 보답할 날이 있을 것이다. 자, 함께 가자. 알겠나. 입은 꼭 다물도록 부탁하네. 세상이 혼란해졌어. 아, 저 주받은 운명이여. 세상을 바로잡기 위하여 내가 태어나다니. 자, 오너라. 함께 가자. (모두 퇴장)

제2막

제1장 폴로니어스의 집

폴로니어스와 레이날도 등장.

폴로니어스　그에게 이 돈과 편지를 전해주어라, 레이날도.

레이날도　네, 알겠습니다.

폴로니어스　너 같으면 귀신이 곡할 만큼 잘 해낼 수 있을 게다, 레이날도. 그리고 내 아들놈을 만나기 전에 그의 행동을 미리 낱낱이 탐지했으면 좋겠다.

레이날도　각하, 그럴 참이었습니다.

폴로니어스　그런가? 잘 생각했군, 잘 생각했어. 우선 파리에 어떤 덴마크인들이 있는지 그것부터 탐색해야 돼. 누가 어디 살며, 어떤 생활을 하고 있는지, 누가 누구와 교제하며 돈은 얼마나 쓰고 있는지도 알아봐야 해. 그렇게 먼발치서부터 물어가다 보면, 필경 레어티즈를 알고 있는 사람을 만나게 될 걸세. 그땐, 자세한 질문은 보류해두는 게 좋아. 내 아들을 약간 알고 있는 척하면 되는 거야. 말하자면 '전 그분의 부친과 친구들을 좀 알고 있을 뿐인뎁쇼, 네, 레어티즈 본인과도 약간의 친분이 있다면 있는 셈이죠' 식으로 말이지 ─ 알겠나, 레이날도?

레이날도　네, 알았습니다.

폴로니어스 '레어티즈를 약간은 압니다' 라고 말하는 거야, 알겠지? '잘은 모릅니다만, 그분으로 말할 것 같으면 성격은 난폭하고 여러 가지 환락에 넋을 잃고 있습죠' 하면서 레어티즈의 험담을 늘어놔도 좋지만, 그의 명예를 손상시키는 말은 하면 못써. 그 점은 각별히 조심하게. 놀기 좋아하는 젊은이에게 흔히 있을 수 있는 방탕, 난폭함, 과오 등에 관한 것이라면 괜찮아.

레이날도 도박 같은 것도요?

폴로니어스 그렇지. 그리고 음주, 칼싸움, 쌍소리, 싸움질, 오입질 정도도 괜찮아.

레이날도 각하, 그런 것은 명예에 관한 일인뎁쇼.

폴로니어스 상관없어. 네가 말하기 나름이야. 적당히 얼버무리면 돼. 그 밖에 다른 험담은 하지 말도록 하게. '그 녀석은 여자라면 아주 환장을 합니다' 라고 말하면 곤란해. 내가 뜻하는 바는 그게 아니거든. 그 녀석의 결점을 교묘히, 사알짝 비치는 정도로 하고, 젊은 혈기에는 흔히 있는 탈선이라고 해두면 되거든. 불같은 기질이 일시에 터질 경우 혈기왕성한 포악성은 충분히 있음직한 일이라고 납득시키란 말이야.

레이날도 하지만 저……

폴로니어스 그렇게 해야 하는 이유가 무엇이냔 말이지?

레이날도 그렇습니다. 그 까닭을 알고 싶습니다.

폴로니어스 알겠어, 내 의도를 말해주지. 나는 이것이 최상책이라고 믿네. 우선 내 아들의 흉을 보면서 슬쩍 물고 늘어지란 말이야. 만드는 과정에서 약간 상했다는 듯이. 알겠나? 그러면 상대방, 즉 자네가 살펴보고자 하는 사람이 자네가 비난하고 있는 레어티즈의 불미스러운 행위를 목격했다면 틀림없이 자네에게 맞장구를 치면서 '네, 어르신네' 혹은 '여보게나' 또는 '여보시오' 라고 말할걸세. 그 고장의 관습이나 그 사람의 신분에 따라서 호칭에는 차이가 있겠지만.

레이날도   잘 알겠습니다.

폴로니어스   그러면 상대방, 그러니까 그 사람은, 어 — 내가 무엇에 관해 이야기하고 있었더라? 분명히 무슨 말을 했는데. 어디까지 얘기했나?

레이날도   '맞장구를 치며' 하는 대목에서 '여보게나' 또는 '여보시오' 하는 대목까지요.

폴로니어스   그래, '맞장구를 치면서' 하는 대목이었지. 맞았어, 맞았어. 상대방이 맞장구를 치는 법이야. '그분이라면 익히 알고 있습니다. 네, 만난 적이 있어요. 바로 어제였지요. 그제였던가? 아니야, 바로 그때였지. 아무개, 아무개와 함께 있었지. 말씀대로 도박을 하고 계셨습니다. 진탕 취해 있더군요. 테니스를 하다가 싸움판을 벌였어요' 혹은 '우연히 그분이 가게에 들어서는 것을 보았습니다' 하는 따위의 말을 듣게 돼. 여기서 말하는 가게란 유곽(遊廓)을 두고 하는 말일세, 알겠나? 거짓말을 미끼로 진짜 잉어를 낚는 거야. 지혜롭고 선견지명이 있으면, 먼발치에서 뒤통수를 치는 간접적인 시도로써 직접적인 목표를 발견하게 되는 법, 내가 가르쳐준 이 비결로 자네는 내 아들의 행적을 파악해주게. 알겠지, 알아들었는가?

레이날도 알았습니다.

폴로니어스 좋아, 그러면 가보게나.

레이날도 다녀오겠습니다.

폴로니어스 아들의 동정을 잘 살피는 거야.

레이날도 알았습니다.

폴로니어스 스스로 실토하게 만들어야 해.

레이날도 네, 알겠습니다.

폴로니어스 잘 다녀오게. (레이날도 퇴장)

오필리어 등장.

오필리어, 무슨 일이냐?

오필리어 아, 아버님, 아버님, 정말 무서웠어요.

폴로니어스 도대체 무엇이?

오필리어 저는 방에서 바느질을 하고 있었습니다. 그때 햄릿 전하께서
웃옷을 풀어헤치고 모자도 벗어버린 채, 더러운 양말은 대님도
매지 않아 발목까지 흘러내린 모습으로, 창백한 얼굴에 무릎을
떨면서, 마치 지옥의 무서운 이야기를 하려고 그곳에 막 빠져나
온 사람처럼 비통한 표정을 지으며 제 앞에 나타나신 거예요.

폴로니어스 상사병으로 미치셨구나.

오필리어 그건 알 수 없지만 어쨌든 정말 무서웠습니다.

폴로니어스 그래, 뭐라고 하시던?

오필리어 저의 손목을 꼭 붙잡고는 그분의 팔 길이만큼 뒤로 몸을 젖힌
다음, 다른 손으로는 이렇게 이마를 가리시더니, 마치 그림이라

도 그리려는 듯 물끄러미 저의 얼굴을 들여다보시는 것이었어요. 한참을 그러고 계셨습니다. 그러더니 마침내 저의 팔을 가볍게 흔드신 다음, 전하께서는 머리를 위아래로 세 번 흔들고 나서, 쓰리고 괴로운 한숨을 내쉬셨습니다. 그 한숨으로 그분의 온몸이 산산이 부서지고 목숨이 끊어지는 듯했습니다. 그런 다음 저를 놓아주셨습니다. 그러나 얼굴만은 어깨 너머로 마냥 제 쪽을 향하고 있었습니다. 그리하여 눈이 없어도 방향을 알 수 있는 듯 앞을 보지도 않고 문밖으로 걸어 나가셨습니다. 끝까지 제게서 시선을 떼지 않으셨습니다.

폴로니어스 이리 오너라, 함께 가자. 국왕 폐하를 뵈러 가야겠다. 바야흐로 사랑에 넋을 잃으신 거야. 일단 사랑에 사로잡히면 패가망신이지. 인간의 마음을 괴롭히는 격정이란 하늘 아래 한두 가지가 아니지만, 사랑만큼 우리를 엉망진창으로 짓이겨놓는 것도 없어. 큰일났군. 그래, 요즘 전하께 냉담하게 대해드렸니?

오필리어 아니에요, 아버님. 그저 분부대로 편지를 모두 돌려 보내고, 전혀 가까이하지 않았을 뿐이에요.

폴로니어스 그래서 실성하셨구면. 내가 서툴렀어. 조금만 더 주의해서 전하를 잘 관찰했었다면 이런 실수는 일어나지 않았을 것을. 난 그분이 일시적인 희롱으로 너를 농락하려는 줄만 알았지. 빌어먹을, 의심을 품은 게 잘못이었어. 도무지 늙으면 괜스레 지나친 일을 저질러 사서 고생한단 말이야. 젊은이들은 또 정반대로 지나치게 분별이 없어서 탈이지만. 어서 국왕 폐하를 뵙고 귀띔해드려야지. 한동안 언짢아하시겠지만, 숨기려다 상심이 더 깊어지시면 큰일이야.

제2장 성 안

나팔 소리가 울려 퍼지는 가운데 클로디어스, 거트루드, 로젠크랜츠, 길든스턴, 그 밖의 궁신들 등장.

클로디어스 오, 로젠크랜츠, 길든스턴, 잘 왔다. 진작부터 만나고 싶기도 했지만, 더욱이 부탁할 일도 생기고 하여 이토록 급히 사신을 보내 데려오게 한 것이다. 풍문에 들어 알겠지만, 햄릿이 아주 변해버렸다. 변했다고 말할 수밖에 없지. 겉으로 보나 생각하는 것으로 보나 그전과는 아주 딴판이거든. 그의 부친의 사망 이외에 그가 그토록 이성의 힘을 잃게 된 원인이 도대체 무엇인지 나로서는 짐작이 가지 않는다. 그래서 제군들에게 부탁코자 하는 것이다. 그대들은 어릴 적부터 그와 함께 자라왔으니 어려서부터의 그의 기질을 잘 알고 있으리라 믿는다. 둘 다 잠시 이 왕궁에 머무르면서 그와 함께 지내는 가운데 위로도 해주고, 기회가 생기면 우리가 모르고 있는 그의 고민의 원인도 탐지해보라. 그 원인을 알게 되면 치료 방법이 있는지 그 유무도 알아보았으면 한다.

거트루드 글쎄, 햄릿은 늘 그대들에 관한 이야기를 하곤 했었소. 그대들을 늘 그리워하고 있었지요. 우리의 소원을 받아들여 그대들이 친절하게 이곳에 머무를 수만 있으면, 우리로서는 그 이상의 기쁨이 없겠소. 이토록 일부러 이곳을 방문해준 데 대해서는 왕께서 응분의 보상을 내리실 거요.

로젠크랜츠 부탁 말씀을 듣자오니 황송할 따름입니다. 이 몸을 다 바쳐 충성을 맹세하옵니다.

클로디어스 고맙다, 로젠크랜츠, 길든스턴.

거트루드 고맙소, 로젠크랜츠, 길든스턴. 부탁이니, 변해버린 내 아들한테 지금 곧 가시오. 얘들아, 너희들 가운데 누구든 이 두 분을 햄릿 왕자가 있는 곳으로 모셔다드려라.

길든스턴 신이여, 바라건대 우리들의 체재(滯在)가 전하께 위안이 되고, 우리들의 충성이 전하께 도움이 되도록 굽어 살피소서.

거트루드 아멘! (로젠크랜츠, 길든스턴, 시종들 퇴장)

　　　폴로니어스 등장.

폴로니어스 폐하, 노르웨이에 파견했던 사절들이 만족할 만한 결과를 가지고 돌아왔습니다.

클로디어스 그대는 언제나 좋은 소식만을 갖고 오는구려.

폴로니어스 그랬습니까, 폐하? 황송한 말씀이옵니다만, 저는 의무를 다하는 일과 마음을 바치는 일이 하느님에 대해서나 자비로운 폐하께 대해서나 아주 똑같습니다. 그래서 생각해보았습니다만, 만일 제 판단이 틀렸다면 제 두뇌는 이미 지금까지 틀림없이 해온 나라 일을 더 이상 해낼 수 없다는 결론이 될 것입니다. 하지만 실은 알아냈습니다, 햄릿 전하의 광란의 이유를.

클로디어스 오, 말하라! 듣고 싶구나.

폴로니어스 먼저 사절들을 맞아들이십시오. 제 얘기는 사절들의 좋은 소식을 마음껏 들으신 후에 식후 디저트로 드리겠습니다.

클로디어스 그대가 사절들을 안내하여 들여보내라. (폴로니어스 퇴장) 여 보, 거트루드, 폴로니어스가 알아냈다는 거요, 당신 아들의 광 란의 원인을.

거트루드 그저 짐작을 했다는 거겠지요. 부왕의 죽음이라든지 우리들의 조급한 결혼 따위가 아니겠어요?

클로디어스 어디 확인해봅시다그려.

　　폴로니어스, 볼티먼드, 코닐리어스 등장.

잘들 왔네. 그래 볼티먼드, 노르웨이 왕으로부터의 회신은 무엇 인가?

볼티먼드 정중한 답신의 말씀을 갖고 왔습니다. 저희들을 접견하시자 노르웨이 왕께서는 즉시 조카의 모병과 모금 행위를 중지하도 록 명령을 내렸습니다. 노르웨이 왕께서는 그 일이 폴란드와의 전쟁 준비인 줄로만 알고 계셨다는 겁니다. 하지만 조사해본 결 과 그 일이 오로지 우리 왕국에 대한 적대행위였음이 확실해졌 으므로 노르웨이 왕께서는 몹시 노하시어, 병상의 무력한 늙은 이를 이토록 속이다니 될 말이냐며 포틴브라스 체포령을 내리 셨습니다. 그러자 그는 즉시 근신하고 왕의 꾸지람에 순종해서 숙부이신 왕 앞에서 이후로는 결코 우리 왕국을 향해 창칼을 휘 두르지 않겠다고 서약했습니다. 이에 노르웨이 왕은 기쁨을 감

추지 못하여 연금 6만 크라운(왕관 모양을 박은 5실링짜리 영국 화폐 -
역자 주)을 그에게 주었고, 그 전부터 모병해온 병사들은 폴란드
정복에 쓰도록 그에게 권한을 주었습니다. 그러고는 특히 국왕
폐하께는 부탁 말씀이 있다고 하시면서, 자세한 것은 여기 적혀
있습니다만, 이 원정을 위하여 폐하의 영토를 무사 통과할 수 있
도록 허락을 요청하셨습니다. 또한 통과 시 우리 측의 안전과 그
쪽 병사들의 규율에 관해서는 이 서한에 적혀 있습니다. (서류를
바친다)

클로디어스 잘됐다. 이 서한은 후에 천천히 읽어보겠다. 심사숙고한 후
그쪽에 회신을 내도록 하자. 그건 그렇고, 그대들은 실로 훌륭
한 일을 했으니 참으로 고맙다. 자, 물러가서 휴식을 취하도록
하라. 오늘 밤 주연을 베풀겠노라. 무사히 돌아와서 반갑다. (볼
티먼드와 코닐리어스 퇴장)

폴로니어스 이번 일은 잘 매듭지어졌습니다. 한데 국왕 폐하, 그리고 왕
비 폐하, 도대체 왕권이란 무엇이며 신하의 의무는 무엇인지,
또한 무엇 때문에 낮은 낮이며 밤은 밤, 시간은 시간이냐고 따지
는 일은 밤과 낮과 시간의 낭비일 뿐입니다. 따라서 간결은 지혜
의 핵심이요 장황함이란 그 수족이며 외관상의 허식에 지나지
않습니다. 간단히 말씀드리겠습니다. 왕자님은 정신이상입니
다. 정신이상이라고 제가 말씀드린 까닭은 정신이상자를 규정
하는 데 있어서 그 밖에 다른 용어가 없는 탓입니다! 그건 그렇
다고 치고.

거트루드 말재주만 부리지 말고 요점을 말하시오.

폴로니어스 왕비 폐하, 말재주를 부리는 것이 아닙니다. 전하께서 정신 이상이 된 것만은 사실입니다. 실로 딱한 것은 그것이 사실이라는 점입니다. 어리석은 말솜씨는 이만 해두겠습니다. 절대로 말재주는 부리지 않으렵니다. 하지만, 그분의 머리가 도셨다는 것만은 인정하십시오. 따라서 남은 일은 이 같은 결과의 원인을, 말하자면 이 같은 결함의 원인을 규명하는 일인데, 그럴 수밖에 없는 것이 원인이 있음으로 해서 이 같은 결과가 생겨났기 때문입니다. 이렇게 해서 여전히 남은 문제점은 바로 이것입니다. 통찰하옵소서. 제게는 딸이 하나 있습니다. 출가할 때까지는 어디까지나 제 딸이죠. 그 딸애가 효도와 순종하는 마음으로, 보십시오, 제게 이것을 주었습니다. 들으시고 판단을 내리소서. (읽는다)

"천사 같은 내 영혼의 우상, 가장 아리따운 오필리어에게 — ."
점잖지 못한 말투입니다. 고약한 말씨이죠. '아리따운' 이란 말은 고약한 말투입니다. 하지만 더 들어주십시오. 이렇습니다.

"그지없이 하이얀 그대의 가슴 속에 이 편지를, 운운……"

거트루드 햄릿이 그녀에게 보낸 거요?

폴로니어스 잠시만 기다려주십시오, 왕비 폐하. 거짓 없이 읽어드리겠습니다. (읽는다)

"별의 반짝임을 의심하여도
태양의 움직임을 의심하여도
진실을 허위라고 의심하여도
그러나 나의 사랑만은 어이 의심하리.

사랑하는 오필리어, 나의 시가 서툴구나. 애타는 가슴을 시에 담을 재주가 없구나. 그러나 그대를 누구보다도 가장 사랑하고 있음을 믿어다오, 안녕.

이 목숨이 다하는 한, 사랑하는 이여,

영원히 그대의 것인 햄릿으로부터."

이 편지를 효심이 지극한 소생의 딸이 제게 보여줬습니다. 뿐만 아니라, 햄릿 전하가 언제 어디서 어떻게 사랑을 호소했는지까지 모조리 다 일러주었습니다.

클로디어스 그런데 딸애는 그의 사랑을 어떻게 받아들였는가?

폴로니어스 저를 어떻게 보십니까?

클로디어스 충실하고 존경할 만한 인물이지.

폴로니어스 저 또한 사실이 그러하기를 바라옵니다. 하지만 폐하는 어떻게 생각하실는지요. 만약에 소생이 날개를 퍼득이는 햄릿 왕자님의 뜨거운 사랑을 눈앞에 보고서도 — 덧붙여 감히 실토 드릴 것은, 저의 딸이 이 일을 고백하기 전부터 소생은 이미 사태를 알고 있었다는 겁니다 — 어떻습니까, 폐하? 왕비께서는? 만약에 제가 알고도 모른 척했다면, 눈을 지그시 감고 묵묵히 이들의 사랑을 방관만 하고 있었다면 폐하께서는 어떻게 생각하셨겠습니까? 그런데 전 그러지 않았습니다. 즉시 딸을 불러 일러주었습니다. '햄릿 전하는 너와 신분이 다른 왕자님이시다' 라고 말입니다. 그리고 앞으로는 전하가 출입하시는 장소에 얼씬도 하지 말고, 사환을 만나는 일도 금할 것이며, 선물을 주시더라도 받지 말도록 당부해두었습니다. 우리 딸애는 이 엄명을 명심하고 있었던 것입니다. 햄릿 전하께서는 사랑의 고배를 마신 셈이죠. 그래서 간단히 말씀드리자면, 전하께서는 침울해지시고 단식을 하시더니, 불면증에 심신이 허약해지시고, 허탈 상태에 빠지면서 드디어는 지금 정신착란 속에서 마냥 허우적거리고 계시는 것입니다. 저와 제 딸애는 그저 송구스럽고 슬플 따름입니다.

클로디어스　어떻게 생각하오?

거트루드　그럴싸하군요.

폴로니어스　제가 분명히 단정 지은 일치고 어긋난 일이 단 한 가지라도 있었습니까?

클로디어스　그런 일은 없었지.

폴로니어스　(자기 머리와 어깨를 가리키며) 만일 제 말에 어긋남이 있다면, 이 것과 이것을 분리시켜주십시오. 단서만 잡히면 저는 반드시 이 일의 진상을 알아내고야 말겠습니다. 비록 그것이 지구 한가운데 숨겨져 있더라도 말씀입니다.

클로디어스　그걸 어떻게 알아낸단 말인가?

폴로니어스　아시다시피 왕자 전하께서는 가끔씩 오랫동안 복도를 거닐 때가 있습죠.

거트루드　그래요, 그럴 때가 있지요.

폴로니어스　그때를 노려 왕자 전하 앞에 제 딸애를 풀어놓겠습니다. 폐하와 저는 커튼 뒤에 숨어서 둘이 만나는 걸 살피십시다. 만약에 전하가 그 애를 사랑하지 않는다면, 그리고 상사병에 의한 광란이 아니라고 판단되시면 저의 직함을 박탈하십시오. 저는 시골로 내려가 논이나 갈고 달구지나 끌겠습니다.

클로디어스 그렇게 해보세.

　　　햄릿, 책을 읽으며 등장.

거트루드 불쌍한 햄릿이 시름에 잠겨 책을 읽으면서 오고 있네요.

폴로니어스 자, 비켜주세요. 저쪽으로 가주세요. 제가 만나보겠습니다. 잠시 실례합니다.

　　　클로디어스, 거트루드 그리고 시종들 퇴장.

　　　아, 햄릿 전하. 기분이 어떠십니까?

햄 릿 덕택으로 잘 있네.

폴로니어스 제가 누군지 아시겠습니까?

햄 릿 알고말고, 생선장수 아닌가.

폴로니어스 틀렸습니다, 전하.

햄 릿 자네가 그만큼이라도 정직한 사람이라면 오죽 좋겠나.

폴로니어스 전하, 정직한 사람이라구요?

햄 릿 그래, 이 세상에는 정직한 자가 만 명 중에 겨우 하나 있을까 말까 하지.

폴로니어스 전하, 옳습니다.

햄 릿 만일 태양의 햇살로 죽은 개에 구더기를 끓게 하면, 그 햇살이 썩은 고깃덩이를 핥게 되는 셈이지. 자네, 딸자식 있나?

폴로니어스 네, 있습니다, 전하.

햄 릿 햇볕 속을 거닐지 못하도록 하게. 머릿속에 지식이 드는 것은 좋지만, 배 속에 무엇이 들었다가는 큰일이니까, 조심하게.

폴로니어스 (방백) 거 보십시오, 어떤가. 여전히 우리 딸 생각만 하고 있잖습니까. 그나저나 나를 생선장수라고 하는 것을 보면, 처음엔 나를 알아보지 못한 모양이야. 머리가 도셨어, 돌아도 보통 돈 게 아닌데. 하기야 나도 젊었을 땐 사랑 때문에 속깨나 썩었지. 전하와 별 차이가 없었는걸. 한 번 더 능청을 떨어볼까 — 전하, 무엇을 읽고 계십니까?

햄 릿 말, 말, 말.

폴로니어스 전하, 어떤 문제에 관한 이야기입니까?

햄 릿 누구와 누구 사이가?

폴로니어스 전하가 읽고 계시는 책 내용 말씀입니다.

햄 릿 험담이다. 어느 풍자가 녀석이 여기에 이렇게 쓰고 있군. 늙은 이들은 모두 수염이 희끗희끗하고 얼굴은 주름투성이에, 눈알에는 걸쭉한 송진기름이 흐르고, 지혜는 바닥이 난 채 무릎을 덜덜 떨고 있다. 나도 이 점에 대해선 동감이야. 하지만 여기다 이렇게까지 적을 필요는 없잖아, 안 그래? 자네도 나만큼 젊어질 수 있어. 게처럼 자네가 뒷걸음질할 수만 있다면 말일세.

폴로니어스 (방백) 돌긴 했어도 말에는 조리가 있는걸. (햄릿에게) 전하, 안으로 드십시오.

햄 릿 무덤 안으로?

폴로니어스 (방백) 하긴 그래. 무덤도 방은 방이지. 때로는 그의 답변이 의미심장하단 말이야. 미친 사람이 핵심을 찌르거든. 분별 있고 제정신을 가진 사람으로서는 엄두도 못 내는 말을 척척 해내니.

이쯤 해두고 물러나자. 전하와 우리 딸을 만나게 하는 방편을 짜내야지. (햄릿에게) 전하, 황송합니다만 소생은 이만 물러가렵니다.

햄 릿 자넨 내게서 무얼 빼앗아 가려고 하지만 사실은 아무것도 빼앗는 게 아닐 걸세. 모두가 자네에게 기꺼이 주어버리고 싶은 것들이니 말이야. 단 내 생명만은, 생명만은, 생명만은 안 돼.

폴로니어스 전하, 안녕히.

햄 릿 귀찮고 따분한 바보 늙은이 같으니라고.

　　　　　로젠크랜츠와 길든스턴 등장.

폴로니어스 햄릿 전하를 찾고 있나? 저기 계시네.

로젠크랜츠 (폴로니어스에게) 고맙습니다, 어르신. (폴로니어스 퇴장)

길든스턴 전하!

로젠크랜츠 전하!

햄 릿 아, 반가운 친구들이여! 재미 좋은가, 길든스턴? 아, 로젠크랜츠! 둘 다 어떻게들 지내고 있나?

로젠크랜츠 그럭저럭 잘 지내고 있습니다.

길든스턴 지나치게 행복하지 않은 것이 행복이란 말씀입니다. 행운의 절정에 올라 있는 것은 아니고요.

햄 릿 행운의 밑바닥에 있는 것도 아니지?

로젠크랜츠 전하, 어느 쪽도 아닙니다.

햄 릿 그러면 중간쯤에 처져 있단 말이군. 여인의 가장 소중한 곳 한가운데쯤인가?

길든스턴　행운의 여인을 섬기는 총애받는 충복들이죠.

햄　릿　여인의 허리춤 은밀한 곳 말이지? 아, 정말이지 그 여인은 화냥년이야. 그런데 무슨 소식이라도 있나?

로젠크랜츠　전하, 별로 없습니다. 세상이 점점 정직해진다는 것밖에는요.

햄　릿　그렇다면 말세가 가까웠네 ― 하지만 자네 말은 거짓이야. 몇 마디 다그쳐 묻겠네. 도대체 무슨 죄가 있어서 행운의 여신이 자네들을 이 같은 감옥으로 보냈단 말인가?

길든스턴　전하, 감옥이라뇨?

햄　릿　덴마크는 감옥이다.

로젠크랜츠　그렇다면 이 세상도 감옥이네요.

햄　릿　훌륭한 감옥이지. 독방도 있고, 감방도 있고, 지하감옥도 있어. 그중에서도 덴마크가 제일 지독한 감옥이지.

로젠크랜츠　전하, 저희들은 그렇게 생각지 않습니다.

햄　릿　자네들에게는 그렇지 않은 모양이지? 좋고 나쁜 건 생각 나름이거든. 나에겐, 이 나라는 감옥이야.

로젠크랜츠　그건 전하께서 야망을 품은 까닭이겠지요. 전하의 포부에 비하면 이 땅은 좁쌀알에 불과할 테니까요.

햄　릿　천만에. 나는 호두껍데기 속에 갇혀 있더라도 무한한 공간의 임금이라고 자처할 수 있네. 이 악몽만 없다면야.

길든스턴　그 꿈이라는 것이 바로 전하의 야망 때문이 아니겠습니까? 야망의 본질은 결국 꿈의 그림자에 지나지 않습니다.

햄　릿　꿈 자체는 그림자에 지나지 않아.

로젠크랜츠 그렇습니다. 야망은 허망한 것입니다. 그림자의 그림자에 지나지 않지요.

햄 릿 그렇다면 거지들은 진짜배기네. 임금님과 잘난 체하는 영웅들은 거지들의 그림자야. 어전에 나가볼까? 정말이지 이런 토론엔 못 견디겠다.

로젠크랜츠, 길든스턴 저희들이 모시겠습니다.

햄 릿 그럴 필요 없어. 자네들을 하인처럼 부리고 싶지 않아. 솔직히 말해서 시종들 때문에 넌덜머리가 난다. 절친한 친구답게 터놓고 말하자. 도대체 뭣 하러 엘시노에 왔는가?

로젠크랜츠 전하를 뵈러 왔습니다. 다른 이유는 없습니다.

햄 릿 내 신세가 거지꼴이니 감사한 마음을 전할 길이 없구나. 그러나 말이야 못할소냐. 고맙다. 정말이지 여보게들, 내 고마움이 반 페니의 가치만큼이나 받아들여지는지 의심스러워. 자네들 소환된 것은 아니지? 자발적으로 온 건가? 마음이 내켜서 온 거냐구. 자, 솔직히 말해다오. 어서 말해보게, 어서.

길든스턴 전하, 뭐라고 말씀드려야 합니까?

햄 릿 뭐든지 진상만을 털어놓게. 자네들은 소환당했어. 얼굴에 그렇다고 씌어져 있는걸. 능청을 떨기에는 아직 미숙해. 왕과 왕비께서 자네들을 불러들였지?

로젠크랜츠 무엇 때문에요, 전하?

햄 릿 내가 묻고 싶은 것이 바로 그거야. 정말 부탁하네. 친구들끼리의 권리로써, 젊은이들끼리의 우애로써, 변함없는 우정의 의무로써, 입심만 좋다면 더욱 값지고 감동적인 말로써 자네들을 추궁할 수 있는 일이지만, 여하튼 내가 바라는 것은 정직하고 솔직하게 말해달라는 것뿐이다. 불려왔느냐, 스스로 왔느냐?

로젠크랜츠   (길든스턴과 슬그머니 상의한다) 뭐라고 할까?

햄 릿   (방백) 내 눈이 자네들을 보고 있네 — 나를 진정 아낀다면 숨기지 말란 말이야.

길든스턴   전하, 실은 부름을 받고 왔습니다.

햄 릿   그 이유를 말해볼까? 내가 털어놓으면 너희들은 비밀을 누설하지 않아도 되지. 두 분 폐하의 신임에 손상을 입히지 않아도 되니 말이야. 무엇 때문인지 요즘 나는 어떤 일에 대해서도 기쁨을 느낄 수가 없어. 평소 해오던 모든 오락에서도 손을 끊었지. 이상하게도 마음이 자꾸만 울적해져. 이 아름다운 지구의 형상도 황량한 곳[岬]으로만 보인단 말야. 이토록 아름다운 천공, 보라구, 우리의 머리 위를 뒤덮고 있는 웅장한 하늘, 찬란한 별이 총총히 박힌 장엄한 하늘, 그 하늘도 독기 서린 더러운 공기로 보일 뿐이야. 인간이란 얼마나 훌륭한 걸작품이냐. 그 숭고한 이성, 무한한 가능성을 지니고 있는 능력과 모습과 거동, 적절하고 탁월한 행동력, 천사와 같은 이해력. 인간은 과연 하느님을 닮았다고 할 수 있지. 그러나 이렇듯 지상의 아름다움이며 만물의 영장인 인간이 나에게는 티끌로만 보이는구나. 인간은 나의 기쁨일 수 없어. 여자 역시 나에겐 기쁨이 아니야. 히죽히죽 웃는 걸 보니 자네들은 내 생각이 못마땅한 모양이군.

로젠크랜츠   전하, 그런 게 아닙니다.

햄 릿   그럼 왜 인간이 나의 기쁨일 수 없다고 말했을 때 웃었느냐?

로젠크랜츠 인간이 기쁨일 수 없다고 하시니, 문득 배우들이 푸짐한 대우를 받기는 다 틀렸구나 하는 생각이 들어서요. 오는 길에 극단패들을 앞지르게 되었습니다. 듣자 하니 전하께 용무가 있어 이곳으로 오는 길이라 하더군요.

햄 릿 왕의 역을 맡는 자는 대환영이다. 그는 나의 푸짐한 보상을 받게 될 것이다. 방랑하는 기사 역들은 창과 방패를 충분히 쓰도록 해주겠다. 연인들도 부질없이 한숨짓게 내버려두지는 않을 것이다. 남을 실컷 풍자해대는 심술쟁이도 방해받지 않고 무대에 설 수 있도록 해줄 것이며, 광대에게는 걸핏하면 웃음을 터뜨리는 관객들을 안겨 줄 것이다. 숙녀 역은 멋대로 수다를 떨도록 내버려두겠다. 대사의 흐름이 중단되지 않도록 말이다. 그래, 극단패의 이름은 무엇이던가?

로젠크랜츠 전하께서 늘 아끼고 좋아해주시던 도시의 비극배우들입니다.

햄 릿 왜 여행길에 올랐다던가? 도심지에 자리 잡고 있는 편이 명성도 날리고 수입도 올리고, 훨씬 좋을 텐데.

로젠크랜츠 최근에 사고를 일으켜 공연금지 처분을 받은 모양입니다.

햄 릿 도시에서 보았을 때처럼 여전히 인기는 좋던가? 구경꾼들이 줄을 잇던가?

로젠크랜츠 그 정도는 아닙니다.

햄 릿 왜? 구식이라서?

로젠크랜츠 아닙니다. 여전히 열심히 합니다만, 요즘에는 매 새끼들 같은 어린 배우들이 나와서 목이 터져라 꽥꽥 소리를 질러대야만 박수갈채를 받거든요. 그게 요즘 대유행이죠. 그래서 이른바 흔히 하는 평범한 연극들은 기가 죽었어요. 칼자루를 차고 우쭐대는 자들은 가시 돋힌 그들의 풍자가 겁나서 이쪽엔 얼씬도 하지 않습니다.

햄 릿 뭐야? 어린이 극단? 극단 주인은 누군가? 보수는 얼마나 받고 있나? 아이 음성을 낼 때까지만 배우 노릇을 하나? 나중에 통속극을 할 수밖에 없는 나이가 되면 — 달리 일자리도 없을 듯 싶은데 — 지금 작가들을 원망하지 않을까? 앞날의 자기 직업을 욕했다고 해서 말일세.

로젠크랜츠 실상 양쪽 싸움은 지독합니다. 세상 사람들은 얼씨구 좋다고 싸움에 부채질까지 하지요. 한때는 작가와 배우의 싸움을 소재로 다루지 않은 연극은 상연되지도 않을 정도였습니다.

햄 릿 그게 정말인가?

길든스턴 굉장한 경합이 있었지요.

햄 릿 그래, 어린이 배우들이 이겼는가?

로젠크랜츠 네, 완벽하게 해치웠지요. 심지어 당당히 간판을 내건 극장들까지도 당했으니까요.

햄 릿 하기야 조금도 이상한 일이 아니지. 내 숙부가 덴마크 왕이 되자, 부왕 생존 시에는 숙부의 험담을 늘어놓던 자들이 이십, 오십, 아니 백 두카트(옛 유럽 제국에서 쓰인 금화 또는 은화—역자 주)이나 되는 돈을 내고 숙부의 조그만 초상화를 사가는 세상이 되었으니 말일세. 심상치 않은 징조야. 학자들이라면 이 일을 설명할 수 있을지도 모르지.

나팔 소리 들린다.

길든스턴 배우들이 도착했습니다.

햄 릿 여보게들, 엘시노에 온 것을 환영하네. 자, 악수하지. 사람을 환영하는 데는 이것이 최상의 예의요 격식이니까. 겉으로는 정중하게, 그러나 도가 넘치도록 보여서는 안 되거든. 정말 잘 왔네. 그러나 나의 숙부이신 아버지와, 어머니이신 숙모는 둘 다 속고 계시지.

길든스턴 어떤 점에서요?

햄 릿 북북서쪽에서 바람이 불어오면 나는 광기가 일거든. 바람이 남쪽에서 불어오면 그래도 매와 해오라기쯤은 구별할 수 있다네.

　　　폴로니어스 등장.

폴로니어스 여어, 안녕들 하시오!

햄 릿 (방백) 여보게, 길든스턴, 그리고 자네도, 두 귀로 잘 듣게나. 저기 있는 저 커다란 갓난아기는 아직도 기저귀를 차고 있다네.

로젠크랜츠 (방백) 아마도 두 번째 기저귀를 찬 모양이군요. 늙은이는 다시 어린아이로 돌아간다고 하니까요.

햄 릿 (방백) 어디 알아맞혀볼까. 배우들 얘길 하러 왔겠지. 두고 보자. (큰소리로) 맞았어. 월요일 아침, 바로 그때였지.

폴로니어스 알려드릴 말씀이 있습니다, 전하.

햄 릿 알려드릴 말씀이 있습니다, 전하. 로시어스가 로마의 명배우였던 시절에…….

폴로니어스 배우들이 도착했습니다.

햄 릿　알고 있어.

폴로니어스　저의 명예를 걸고…….

햄 릿　배우들은 당나귀를 타고 왔다네…….

폴로니어스　최고의 명배우들입니다. 비극, 희극, 역사극, 목가극, 목가극적 희극, 역사극적 목가극, 비극적 역사극, 비극적 희극적 역사극적 목가극, 완벽한 고전극, 너절한 로맨스극, 무엇이든 척척 해내지요. 세네카(로마의 비극작가—역자 주)의 비극도 부담스럽지 않게, 플라우투스(로마의 희극작가—역자 주)의 희극도 경망스럽지 않게 잘 처리합니다. 딱딱한 고전물이든 가벼운 현대물이든 닥치는 대로 잘 가리지 않고 해내는 명배우들입니다.

햄 릿　아, 이스라엘의 재판관 에프타(자기 딸을 재물로 바친 히브리의 재판관. 그를 주인공으로 한 담시도 있음—역자 주)여, 그대는 훌륭한 보물을 갖고 있었군!

폴로니어스　전하, 어떤 보물 말입니까?

햄 릿　노래대로지.

　　　　　"오직 하나뿐인 딸을, 아버지는 극진히 사랑했었네."

폴로니어스　(방백) 여전히 내 딸 이야기로군.

햄 릿　에프타, 내 말이 틀렸는가?

폴로니어스　전하, 제가 에프타라면 제게는 극진히 사랑하는 딸이 있습니다.

햄 릿　노래의 다음 소절은 그렇지 않아.

폴로니어스　그럼 어떻게 계속됩니까?

햄 릿　바로 이거야.

"어떤 인연인지 알 순 없지만"

그리고 다음은 이렇게 이어지네.

"이 세상 운명처럼 되어갔었네."

자세한 것은 찬송가 1절을 보면 알 수 있지. 보게나, 마침 배우
들이 때맞춰 밀어닥쳤네.

　배우들 등장.

어서들 오게, 잘난 친구들. 오랜만이군, 정말 잘들 왔네. 아, 자
넨 수염까지 길렀군. 덴마크에 와서 나를 위협할 셈인가? 아, 아
가씨 배우(여자역을 맡는 소년 배우–역자 주)들도 왔군. 키가 지난번
보다 훤칠하게 커진 까닭은 요즘 유행하는 구두 뒤축 때문인가?
목소리가 갈라져서 쓸모없는 금화처럼 되지 않도록 기도해두게
나. 여보게들, 대환영이네. 프랑스의 매사냥꾼들처럼 당장 아무
거나 해보세. 지금 곧 대사를 읊어주게. 자, 자네의 재주를 보여
주게. 감정을 듬뿍 넣어서 한바탕 뽑아보게나.

배우 1　어떤 대사를 할까요, 전하?

햄 릿　언젠가 들려준 대사 있지? 무대에서 상연된 적은 없었지만, 상
연되었다 하더라도 아마 꼭 한 번뿐이었을 거야. 너무 고상해서
대중들은 별로 좋아하지 않았지만. 하지만 그것은 적어도 내가
보기엔, 그리고 나보다 연극에 대한 조예가 깊은 분들의 의견을
들어보면 훌륭한 작품이었어. 장면 구성도 훌륭하고 지나친 기
교도 억제하고 있었지. 관중들의 환심을 사기 위한 음탕한 구절
도 없거니와, 쓸데없이 멋을 부리려는 듯한 표현도 쓰지 않았

지. 그러면서도 수법은 성실하고, 내용은 달콤하며 건전하고, 화려하지 않으면서 우아하다는 평을 들었지. 그 작품 속의 한 절을 나는 특히 좋아하네. 아이네이아스(베르길리우스의 서사시 『아이네이스』의 주인공. 트로이의 용사―역자 주)의 살해 장면이 좋았어. 아직도 그 대목을 기억하거든. 여기부터 시작해주게. 무엇이었더라―그 부분이―옳지―히르카니아의 호랑이처럼 흐트러진 머리의 피로스(고대 그리스 에피로스의 왕. 로마군을 무찔렀으나 많은 희생을 치름―역자 주) ― 아니야, 그게 아니었어. 피로스에서 시작되지.

"머리 흐트러진 피로스, 검은 갑옷을 입고 캄캄한 밤에 운명적인 목마 속으로 스며들더니, 이제 무시무시하고 검은 모습은 머리끝에서 발끝까지 피로 물들여져 보기에도 처참한 모양이 되었구나. 살해당한 왕의 모습을 무섭게, 저주스럽게 비추며, 미친 듯 날뛰는 불길 속에서 타 죽은 아버지의 피를, 어머니의 피를, 그리고 딸자식의 피를 덮어 썼다. 지글지글하는 분노의 화염 속에서, 말라붙은 핏덩이를 온통 뒤집어쓴 채, 살기등등한 악마의 힘상궂은 눈초리로 피라스는 늙은 프리아모스(트로이 최후의 왕―역자 주)을 찾고 있다."

자, 다음을 받아서 이어주게.

폴로니어스 정말이지 참으로 잘하십니다. 훌륭한 발성과 이해력으로 썩 잘 읊으셨습니다.

배우 1 금세 발견된 프리아모스, 그리스군에 낡은 칼을 휘두르지만, 늙은 팔에 힘이 빠져 허공을 휘젓다가 칼을 땅에 떨어뜨린다. 피로스는 상대가 안 되는 프리아모스를 향해 돌진한다. 격한 나머지 헛찔렀지만 원한 맺혀 휘두르는 칼 소리에 노왕은 맥없이 기절한다. 무심한 트로이성도 이 같은 강타를 느꼈음인지, 화염에 싸인 누각은 우레 같은 소리를 내며 땅 위에 무너지고, 피로스는 귀가 멍멍한 채 어리둥절할 뿐이다. 그러나 보라! 노왕 프리아모스의 백발을 내리치려는 순간, 그 칼은 허공에 얼어붙은 듯 움직이지 않고, 그와 마찬가지로 그림 속의 폭군처럼 움직이지 않는 피로스는 마치 넋 잃은 사람처럼 우뚝 서 있다. 폭풍이 오기 직전 간혹 하늘이 고요에 싸이고 먹구름도 꼼짝 않으며, 바람도 자고, 대지도 죽은 듯 잠잠할 때가 있지만, 이윽고 천둥 번개가 하늘을 찢고 터지는 경우처럼, 잠시 망설이던 피로스, 다시금 원한의 불꽃으로 타올라, 그 옛날 군신 마르스의 영원불멸의 투구를 단련하던 키클롭스가 내리치는 철퇴처럼 피를 뿜는 피라스의 칼은 사정없이 프리아모스의 머리를 내리친다. 꺼져라, 꺼져라, 너 창녀 같은 운명의 여신이여! 제신들이여, 의견을 모아 저 여신의 힘을 빼앗고, 여신의 수레바퀴를 산산조각으로 부숴버린 다음, 하늘에서부터 지옥의 밑바닥까지 굴러떨어지도록 해다오.

폴로니어스   너무 길군요.

햄 릿   자네 수염과 함께 잘라달라고 이발사에게 부탁해볼까? (배우들에게) 자, 계속하자. 웃음거리나 음탕한 얘기가 아니면 이 노인은 잠에 곯아떨어지지. 자, 계속해. 이번에는 헤카베(프리아모스의 아내. 핵토르의 어머니—역자 주)의 대목을 읊어라.

배우 1 아, 애처롭다. 얼굴을 감싼 왕비의 모습을 보라……

햄 릿 '얼굴을 감싼 왕비'?

폴로니어스 그것 좋군요. '얼굴을 감싼 왕비'라, 거 참 좋습니다.

배우 1 맨발로 이리저리 뛰어다니며 하염없이 흐르는 눈물에 타오르는 불꽃도 꺼질 듯하다. 지난날 왕관으로 장식되었던 머리에는 누더기가 너덜너덜. 숱한 아이를 낳느라 야위어 뼈만 남은 허리에는 두려움에 질려 황급히 걸친 한 장의 모포. 누군들 이 모습을 보고 교만한 운명의 여신에게 앙칼진 저주의 독설을 퍼붓지 않으리. 피로스가 잔인한 웃음을 머금고 칼을 휘둘러 남편의 사지를 토막 내는 광경을 보고 기겁하여 울부짖는 그녀를 만약에 제신들이 보았다면, 인간사에 무관심하다면 모르되 그들은 틀림없이 하늘에서 빛나는 별들의 눈물을 짜내게 하고, 스스로 비통해할 것이다.

폴로니어스 저런, 안색이 좋지 않군. 눈물까지 글썽이구. 제발, 그만해두게.

햄 릿 그만해두게. 나머지는 곧 다시 듣기로 하지. 영감, 배우들을 잘 보살펴 주게나. 알겠어? 잘 대접해주게. 배우란 시대의 축도(縮圖)요 기록이야. 살아생전에 혹평을 듣는 것보다는 죽은 후에 고약한 묘비명을 얻는 것이 더 바람직하네.

폴로니어스 알겠습니다, 전하. 분수에 맞는 대접을 해드리지요.

햄 릿 뭐? 제발 그러지 말게. 분수에 맞게 대우한다면, 뭇매질을 면할 자가 과연 몇 명이나 되겠느냐? 자네 같은 높은 신분에 어울리는 융숭한 대접을 해주라는 뜻이야. 분수에 넘치는 대접을 해주면, 그만큼 자네의 친절함은 더 빛나지 않겠는가. 데려가게.

폴로니어스 자, 이쪽으로 와요.

햄 릿 친구들이여, 따라가게. 연극은 내일 계속하기로 하지. (첫 번째 배우를 붙들고) 여보게, 부탁이 있네. (폴로니어스와 다른 배우들 퇴장) 〈곤자로의 살해〉를 해줄 수 있겠나?

배우 1 네, 할 수 있습니다.

햄 릿 내일 밤 그 연극을 해주게. 어쩌면 열두 행이나 열여섯 행쯤 더 삽입할는지 모르겠는데, 외워줄 수 있겠나?

배우 1 네, 할 수 있습니다.

햄 릿 됐네. 저 사람을 따라가게. 그를 놀려대면 안 돼. (배우 퇴장. 로젠크랜츠와 길든스턴에게) 친구들이여, 밤에 다시 만나세. 엘시노에 잘들 왔네.

로젠크랜츠 안녕히. (로젠크랜츠와 길든스턴 퇴장)

햄 릿 잘들 가게. 아, 겨우 혼자 남게 되었구나. 아, 나는 정말로 보잘 것없는 비겁한 자로구나! 참으로 끔찍한 일이로다. 저 배우는 한 낱 꾸며낸 얘기 속에서 스스로의 상상력에 마음을 의탁하여, 흥분으로 안색이 창백해지기도 하고 눈에는 눈물이 글썽이며 안면 근육을 떨고, 소리를 띄엄띄엄 내기도 하고, 일거일동을 마음먹은 대로 움직여 여러 형태가 자유자재로 나타나고 있구나. 그런데 그는 무엇 때문에 그 모든 일을 하고 있는가? 헤카베를 위해선가? 그에게 있어서 헤카베가 뭣이기에, 헤카베에게 있어서 그가 뭣이기에 그는 헤카베를 위하여 그토록 슬퍼하는가? 만약 나 같은 분노의 동기를 그도 갖고 있었다면, 만약 나 같은 슬품의 이유를 그도 지니고 있었다면, 저 배우는 무슨 일을 저지르 겠는가? 무대를 눈물로 흠뻑 적실 것이다. 무시무시한 대사로 관객들의 고막을 찢을 것이다. 죄 지은 자들을 미치게 할 것이 다. 죄 없는 자들을 놀라게 할 것이다. 무지한 자들을 당혹게 할 것이다. 눈과 귀의 기능을 엉망으로 만들어버릴 것이다. 둔하고 게으른 얼간이, 얼빠진 쑥맥, 멍청이. 복수심에 불타지도, 말문 을 열지도 못하는 나는 바보가 아닌가. 왕관을 빼앗기고 왕비를 빼앗기고 귀중한 생명까지도 빼앗기신 부왕을 위해서 나는 무 엇을 하고 있단 말이냐? 나는 겁쟁인가? 나를 악당이라 불러라. 머리를 정통으로 후려쳐라. 수염을 뽑아버려라. 뽑은 털을 내 얼굴에 뿌려라. 코를 비틀어라. 목청을 돋워서 가슴을 찌르는 큰소리로 내 얼굴에 대고 거짓말쟁이라고 외쳐다오. 누가 이 일 을 해줄 수 있을까? 제기랄. 아, 나는 욕을 먹어 마땅해. 비둘기 처럼 순하고 허약한 나는 그의 학대에 분격할 만한 용기가 없어. 용기가 있었으면 벌써 저 악한을 시체로 만들어, 하늘을 도는 소 리개떼에게 먹이로 주었을 것이다. 피비린내 나는 음탕한 악한 ─ 잔인무도한 호색한. 천하의 대악당놈! 아아, 복수다! 나는 바 보 천치로구나. 이보다 더 장한 일이 있을까. 사랑하는 아버지 를 참살당한 이 아들이, 천상과 지옥으로부터 원한을 풀라는 독 촉을 받으면서도, 창부처럼 혀끝으로만 생각을 늘어놓고 말로 만 저주를 퍼부어대고 있으니. 천박한 계집년! 수치스러워라! 작용하라, 내 두뇌여. 그래, 생각났어. 죄인들이 연극을 보다가 그만 깊이 감동되어 그 자리에서 자신의 죄과를 울먹이며 자백

했다지. 살인의 범죄는 혀가 없어도 스스로 입을 연다고 하지 않나? 저 배우들로 하여금 나의 아버지의 살해 장면을 숙부 앞에서 재현하도록 해보자. 안색을 살피고, 급소를 찔러보자. 조금이라도 주춤하면, 내 갈 길은 뻔해지는 거야. 언젠가 보았던 그 망령은 악마였는지도 모른다. 악마는 어떤 차림을 하고서도 사람 앞에 나타날 수 있는 법이지. 어쩌면 허약하고 울적해진 나의 약점을 틈타 나를 유혹하여 지옥으로 떨어뜨리려는 것인지도 모른다. 악마는 이런 때 힘이 세다지? 증거를 잡자. 자, 연극이다! 이 연극 속에서 왕의 본심을 알아내고야 말겠다. (퇴장)

제3막

제1장 엘시노성

접견실로 이어지는 큰 복도 벽에 커튼이 걸려 있고, 중앙에는 테이블이 있다. 한쪽에 십자가가 달려 있는 기도대. 클로디어스 왕, 거트루드 왕비 등장. 이어서 폴로니어스, 로젠크랜츠, 길든스턴 등장. 조금 뒤에 오필리어 등장.

클로디어스 아무래도 이유를 알아낼 수 없다는 건가? 평온한 나날을 미친 척하면서 위험천만한 광기로 마냥 소란을 피우는 까닭을 알 수 없단 말인가?

로젠크랜츠 스스로 정신착란을 시인하십니다만, 그 원인에 대해서는 언급이 없으십니다.

길든스턴 꼬치꼬치 캐묻는 것을 싫어하십니다. 어쩌다가 본심이 드러날 듯한 지경으로까지 유도해보기는 했습니다만, 막상 핵심에 이르면 미친 척하여 능숙하게 빠져나가십니다.

거트루드 그대들을 반갑게 맞아주시던가?

로젠크랜츠 네, 정중하게 맞아주셨습니다.

길든스턴 하지만 마음이 내키지 않는 것을 억지로 그러시는 듯했습니다.

로젠크랜츠 스스로 말문을 열지는 않으셨지만 이쪽에서 묻는 말엔 잘 대꾸해주셨습니다.

거트루드 놀이를 청해보진 않았는가?

로젠크랜츠 왕비 폐하, 실은 저희들이 이곳에 오는 길에 배우 일행을 만났기에 그 일을 말씀드렸더니, 전하께선 무척 기뻐하셨습니다. 배우 일행은 역 궁전 근처에 와 있습니다. 생각건대 이미 전하의 하명을 받들어 오늘 저녁쯤 한판 벌일 듯합니다.

폴로니어스 그렇습니다. 전하께서는 제게 두 분 폐하께서 꼭 이 공연을 구경해주십사고 간청할 것을 분부하셨습니다.

클로디어스 기꺼이 구경하겠다. 그런 일에 관심을 쏟고 있다니 반갑구나. 그런 일에 더욱 열을 올리도록 권유해보라.

로젠크랜츠 네. (로젠크랜츠와 길든스턴 퇴장)

클로디어스 거트루드, 당신도 물러가시오. 실은 햄릿을 이곳으로 은밀히 불렀소. 이곳에서 오필리어와 우연히 만나도록 일을 꾸민 거요. 폴로니어스와 나는 법이 허락한 염탐자가 된 셈이오. 이곳에서 몸을 숨기고 살펴볼 참이오. 둘이 만나는 광경을 잘 관찰하여 햄릿의 고민이 상사병 때문인지 아닌지를 그의 거동으로 판단해보고자 하오.

거트루드 알았습니다. 그런데 오필리어, 햄릿 전하의 광증이 너의 아름다움 때문이라면 얼마나 다행한 일이겠느냐? 그리고 너의 상냥한 마음이 햄릿의 마음을 다시 정상으로 돌려놓을 수만 있다면 얼마나 좋으랴. 둘의 행운을 빌겠다.

오필리어 왕비 폐하, 저도 그렇게 되기를 바라고 있습니다. (거트루드 퇴장)

폴로니어스　오필리어, 여기서 거닐고 있거라. 폐하, 자리를 피하소서. 오필리어, 이 책을 읽고 있거라. 기도서를 읽고 있으면 혼자 있더라도 이상하게 보이지 않으니. 신앙심 깊은 표정을 짓고 경건한 태도를 보이면서 악마의 본성에 사탕발림을 하는 일은 옳지 못한 짓이긴 해도, 세상에는 흔히 있는 일이거든.

클로디어스　(방백) 아, 참으로 옳은 말이로다. 그 말이 채찍처럼 내 양심을 치는구나. 분칠한 창부의 뺨은 분보다 더 추악한 법이지만, 분칠한 나의 말 뒤에서 저지르는 이 행위는 더욱 추악하도다. 오, 죄악의 무거운 짐이여!

폴로니어스　이리로 오시는가 봅니다. 폐하, 숨으세요. (클로디어스와 폴로니어스 퇴장)

　햄릿 등장.

햄　릿　사느냐, 죽느냐, 이것이 문제로다. 참혹한 운명의 화살을 맞고 마음속으로 참아야 하느냐. 아니면 성난 파도처럼 밀려오는 고난과 맞서 용감히 싸워 그것을 물리쳐야 하느냐. 어느 쪽이 더 고귀한 일일까. 남은 것이 오로지 잠자는 일뿐이라면 죽는다는 것은 잠드는 것. 잠들면서 시름을 잊을 수 있다면, 잠들면서 수만 가지 인간의 숙명적인 고통을 잊을 수 있다면 그것이야말로 우리가 진심으로 바라는 최상의 것이로다. 죽는 것은 잠드는 것…… 아마도 꿈을 꾸겠지. 아, 그것이 괴롭다. 이 세상 온갖 번민으로부터 벗어나 잠 속에서 어떤 꿈을 꿀 것인가를 생각하면 망설여진다. 이 같은 망설임이 있기에 비참한 인생을 지루하게 살아가는 것인가. 그렇지 않으면 이 세상의 채찍과 조롱을, 무도한 폭군의 거동을, 우쭐대는 꼴불견들의 치욕을, 버림받은 사랑의 아픔을, 재판의 지연을, 관리들의 불손을, 선의의 인간들이 불한당들로부터 받고 견디는 수많은 모욕을 어찌 참아 나갈 수 있단 말인가. 한 자루의 단검으로 찌르기만 하면 이 세상으로부터 벗어날 수 있을진대, 어찌 참아 나가야 한단 말인가. 생활의 고통에 시달리며 땀범벅이 되어 신음하면서도, 사후의 한 가닥 불안 때문에, 죽음의 경지를 넘어서 돌아온 이가 한 사람도 없기 때문에, 그 미지의 세계에 대한 불안 때문에 우리들의 결심은 흐려지고, 이 세상을 떠나 또 다른 미지의 고통을 받기보다는 이 세상에 남아서 현재의 고통을 참고 견디려 한다. 사리분별이 우리들을 겁쟁이로 만드는구나. 이글이글 타오르는 타고난 결단력이 망설임으로 창백해지고, 침울해진 탓으로 마냥 녹슬어 버린다. 의미심장한 대사업도 이 때문에 샛길로 잘못 들고 실천의 힘을 잃게 된다. 가만, 저게 누군가. 오, 아름다운 오필리어! 기도하는 미녀여, 그대의 기도 속에서 나의 죄도 용서를 받게 하라.

오필리어 햄릿 왕자님, 그동안 어떻게 지내셨습니까?

햄 릿 아, 덕분에 무사태평, 무사태평, 무사태평이오.

오필리어 왕자님, 왕자님께서 저에게 보내주신 선물은 소중히 간직하고 있습니다만, 꼭 되돌려드려야 한다고 생각하고 있습니다. 제발 받아주세요.

햄 릿 아니오, 아니오. 난 아무것도 준 기억이 없소.

오필리어 왕자님, 왕자님께서 제게 주셨다는 걸 잘 아실 텐데요. 선물이 더욱 빛나도록 달콤한 말씀까지 더불어 보내주셨잖아요. 하지만 이젠 달콤한 향기가 사라졌으니 받아주세요. 고귀한 사람에게는 아무리 훌륭한 선물도 주는 이의 진심이 식으면 볼품이 없어지죠. 왕자님, 여기 있습니다.

햄 릿 핫, 핫! 당신은 정숙하오?

오필리어 네?

햄 릿 당신은 아름답소?

오필리어 왕자님, 그게 무슨 뜻입니까?

햄 릿 만약 당신이 정숙하고 아름답다면, 당신의 정숙과 아름다움이 서로 지나치게 친하지 않도록 조심하시오.

오필리어 정절과 아름다움은 가장 훌륭히 조화를 이루는 것이 아닙니까?

햄 릿 천만의 말씀이오. 정절이 미인을 정숙한 여성으로 만드는 것보다는 아름다움이 정숙한 여인을 매춘부로 바꿔놓는 것이 더 쉬운 법이오. 예전 같으면 이 말이 역설로 들리겠지만, 지금은 실례를 볼 수 있는 세상이 되었소. 한때 나는 당신을 사랑했었지.

오필리어 왕자님, 저도 그렇게 믿었습니다.

햄 릿 믿지 않았어야 좋았을 것을. 아무리 미덕을 인간 본래의 대목(臺木)에 접붙인다 해도 원래의 대목은 사라지지 않는 법이오. 나는 당신을 사랑하지 않았소.

오필리어 그렇다면 제가 속은 게로군요.

햄 릿 수녀원으로 가시오. 어째서 죄악을 낳고 싶어하오? 내 딴엔 스스로 점잖은 사람이라고 자부하고 있긴 하지만, 차라리 어머니 께서 나를 낳아주지 않았으면 좋았을걸 하는 생각이 들 만큼 많은 죄악을 범하고 있소. 거만하고 복수심에 불타고 야심만만해 서 어떤 죄를 범할지 알 수 없는 인간이라오. 모든 일을 차근차 근히 생각해낼 만한 분별력도 없고, 그것에 형체를 만들 만한 상 상력도 없고, 또 그것을 실행에 옮길 만한 시간도 갖고 있지 않 으면서, 수없이 많은 죄악을 짊어지고 있소. 나 같은 녀석이 이 세상 천지간을 꿈틀거리며 기어 다닌들 무슨 일을 할 수 있겠 소? 우린 모두가 악당들이오. 아무도 믿지 마시오. 제발, 수녀원 으로 가시오. 아버지는 어디 계시오?

오필리어 집에 계십니다.

햄 릿 집 안에 가둬두시오. 바깥세상에 나와 미친 수작을 못 하게 말이 오. 잘 있어요, 오필리어.

오필리어 오, 하느님, 저분을 구해주소서.

햄 릿 만약 당신이 결혼한다면 지참금 대신 저주를 당신께 보내리다. 비록 얼음같이 맑고 눈송이처럼 결백하다 할지라도 이 세상 험 담은 피할 길이 없으니 오필리어, 수녀원으로, 수녀원으로 가 오. 안녕…… 하지만 만약 굳이 결혼을 해야겠다면 바보하고나 결혼하시오. 똑똑한 녀석들은 일단 결혼하면 결국 멍청이들이 될 것이라는 것을 내 잘 알고 있기 때문이오. 수녀원으로, 수녀 원으로 빨리 가오. 잘 있어요, 오필리어.

오필리어 오, 하느님, 저분이 제정신을 찾도록 도와주소서.

햄 릿 (다시 돌아와서) 여자들이 화장을 한답시고 얼굴에 잔뜩 분을 처바른다는 것도 난 알고 있지. 하느님께서 주신 얼굴을 생판 딴것으로 만들고 만단 말야. 몸을 비틀고 엉덩이를 흔들며 아양을 떨기도 하지. 하느님이 만드신 것에 제멋대로 다른 이름을 갖다 붙이고 온갖 잡스러운 일을 마냥 해대면서도, 뻔뻔스럽게 몰라서 한 짓이라고 발뺌들을 하지. 빌어먹을, 더이상 참을 수 없어. 그 때문에 나는 미친 거야. 더이상 결혼이란 있을 수 없어. 이미 결혼한 놈들은 한 사람만 빼놓고는 다 그대로 살게 내버려두겠지만 아직 미혼인 자들은 평생 혼자 살게 해야지. 수녀원으로 가! 가란 말야. (햄릿 퇴장)

오필리어   아, 그토록 고결하던 분이 저토록 실성을 하다니! 귀족적인 눈매, 군인다운 기량, 학자다운 언변은 이 나라의 희망이요 꽃이었는데, 유행의 거울, 예절의 모범, 모든 사람들의 찬양의 표적이었던 분이 완전 폐인이 되셨구나. 나는 세상에서 가장 불행한 여자. 저분의 달콤한 사랑의 맹세를 빨아들였던 때도 있었건만, 지금은 이 눈으로 그토록 고귀하셨던 그분의, 금 간 종소리처럼 마음의 음색이 변하여 거칠게 울부짖는 모습을 보아야 하다니. 활짝 핀 젊음의 아름다운 꽃잎이 광란의 회오리바람에 휘말려 저토록 처참히 지고 말았구나! 과거를 보았던 눈으로 현재를 봐야 한다니, 아아, 이 불행이여! (엎드려 운다)

클로디어스와 폴로니어스 등장.

클로디어스   뭐, 사랑 때문이라고? 그의 마음은 결코 그쪽으로 쏠리고 있는 것이 아니야. 가끔씩 앞뒤가 맞지 않는 말을 횡설수설하고 있긴 하지만, 미치광이 짓이라고는 볼 수 없어. 무언가가 마음속 깊은 곳에 숨겨져 있어, 그의 우울증이 그것을 꼭 품고 있단 말이야. 이윽고 그것이 질을 깨고 밖으로 튀어나오면 어떤 위험이 닥칠는지 알 수 없지. 그것을 예방하기 위해, 금세 떠오른 생각인데, 이렇게 조치를 취하는 게 좋겠어. 햄릿을 곧 영국으로 보내는 거야. 밀린 조공을 속히 바치도록 독촉도 할 겸 사절로 꾸미는 게 좋겠어. 아마 바다를 건너 이국 땅에 가면 여러 가지 색다른 일을 견문하게 될 테니, 저 애 마음에 깃들인 괴로움도 씻은 듯 사라지겠지. 밤낮 그 일만 골똘히 생각하고 있으니 이상해질 수밖에 없지 않은가. 폴로니어스, 그대 생각은 어떤가?

폴로니어스 좋은 생각이십니다. 하지만 아무리 생각해봐도, 저로선 전하의 우울증의 원인이 실연 때문이 아닌가 생각되는데요. 오필리어, 네 생각은 어떠냐? 전하께서 하신 말씀은 이야기하지 않아도 좋다. 전하의 말씀은 우리도 다 들었으니까. 폐하, 결국은 폐하의 뜻에 달렸습니다. 어떻습니까, 오늘 저녁 연극이 끝난 다음 왕비 폐하께서 조용히 전하를 만나셔서 우울증의 원인을 친히 물으시는 것이? 그래 주신다면 소신이 폐하의 허락을 받고, 두 분의 대화를 숨어서 자세히 들어보겠습니다. 만약에 왕비 폐하께서도 그 원인을 알아내지 못하시거든 영국에 보내신다든지 아니면 폐하가 적당하다고 생각되는 장소에 가두어두는 방법도 물론 있겠습니다만.

클로디어스 그렇게 하지. 고귀한 신분이 광란에 빠진 것을 방치할 수는 없는 일이다. (퇴장)

제2장 성 안

햄릿과 배우 세 사람 등장.

햄 릿 내가 해보인 것처럼 대사를 말할 땐 가볍게 혀끝으로 굴리듯이 말하게. 대부분의 배우들이 곧잘 그러듯이 고함을 치거나 법석을 떤다면, 차라리 거리의 광고쟁이를 불러다 떠들게 하는 편이 나을 걸세. 또한 허공을 가르듯이 손을 이렇게 마구 휘젓지 말게. 매사 부드럽게 해야 하네. 감정이 폭풍처럼, 회오리바람처럼 격하게 솟구칠 때에도 자제력을 잃지 말고 유연하게 해야 하네. 아, 그 얼마나 불쾌한 일인가 말이야. 머리에 가발을 쓴 배우들이 나와도 괜찮을 테지만. 그런 배우들은 고래고래 고함을 지르며 지나치게 과장된 감정 표현을 일삼고 있으니. 내용도 알 수 없는 무언극이나, 엉터리 수작 외에는 아무것도 모르는 싸구려 입석 손님들을 상대하고 있다면 그래도 괜찮을 테지만. 그런 배우들을 보면 채찍으로 갈겨주고 싶어져. 그런 배우들을 보면 터마간트(중세 유럽에서 무슬림들이 숭배한다고 믿었던 신-역자 주)도 무색해져 도망갈 걸세. 폭군 헤롯(유아 살해로 유명한 유대 왕, 중세극에 자주 등장하는 폭군-역자 주)보다 더 뜨는 작자들이야. 제발 그 짓만은 말아주게.

배우 1 알았습니다.

햄 릿 그러나 너무 점잖게 해서도 안 돼. 각자 자신의 사리판단에 따라 행동을 대사에 맞추고 대사를 행동에 맞추도록 하게. 특히 중요한 것은 자연의 범위를 넘지 않도록 조심하는 일이야. 무엇이든 지나치게 연기하는 것은 연극의 목적에서 벗어나는 일이지. 연극의 목적은 예나 지금이나, 자연을 거울에 비추어 옳은 것은 옳은대로, 어리석은 것은 어리석은대로 보여주면서 시대의 본질을 생생하게 나타내는 일이지. 그런데 지나치게 과장해서 연기한다거나 반대로 너무 미흡하게 한다면, 무식한 손님들을 웃길 수 있을진 몰라도 분별 있는 관객들에겐 슬픔만 더해줄 거야. 극장 안이 온통 박수갈채로 떠내려간다 해도 그것은 단 한 사람의 비난만큼도 가치가 없는 법이야. 내가 본 배우들 가운데 남들이 극구 칭찬하는 자들이 있었어. 굳이 악평을 하고 싶지는 않지만, 그건 결코 기독교도의 말씨가 아니었다. 기독교도의 품위 있는 몸짓도 아니었고 그렇다고 해서 이교도의 말씨나 몸짓도 이니었지. 도대체 인간이라 할 수도 없었다. 무대 위를 의기양양하게 거닐며 고함을 고래고래 지르는 꼴이 말일세. 창조주가 미숙한 제자에게 맡겨 만든 인간 실패작이었지. 인간다운 데라곤 티끌만큼도 없었어.

배우 1 그 점에 대해서는 개선해보겠습니다.

햄 릿 아주 철저히 고치도록 하게. 그리고 어릿광대 역은 각본대로 지껄이는 게 좋아. 개중에는 어리석은 관객들을 웃기려고 자기가 먼저 웃는 배우도 있어. 그러는 동안 연극의 중요한 대목을 까맣게 잊어버리는데도 말이야. 참으로 딱한 일이지. 그런 짓을 하는 어릿광대는 천박한 야심가들이야. 자, 연극을 준비하게. (배우들 퇴장)

폴로니어스, 로젠크랜츠, 길든스턴 등장.

폴로니어스 나리, 폐하께서 오늘 밤 공연을 구경하신답디까?

폴로니어스 왕비께서도 보신답니다. 곧 오실 겁니다.

햄 릿 배우들에게 서두르라고 일러주게. (폴로니어스 퇴장)

로젠크랜츠, 길든스턴 네, 알겠습니다. (로젠크랜츠와 길든스턴 퇴장)

햄 릿 어이, 호레이쇼!

호레이쇼 등장.

호레이쇼 왕자님, 부르셨습니까?

햄 릿 호레이쇼, 정직한 사람은 오직 자네뿐이네, 그동안 많은 사람을
접해봤지만 말이야.

호레이쇼 전하, 별말씀을.

햄 릿 내가 아첨을 떨고 있는 게 아닐세. 자네에게 아첨 떤다고 해서
내가 출세할 리도 없지 않은가. 자네에게서 깨끗한 마음을 빼고
나면 어디에서 먹고 입을 방편을 찾겠나. 가난뱅이에게 누가 아
첨을 떨어 덕 보려거든 우쭐대는 바보 녀석들에게나 달콤한 혀
끝으로 아부하라지. 혹은 무릎을 꿇고 덩실덩실 춤을 추라지.
호레이쇼, 내 말 듣고 있나? 내 스스로의 판단에 의해 물건을 선
택하고 사람을 알아볼 수 있게 된 뒤에야 자네를 진정한 벗으로
정했다네. 실상, 허다한 고난을 겪으면서도 자네는 조금도 마음
의 동요가 없었어. 운명의 고난과 영광을 똑같이 감사하게 받아
들이고 있지. 감정과 이성이 조화를 이루고 있어 운명의 손끝이
희롱하는 대로 소리를 내지 않아도 되는 피리 — 그런 사람은 행

복한 사람이야. 격정의 노예가 되지 않는 그런 사람이 나에게는 필요하네. 그런 사람이 있다면, 나는 그를 나의 마음속 깊이 간직하려 하네. 자네는 꼭 그런 친구야. 부질없는 넋두리는 집어치우세. 실은 지금부터 어전에서 연극이 시작되네. 이 연극 가운데 한 장면은 언젠가 자네에게 말했던 부왕의 최후의 장면과 흡사해. 그 장면이 시작되면 정신을 바짝 차리고 숙부의 안색을 살펴주게. 만약 숙부의 숨겨진 죄악이 어느 한 대목에서 드러나지 않는다면 우리가 보았던 그 망령은 도깨비 장난이었음이 분명하네. 나의 추리력도 불의 신 불카누스의 대장간이나 다름없이 지저분한 것이 되고 마는 셈이야. 알겠나? 주의를 집중해서 봐주게. 나도 눈을 떼지 않고 주의해서 보겠어. 나중에 둘의 의견을 종합하여 그의 모습이 어떠했는지 판단을 내려 보세.

호레이쇼 알았습니다. 공연 중에 단 한 순간이라도 한눈을 판다면 그 손실에 대한 책임은 제가 지겠습니다.

나팔 소리와 북소리가 안에서 들린다.

햄 릿 구경들 하러 오는군. 실성한 척 행동해야지. 호레이쇼, 자리를 잡게.

왕과 왕비를 선두로 폴로니어스, 오필리어, 로젠크랜츠, 길든스턴, 그 밖의 궁신들 등장. 호위병들은 횃불을 들고 있다. 왕과 왕비가 자리에 앉자, 폴로니어스와 오필리어는 왼쪽에, 궁신들은 오른쪽에 자리 잡고 앉는다.

클로디어스　요즘은 어떠냐, 햄릿?

햄 릿　아주 좋습니다. 카멜레온이 좋아하는 공기를 먹고 뱃속을 거짓 약속으로 가득 채우고 있습니다. 수탉인들 이렇게 해서 기를 수는 없을 거예요.

클로디어스　무슨 소린지 알 수가 없구나, 햄릿. 내 말과는 상관없는 대답이다.

햄 릿　네, 하지만 입 밖으로 나왔으니 이젠 제 말도 아닙니다. (폴로니어스에게) 나리께서도 옛날 대학 시절에 연극을 하셨다죠?

폴로니어스　했습니다. 연기력이 좋다는 평판을 들었지요.

햄 릿　어떤 역을 했소?

폴로니어스　줄리어스 시저 역을 했습니다. 신전에서 살해당했지요. 브루터스에 의해서요.

햄 릿　그토록 빼어난 바보를 죽이다니, 참으로 잔인한 행위였군. 배우들 준비는 다 되었는가?

로젠크랜츠　네, 전하의 명령만을 기다리고 있습니다.

거트루드　햄릿, 이리 와서 내 곁에 앉거라.

햄 릿　아닙니다, 어머니. 이쪽에 더 끌리는 자리가 있습니다.

폴로니어스　(클로디어스에게) 오, 저 소리를 들으셨습니까?

햄 릿　아가씨, 당신의 무릎 위에 누워도 괜찮겠습니까? (오필리어의 발밑에 눕는다)

오필리어　전하, 이러시면 안 됩니다.

햄 릿　내 말은 무릎 위에 고개를 좀 기대자는 얘기요.

오필리어　네, 그건 좋아요.

햄 릿   짓궂은 짓이라도 할 줄 알았소?

오필리어   아니오.

햄 릿   처녀 허벅지 사이에 눕는다는 건 꿀맛 같은 일이지.

오필리어   네, 전하?

햄 릿   아무것도 아니야.

오필리어   전하, 기분이 좋으시군요.

햄 릿   누가, 내가?

오필리어   네.

햄 릿   오, 그야 난 세계 최고의 익살꾼이니까! 유쾌하지 않고 견딜 수
       있어? 어머니를 좀 봐. 아주 명랑한 얼굴이시잖아. 아버지가 돌
       아가신 지 두 시간도 채 못 되었는데 말이야.

오필리어   아니에요. 두 달의 갑절이나 되었는걸요.

햄 릿   그렇게 되었어? 그렇다면 검은 상복은 악마에게나 돌려주고, 누
       런 수달피 옷이나 입어야겠군. 아, 돌아가신 지 두 달이나 지났
       는데도, 아직까지 잊혀지지 않고 있다니. 아, 이건, 이건 굉장한
       일인데. 위인의 명성은 죽어도 반 년쯤은 더 계속될 희망이 있
       군. 그 이상은 예배당이라도 지어야 기억하겠지. 옛날 노래에도
       있잖아. '아, 아, 목마(木馬)도 잊혀졌노라.'

       나팔 소리와 함께 막이 좌우로 열리며 무대가 나타나고, 무언극이
       시작된다.

〈무언극〉

       왕과 왕비가 아주 정답게 등장하여 서로 포옹한다. 왕비는 무릎을

꿇고 사랑을 맹세한다. 왕은 왕비를 일으켜 안고 그녀의 어깨에 머리를 기댄다. 이윽고 꽃이 만발한 둑에 드러눕는다. 왕비는 왕이 잠든 것을 확인한 후 그 자리를 떠난다. 이윽고 한 남자가 나타나 왕의 머리에서 왕관을 벗기고 그 왕관에 키스를 한 후, 잠들어 있는 왕의 귓속에 독약을 부어 넣고 퇴장한다. 왕비가 돌아와서 왕이 죽은 것을 알고 슬퍼한다. 독살자가 서너 명의 시종을 데리고 다시 나타나서 왕비와 함께 슬픔을 나누는 척한다. 시체가 운반되어 나간다. 독살자는 예물을 들고 왕비에게 사랑을 청하지만, 얼마 동안 왕비는 아랑곳하지 않다가 이윽고 그의 사랑을 받아들인다. (막이 내린다)

오필리어　전하, 이 연극은 무엇을 뜻하는 것입니까?

햄 릿　터무니없는 수작이지. 음모라고나 할까.

오필리어　이 무언극으로 연극의 줄거리를 설명하고 있는가 보군요.

　　　　서사역 배우 등장.

햄 릿　이 배우가 자초지종을 알려줄 거야. 배우들은 비밀을 지키지 못하고 무엇이나 지껄여대니까.

오필리어　이 무언극의 의미도 설명해줄까요?

햄 릿　그럼. 저 배우는 당신이 어떤 몸짓을 하더라도 모두 설명해내지. 아무리 창피한 짓이라도 보여주기만 하면 그는 태연하게 그 뜻을 설명해줄 거요.

오필리어　망측스러운 말씀은 그만하세요. 연극이나 구경하겠어요.

서사역　저희 극단과 공연될 이 비극을 성원하시는 관대한 마음으로 끝까지 관람해주시기 바랍니다.

햄 릿 저건 서론인가, 아니면 반지에 새긴 제명(題銘)인가?

오필리어 너무 짧군요.

햄 릿 여인의 사랑처럼.

무대에 왕과 왕비의 역을 맡은 두 배우 등장.

극중 왕 왕비여, 그대와 내가 서로 마음과 마음을 허락하여 혼인의 신에 의하여 결합된 이래로 포이보스(태양신)의 수레바퀴가 넵튠(바다의 신)의 바닷길과 텔루스(대지의 신)의 둥근 육로를 유유히 돌기를 서른 번. 달빛도 열두 번의 간만을 삼십 년 비춰 열둘에 서른이 곱하여졌도다.

극중 왕비 참으로 기나긴 세월의 여로가 지난 이후에도 우리의 사랑이 계속되게 해주소서, 일월성신이시여. 아, 하지만 슬프도다. 요즘 왕께서 병환이 나시어 원기를 잃으셨으니, 그전 같지 않도다. 심히 염려되지만, 제가 걱정한다고 해서 왕이시여, 언짢게 여기지 마소서. 사랑이 깊을수록 여자의 근심도 깊어지는 법. 없으면 둘 다 없지만, 있을 땐 두 가지가 지나치게 많은 법. 저의 사랑을 왕께서도 아시지 않습니까? 그 사랑의 깊이를 아신다면, 저의 근심 걱정도 충분히 아셨겠나이다. 사랑이 깊을수록 사소한 염려도 두려움이 됩니다. 하지만, 조그만 염려가 커지는 곳에 크나큰 사랑이 깃들일 수 있죠.

극중 왕 아, 나는 얼마 안 가서 그대를 남기고 떠나갈 몸. 나의 생명력은 이제 쇠잔하여 기능을 멈추고 있소. 그대는 이 아름다운 세상에 남아서 존경을 받고 사랑을 받으시오. 나에 못지않은 남편을 맞이해요……

극중 왕비   아, 무정하셔라. 그만하세요, 그런 사랑은 제 마음의 반역이옵니다. 두 번째 남편을 저는 증오합니다. 첫 남편을 죽인 아내만이 두 번째 남편을 맞이합니다.

햄   릿   (방백) 입맛이 쓸 거다, 입맛이 씁쓸할 거야.

극중 왕비   두 번째 남편을 바라는 것은 탐욕스러운 더러운 마음입니다. 그것은 결코 진정한 사랑이 아니옵니다. 두 번째 남편에게 안겨 잠자리를 같이하며 입 맞출 수 있단 말입니까? 죽은 남편을 두 번 죽이는 일입니다.

극중 왕   당신의 말이 진정임을 나는 의심치 않소. 그러나 이 세상에서는 마음에 정한 일도 깨질 수 있는 법. 뜻을 세웠다 할지라도 기억할 수 있는 동안에만 가능한 법이오. 그것이 태어나는 힘은 굳세지만 자라는 힘은 더디다오. 푸른 과일이 설익었을 때에는 가지에 매달려 떨어지지 않으려고 발버둥치지만, 익으면 저절로 떨어지는 것과 같소. 우리는 종종 스스로 자기 자신의 마음에 진 부채를 잊어버리는 수도 있소. 격정에 사로잡혀 챙긴 맹세가 식을 때 그 뜻도 함께 꺼져가는 것은 당연한 일이오. 슬픔이건 기쁨이건, 그 격정이 꺼질 때 세운 뜻도 함께 사라지는 법. 기쁨이 극에 달하면 슬픔 또한 극에 달하여, 슬픔은 금세 기쁨으로 변하고, 기쁨은 곧 슬픔이 된다오. 이 세상만사 변하게 마련. 우리의 사랑이 운명의 변화와 더불어 변한들 무엇이 이상하겠소? 사랑과 운명, 이 가운데 어느 것이 더 강한가는 아직도 우리가 풀지 못한 문제라오. 위대한 인간도 일단 몰락하면 그를 아끼는 이들조차 그를 버리고, 미천한 자가 출세하면 원수도 친구가 되게 마련이오. 이것이 바로 인간의 사랑이 운명에 복종하는 좋은 증거라오. 부유한 자는 친구에 부족함이 없지만, 가난한 자는 자칫 친구의 마음을 시험하려다가 금세 무서운 적으로 만드는 법. 다시 처음으로 돌아가서 이야기에 매듭을 지어야겠소. 인간의 뜻과 운명은 서로 어긋나는 것이므로 계획은 언제나 무너지게 마련이며, 내세운 뜻은 갸륵하지만 결과가 뜻밖의 것이 되기는 쉬운 일. 두 번째 결혼을 마다하는 당신도 내가 죽으면 생각이 변할 것이오.

극중 왕비   아, 비록 땅이 양식을 베풀지 않고 하늘이 빛을 내리지 않는다 하더라도, 낮의 즐거움과 밤의 안식을 빼앗긴다 할지라도, 희망이 사라지고 믿음이 끊긴다 할지라도, 감옥에 갇힌 듯한 은둔자의 길을 운명처럼 간다 할지라도, 온갖 기쁨을 박탈당하여 재앙으로 멸망할지라도, 영겁의 고뇌가 현재뿐 아니라 내세에까지 이 몸을 쫓아올지라도, 한 번 남편을 잃은 몸이 어떻게 결혼할 수 있겠습니까?

햄 릿   지금 저 맹세가 깨어지면 어떡한다……?

극중 왕   지극한 맹세로다. 왕비여, 잠시 자리를 피해주시오. 심신이 피로하구려. 이 지루한 시간을 잠으로 넘기고 싶소.

극중 왕비   잠으로 심신의 피로를 푸소서. (극중 왕 잠든다) 우리 두 사람 사이에 불행한 일이 일어나지 않기를 바라옵니다. (퇴장)

햄 릿   어머니, 이 연극이 마음에 드십니까?

거트루드   저 여인은 너무 지나치게 맹세하는 것 같구나.

햄 릿   아, 하지만 그 맹세를 꼭 지킬 겁니다.

클로디어스   연극의 줄거리를 들었느냐? 해괴한 장면은 없겠지?

햄 릿   아뇨, 저들은 그저 농담을 지껄이고 있는 것뿐입니다. 독살하는 흉내만 내고 있을 뿐이지요. 해괴한 일은 없습니다.

클로디어스   연극의 제목은 무엇이냐?

햄 릿   〈쥐덫〉이라고 합니다. 왜냐구요? 비유지요. 비엔나에서 있었던 암살을 재현해본 것입니다. 영주의 이름은 곤자고입니다. 부인의 이름은 밥티스타구요. 곧 아시게 됩니다만, 무서운 흉계지요. 하지만 상관할 것 없어요. 마음에 거리낌이 없는 폐하나 저희들에게는 아무것도 아니니까요. 죄지은 자는 움츠러들겠지만 우린 아무렇지도 않습니다.

　　　루시어너스의 역을 맡은 배우 등장. 검은 옷을 입고, 한쪽 손에는 독약병을 들고 있다. 잠자는 왕에게 거만스레 다가가서 얼굴을 찌푸리며 험상궂은 몸짓을 한다.

　　　루시어너스입니다. 영주의 조카죠.

오필리어   전하께서는 해설을 썩 잘하시는군요.

햄 릿   꼭두각시놀음만 보아도 난 당신과 당신의 연인 사이를 알아맞힐 수 있지.

오필리어   말 끝마다 날이 서 있군요, 전하.

햄 릿   칼날을 삼키려면, 당신은 요란하게 신음 소리를 내야 할걸.

오필리어   능숙하신 구변이시지만 험담이 지나치십니다.

햄 릿   당신도 남편을 맞게 되면 알게 될 거야. (무대를 향하여) 시작해봐, 살인자. 뭐야, 얼굴을 잔뜩 찌푸리고. 어서 시작해보시지! '까마귀는 울부짖으며 복수를 외친다.'

루시어너스   마음은 시꺼멓고 재주는 비상하며, 약효는 빠르고 때는 무르익었다. 주위에 보는 사람이 없으니 사람을 죽이기에는 꼭 알맞구나. 칠흑 같은 심야에 캐어낸 약초를 쥐어짜서 마왕의 주문을 세 번 곁들이고, 독기에 세 번 적셔 만든 무서운 독약이여, 무서운 자연의 마력을 발휘하여 당장 저 건강한 생명을 탈취하라.

(독약을 왕의 귀에 붓는다)

햄 릿   왕위를 빼앗기 위해 정원에서 왕을 독살하고 있습니다. 왕의 이름은 곤자고. 이 이야기는 이탈리아어로 쓰여서 지금까지 전해지고 있습니다. 여러분은 곧 저 살인자가 곤자고의 아내를 농락하는 것을 보게 될 것입니다.

오필리어   왕이 일어나십니다!

햄 릿   엄포에 질리셨군.

거트루드   어찌 된 일입니까?

폴로니어스   연극을 중지하라.

클로디어스   횃불을 가져오라. 가야겠다!

전 원   횃불, 횃불, 횃불을! (햄릿과 호레이쇼를 남겨두고 전원 퇴장)

햄 릿   상처 입은 사슴은 울며 가라.

성한 사슴은 춤을 추어라.

깨어 있는 사람 옆에 자는 사람 있어

세상은 둥글둥글 돌아가누나.

어때, 호레이쇼, 이렇게 새 깃털을 옷에 잔뜩 달고, 장미꽃 모양의 리본을 매어 단 투명한 신발을 신고 나서면, 거지 발싸개 같은 신세가 되어도 배우들 틈에 한몫 낄 순 있잖은가?

호레이쇼 반 사람 몫 정도겠죠.

햄 릿 아니야, 나는 당당히 한 사람 몫을 할 수 있어. 다몬(그리스 신화. 신의가 두터운 친구 다몬과 피디아스를 말함–역자 주) 같은 이상적인 친구, 호레이쇼여, 너는 알 수 있지? 지금 이 나라는 주피터 신에게 버림받아 더러운 공작새가 다스리고 있도다.

호레이쇼 운율이 어긋났어요.

햄 릿 여봐, 호레이쇼. 망령의 말이 옳았어. 자네도 보았지?

호레이쇼 네, 보았습니다.

햄 릿 독살 장면?

호레이쇼 네, 똑똑히 보았습니다.

햄 릿 자, 음악이다! 피리를 불어라! 왕께서 연극이 싫으시다면, 그야 정말 싫은 까닭이 있겠지. 자, 음악이다!

로젠크랜츠와 길든스턴, 빠른 걸음으로 등장.

길든스턴 전하, 한마디 여쭙겠나이다.

햄 릿 실컷 하라구.

길든스턴 왕께서…….

햄 릿 그래, 어쨌다는 거냐?

길든스턴 방 안에서 꼼짝도 않으시고, 몹시 기분이 언짢아지셨습니다.

햄 릿 과음하셨나?

길든스턴 아닙니다. 노하셨습니다.

햄 릿 그렇다면 의사에게 알리는 것이 더 현명한 일이다. 내가 서툰 솜씨로 치료한답시고 섣불리 나섰다간 화가 더 치밀어 오를 테니.

길든스턴 전하, 제 말씀 좀 들어주십시오. 샛길로 빠지시지 마시고.

햄 릿 점잖게 듣겠나이다. 말씀하십시오.

길든스턴 왕비께서 상심하고 계십니다. 소신을 전하께 보내셨습니다.

햄 릿 반갑구려.

길든스턴 전하, 그 같은 말씨로 저를 희롱하지 마십시오. 진지한 답변을 주시겠다면 왕비의 전갈을 올리겠습니다. 그게 싫으시다면 이만 실례하고 물러가겠습니다. (절을 하고 돌아서려 한다)

햄 릿 그리 할 순 없겠네.

로젠크랜츠 전하, 무엇을요?

햄 릿 진지한 답변 말이외다. 머리가 돌아 제정신이 아니니 말이다. 하지만, 내가 할 수 있는 답변이라면 그대의 말, 아니 그대가 전하려고 하는 어머니의 말씀에 쾌히 응답하리다. 자, 그러니 요점을 어서 말하게. 그대의 말대로 어머니께서…….

로젠크랜츠 왕비께서 말씀하시기를, 전하의 행동에 깜짝 놀라셨다 하옵니다.

햄 릿 어머님을 놀라게 했다니, 참으로 기특한 자식이로군! 하지만 놀라움이 지난 후에 무엇이 있었나? 그것을 말해보게.

로젠크랜츠   주무시기 전에 전하께서 왕비의 내실로 드시랍니다.

햄 릿   그렇게 하지. 지금보다 열 배 더 훌륭하신 어머니라고 생각하면서. 무슨 용건이 남았나?

로젠크랜츠   전하, 전하께선 이전에 저를 극진히 위해주셨습니다.

햄 릿   지금도 변함없어. 이 버릇없는 두 손을 두고 맹세하지.

로젠크랜츠   전하, 그렇게 언짢아지신 원인이 무엇입니까? 저를 아끼신다면 그 고민을 털어놔주십시오. 숨길수록 전하에겐 해롭습니다.

햄 릿   출세길이 막힌 때문이외다.

로젠크랜츠   그건 또 무슨 말씀입니까? 덴마크의 왕위를 계승하실 전하께서.

햄 릿   그렇긴 하오. 그러나 앞날을 기약하는 동안이라는 말이 있는데. 이 속담도 이젠 좀 케케묵은 듯한 느낌이 드는군.

    배우들이 피리를 들고 등장.

오, 피리 아닌가. 하나 빌려다오. (피리를 들고 길든스턴을 한쪽으로 데려가서) 묻고 싶은 게 있네마는, 어째서 자네는 그처럼 나를 마냥 이용만 하려 드는가. 나를 함정에 몰아넣을 생각인가?

길든스턴   제 행동이 지나쳤다면, 그것은 오로지 전하에 대한 충성심 때문에 빚은 불손입니다.

햄 릿   거 무슨 소린지 알아듣지 못하겠네. 이 피리 불어보겠나?

길든스턴   전하, 불 줄 모릅니다.

햄 릿   제발 부탁이네.

길든스턴　정말이지 불 줄 모릅니다.

햄 릿　제발 간청하네.

길든스턴　전하, 피리에 대해서만은 아주 무식합니다.

햄 릿　거짓말은 하기 쉽지. 피리를 부는 것도 그만큼 쉬운 일이야. 이 구멍을 양쪽 손가락으로 이렇게 누르고, 입에다 댄 다음 숨을 내쉬면 저절로 음악이 흘러 나온다네. 보게나, 이것이 구멍이라네.

길든스턴　하지만 제가 하면 듣기 좋은 가락이 나오지 않습니다. 재주가 없거든요.

햄 릿　그렇다면 묻겠네만, 자네는 나를 무엇이라 생각하고 있지? 자네는 나에게서 갖가지 소리를 들으려고 애쓰고 있지. 누르는 구멍을 자네는 아는 척하고 있어. 내 마음의 비밀을 알아내고자 가장 낮은 음에서부터 가장 높은 음에 이르기까지 나의 소리를 꾀어내려고 하지. 이 작은 피리 속에는 아름다운 소리와 풍부한 음악이 들어 있어. 그런데 자네는 그 소리조차 낼 수 없지 않은가. 흥, 그래, 날 다루기가 피리보다 쉬울 것 같은가? 나를 악기 취급하는 것은 좋은데, 그렇게 하면 나를 화나게 할 순 있어도 나를 연주할 순 없을 걸세.

　　폴로니어스 등장.

나리가 오셨군!

폴로니어스　전하, 왕비께서 하실 얘기가 있으시답니다. 곧 오시라는 분부십니다.

햄 릿 낙타 모양의 저 구름이 보이는가?

폴로니어스 아, 정말 낙타 같군요.

햄 릿 족제비처럼 보이는데?

폴로니어스 네, 등 모양은 꼭 족제비 같군요.

햄 릿 아냐, 고래 같네그려.

폴로니어스 네, 고래와 아주 흡사합니다.

햄 릿 그럼, 곧 어머님께 가보겠네. (방백) 나를 바보 취급하는군. 아, 참으로 견디기 힘든 고통이여. (폴로니어스에게) 곧 가겠다고 전하시오.

폴로니어스 그렇게 전하겠습니다. (폴로니어스, 로젠크랜츠, 길든스턴 퇴장)

햄 릿 '곧' — 말은 쉽다. 모두들 물러가게. (호레이쇼와 배우들 퇴장) 이제 한밤중, 마녀들이 설칠 시간이다. 무덤이 입을 딱 벌리고, 지옥이 처절한 독기를 세상에 뿜어댄다. 지금이라면 나도 뜨거운 피를 마실 수 있으리라. 그리하여 한낮엔 차마 볼 수 없어 눈을 감게 되는 참혹한 짓도 지금이면 해낼 수 있으리라. 하지만, 기다려라. 지금은 어머님께 가볼 시간이다. 오, 마음이여, 자연의 정을 잊지 마라. 잔인한 네로의 영혼을 이 가슴속에 품지 말자. 아무리 가혹한 짓을 하더라도 자식으로서의 정은 잊지 말자. 말로는 칼끝처럼 날카롭게 찌르자. 그러나 진짜 칼을 휘둘러서는 안 된다. 혀와 마음을 따로 분간하자. 말로 어머님을 매질하더라도 행동으로 옮겨서는 안 된다. (퇴장)

제3장 같은 장소

클로디어스, 로젠크랜츠, 길든스턴 등장.

클로디어스 그 애가 마음에 안 들어. 그의 광란을 내버려두면 위험할 뿐이야. 곧 준비하게. 위임장을 써줄 테니 너희들이 그와 함께 영국으로 출발하라. 일국의 왕으로서, 나는 그를 방임해둘 수 없다. 저런 미치광이를 내버려두면 국민을 위해서 한시도 안심할 수 없다.

길든스턴 곧 출발 준비를 하겠습니다. 폐하의 은덕에 의지하여 살고 있는 수많은 국민의 안전을 위하여 이토록 심뇌를 겪으시는 것은 세밀하고 자상한 배려라 생각되어 황송하옵니다.

로젠크랜츠 하잘것없는 우리들 개인의 생명도 일단 위험에 처하면 전력을 다하여 지키는 것이 도리입니다. 하물며 국왕의 안녕에는 수없이 많은 백성들의 생명이 매달려 있사온즉, 더욱 단단히 지켜야 합니다. 폐하께 만약의 사태가 일어난다면 그 화근은 폐하 한 개인에게만 미치는 것이 아닙니다. 소용돌이처럼 주위에 있는 모든 것을 삼켜버리고 맙니다. 폐하의 지체는 높은 산봉우리에 세워진 거대한 수레바퀴와도 같습니다. 바퀴의 굵은 살에는 수천만의 군소 인간들이 매달려 있습니다. 만약에 그 바퀴가 무너지면, 거기 매달려 있는 모든 것들이 일제히 산산조각이 나 흩어지고 맙니다. 폐하의 한숨 소리는 다름 아닌 온 국민의 신음 소리이옵니다.

클로디어스 자, 그러면 곧 여행 준비를 하게. 그 위험인물은 쇠사슬로 묶어놓아야 꼼짝 못 할 것이다.

로젠크랜츠 서두르겠습니다. (로젠크랜츠와 길든스턴 퇴장)

폴로니어스 등장.

폴로니어스 폐하, 전하께서 왕비의 내실로 향하고 있습니다. 소신, 커튼 뒤에 숨어서 이야기를 엿듣겠습니다. 왕비께서는 무섭게 꾸짖으실 테지만, 폐하께서 내리신 지당하신 분부대로 왕비 말씀을 엿듣는 것이 좋을 듯합니다. 어머니는 언제나 아들을 감싸려 드는 법이니까요. 이만 물러가겠습니다. 폐하께서 침소에 드시기 전에 다시 뵙고 결과를 아뢰겠습니다.

클로디어스 고맙소, 폴로니어스. (폴로니어스 퇴장) 아, 내 죄의 악취가 하늘을 찌르는구나. 인류 최초의 무서운 저주를 받은 형제 살인죄. 아, 나는 기도조차 할 수 없다. 아무리 기도를 하고 싶어도, 아무리 기도를 하려 해도 헛수고로구나. 무거운 죄 때문에 나의 결심은 계속 무너져버린다. 일시에 두 가지 일을 하려는 사람은 무엇부터 시작할까 하고 망설이고 있는 동안에 결국은 아무것도 할 수 없게 되는 것이다. 비록 이 저주받은 손에 형의 피가 눌어붙어 껍질이 두껍게 보일지라도, 아, 하늘이 은혜로운 비를 내려 나의 손을 눈처럼 희게 해줄 수는 없을까? 우리 인간들이 더이상 죄를 범하지 못하도록 한다든지 일단 죄를 범한 자를 용서해주는 것이 기도의 힘이 아니겠는가. 그렇다, 아직도 희망은 있다. 나의 죄는 이미 과거의 것이 아닌가. 아, 하지만 무엇이라고 기도를 올려야 하는가? '악독한 나의 죄를 용서해주소서!' 라고 할 것인가? 안 돼. 그 살인으로써 손아귀에 넣은 온갖 이득을 지금까지 소유하고 있지 않은가. 이 왕관, 왕위, 그리고 왕비. 죄를 지어가면서 얻은 소득을 그냥 지닌 채 죄의 용서를 받을 수는 없을까? 썩어빠진 세상의 악독한 세월에선 죄로 물든 부정한 손이 정의를 밀쳐버릴 수 있을 것이다. 그리하여 때로는 죄악으로 얻은 재화로 나라의 법을 매수할 수도 있을 것이다. 그러나 천상에서는 그것이 불가능하다. 협잡이 통하지 않는다. 그곳에선 우리들의 행위가 그 본색을 드러낸다. 그래서 우리들은 스스로 범한 죄를 마주하고 일일이 털어놓을 수밖에 없는 것이다. 어찌하면 좋을까? 무엇을 할 수 있을까? 참회하면 될까? 그러면 용서받을 수 있을 것이다. 그러나 참회할 수도 없다면 어떻게 해야만 할 것인가? 아, 처참한 상태여. 죽음처럼 암담한 마음이여 ─ 아, 덫에 걸린 영혼이여! 몸부림칠수록 더욱 죄어드는구나. 하늘의 천사들이여, 도와주소서. 굳어버린 무릎이여, 굽어라. 강철 같은 심장이여, 갓난아기의 근육처럼 부드러워져라. 비나이다, 모든 일이 잘 해결되도록. (무릎을 꿇는다)

햄릿 등장.

햄 릿 해치우기엔 지금이 좋겠다. 한참 기도 중이구나. 해치우자. (칼을 뺀다) 지금 죽으면 천당에 가겠지? 나는 복수를 하게 되는데. 그러나 곰곰이 생각해보자. 악당이 아버지를 살해했는데 아들인 내가 살인의 대가로 악당을 천당으로 보낸다? 그렇다면 이건 그

악한을 위해 봉사하는 셈이 되잖나. 그렇게 되면 복수라고 할 수 없지. 내 아버님은 현세의 모든 욕망을 짊어진 채, 죄를 씻을 겨를도 없이, 죄업이 오월의 꽃처럼 한창 기세를 올릴 때 그 악당 손에 살해되었어. 저승에서의 마지막 심판이 무엇이었는지는 알 수 없지만, 우리들 상식으로 판단해보건대 필경 아버지는 무거운 형벌을 받게 될 것이다. 저 악당이 스스로의 영혼을 깨끗이 씻으며 죽음을 준비하고 있을 때 그를 해치우는 일은 복수가 아니다. 어림도 없는 소리. (칼을 칼집에 넣는다) 칼이여, 제자리에 가 있거라. 숨을 죽이고 기다리고 있거라. 그 악당이 술에 곯아떨어진다든지 노여움을 터뜨린다든지 음탕한 정욕을 불태운다든지 도박을 하거나 저주를 퍼붓고 있을 때, 혹은 그 밖에 무엇이든 구제받을 수 없는 어떤 죄업에 흠뻑 빠져 있을 때, 한칼에 베어 놈의 뒷발이 하늘을 차고 지옥에 떨어지도록 복수를 해야 한다. 그렇게 하면 그의 영혼은 지옥의 저주를 받게 될 것이다. 그때 그의 영혼은 지옥처럼 암담해질 것이다. 어머니가 기다리시겠다. 너를 지금 살려두는 것은 너의 고통을 연장 시키기 위해서다. (퇴장)

클로디어스 (일어서며) 나의 기도는 하늘로 날아오르지만, 나의 마음은 지상에 그대로 남아 있구나. 마음이 따르지 않는 빈말은 하늘에 닿지 못하는구나.

제4장 왕비의 내실

거트루드와 폴로니어스 등장. 커튼이 드리워져 있다. 벽에는 선왕 햄릿 왕과 클로디어스 왕의 초상이 걸려 있다. 몇 개의 의자와 침대가 놓여 있다.

폴로니어스 곧 오실 겁니다. 따끔하게 꾸중을 하십시오. 장난의 도가 지나치셨습니다. 왕비께서 중간에서 폐하의 노여움을 진정시키셨다고 말씀하십시오. 저는 여기 숨어서 입을 다물고 있겠습니다. 단단히 타일러주십시오.

햄 릿 (바깥에서) 어머니, 어머니, 어머니!

거트루드 염려 말고 숨으시오. 오는가 보오.

폴로니어스, 커튼 뒤에 숨는다. 햄릿 등장.

햄 릿 어머니, 무슨 일이십니까?

거트루드 햄릿, 네가 아버지를 심히 언짢게 해드렸다.

햄 릿 어머니께서 제 아버님을 매우 화나게 해드렸죠.

거트루드 너, 그게 무슨 말버릇이냐?

햄 릿 어머니 말씀은 또 왜 그렇습니까?

거트루드 어찌 된 일이냐?

햄 릿 무엇이 말씀입니까?

거트루드 너, 나를 잊었느냐?

햄 릿 원, 천만에요. 당신은 왕비님이시죠. 당신 시동생의 아내시고,

또 유감스럽게도 저의 어머니십니다.

거트루드 아, 감당할 수가 없구나. 너를 대할 만한 다른 사람을 데려와 야겠다. (퇴장하려 한다)

햄 릿 (팔을 붙들면서) 진정하시고 여기 앉으세요. 거울로 어머니의 마음 속 깊은 곳까지 환히 비춰 보여드릴 테니 꼼짝 말고 계세요.

거트루드 무슨 짓을 하려는 거냐? 너, 나를 죽일 셈이냐? 사람 살려, 사 람 살려!

폴로니어스 (커튼 뒤에서) 아, 누구 없느냐? 사람 살려, 사람 살려, 사람 살 려!

햄 릿 (칼을 뺀다) 이건 뭐냐! 쥐새끼냐? 뒈져라, 뒈져! (커튼 속으로 칼을 찌 른다)

폴로니어스 (커튼 뒤에 쓰러지며) 아, 찔렸구나.

거트루드 이게 무슨 짓이냐?

햄 릿 글쎄, 모르겠군요. 왕입니까?

거트루드 잔인하고 포학한 일이다!

햄 릿 포학한 일 — 정녕 나쁜 일이긴 하죠, 어머니. 왕을 죽이고 그 동 생과 결혼한 일처럼요.

거트루드 왕을 죽여?

햄 릿 그렇습니다. (커튼을 들치자 폴로니어스의 시체가 드러난다) 늙고 쓸개 빠진 녀석. 여기저기 아무 데나 끼어드는 어릿광대. 잘 가거라. 너보다 더 높은 놈인 줄 알았더니. 자, 이게 네 운명인가 보다. 주제넘게 나서면 신상에 해로워. (커튼을 내리고 왕비를 향하여) 손만 쥐어뜯지 마시고, 조용히 앉으세요. 제가 왕비님의 마음을 쥐어짜드리겠습니다. 그 마음속으로 들어갈 수 있다면 말입니다. 그러나 저러나, 악행에 물든 당신의 마음은 놋그릇처럼 굳어져 감정이 비집고 들어갈 틈새도 없는 건 아닙니까?

거트루드 왜 나를 윽박지르느냐. 왜 내게 고함을 지르고 욕을 퍼붓느냐.

햄 릿 당신은 우아하고 얌전한 여인의 겸손을 짓밟고 미덕을 위선이라 하였으며, 청순한 연인의 흰 이마로부터 장미꽃을 뜯어내고 거기에다 화냥년의 낙인을 찍어놓았습니다. 부부간의 맹세를 숫제 투전꾼들의 엉터리 증서 따위로 바꿔놓았습니다. 신성한 맹세 속에 담긴 영혼을 몽땅 내팽개치고, 그 맹세를 부질없는 헛소리로 바꿔놓았지요. 하늘도 노하여 얼굴을 붉히고, 단단한 땅덩이도 세상의 종말이 다가온 듯 당신의 행동을 보고 슬퍼하고 있습니다.

거트루드 그토록 다짜고짜 소란부터 피우다니, 도대체 내가 무슨 짓을 했단 말이냐?

햄 릿 (벽에 걸린 두 초상화 쪽으로 왕비를 데려가) 자, 보세요. 이 두 초상화를. 한 핏줄을 나눈 형제의 초상화지요. 그러나 보세요, 이분의 고귀한 모습을. 히페리온의 고수머리카락, 주피터 같은 흰칠한 이마, 싸움터로 달려가게 만드는 군신(軍神) 마르스의 눈, 신의 사자 머큐리가 높이 치솟은 산봉우리에 막 내려앉은 듯한 모습. 이분이야말로 그 몸매의 균형으로 보아 온갖 아름다움을 한 몸에 지닌 탓으로 신들이 인간의 본보기로 삼고 있지요. 이분이 바로 당신의 남편이었습니다. 자, 이번에는 이쪽을 보시지요. 이 자가 당신의 현재 남편입니다. 해충에 병든 보리 이삭 같아서 건

강하게 자라던 형님 이삭을 말라죽게 만들었습니다. 왕비여, 당신에게도 눈이 있습니까, 저 아름다운 산등성이를 버리고, 이처럼 더러운 수렁에서 먹이를 찾다니. 과연 눈이 있습니까, 당신은? 사랑 때문에 눈이 멀었다고 하지 마세요. 당신 나이가 되면 정욕의 불꽃도 사그라져, 유순하게 분별의 소리에 귀를 기울이기 마련입니다. 어떤 분별심이 작용하였기에 저분으로부터 이 작자로 넘어왔단 말입니까? 당신에게도 분명 감각은 있을 겁니다. 감각이 없다면 어찌 이런 행동을 할 수 있겠습니까? 다만, 당신의 감각은 마비되었어요. 미치광인들 이런 잘못을 저지를 수 있겠습니까? 감각이 아무리 광기로 인해 자유를 박탈당했다 해도 이 두 사람을 분간해서 선택할 만한 능력은 남아 있어야죠. 악마가 당신의 눈을 가리게 했단 말입니까? 감각은 없어도 눈이 있었다면, 눈은 없어도 감각이 있었다면, 손이나 눈은 없어도 귀가 있었다면, 하다 못해 코라도 있었다면, 비록 병들었어도 진정한 생각이 한 토막이라도 있었다면 이토록 어리석은 짓은 저지르지 않았을 겁니다. 아, 수치심이여, 너의 부끄러움은 어디로 갔는가? 저주받은 정욕이여, 분별 있는 여인의 뼛속까지 자극해서 욕정을 그토록 태웠으니 불타는 청춘 앞에서 미덕은 초같이 녹아 흘러야 마땅하리라. 타오르는 정욕의 불길에 온몸이 지글지글 타버린들 무엇이 부끄러울소냐. 늙은이의 싸늘한 피도 타올라 이성이 정욕의 포로가 되는 판에.

거트루드   아, 햄릿, 그만해라. 너의 말은 내 마음 깊은 곳을 들여다보게 하누나. 내 마음속에 스며든 시커멓고 무성한 오점을 씻을 길이 없구나.

햄 릿 뿐만 아니라 땀내 나는 더러운 잠자리에 기어들어 정담을 나누고, 더러운 돼지우리 바닥에서 서로 부둥켜안고 뒹굴며…….

거트루드 제발 그만해둬라. 네 말은 마치 비수처럼 내 귀를 찌르는구나. 햄릿, 그만해다오.

햄 릿 살인자, 악당. 부왕에 비하면 이백 분의 일도 안 되는 벌레 같은 녀석. 얼빠진 왕. 왕위와 왕국을 가로채고, 선반에서 몰래 왕관을 훔쳐내어 슬쩍 주머니에 집어넣은 날도둑놈…….

거트루드 그만!

햄 릿 누더기를 걸친 가짜 왕.

　　　망령이 잠옷 차림으로 등장.

하늘의 천사들이여, 이 몸을 그대들의 날개로 감싸 구원해주소서. (망령에게) 무엇을 원하십니까?

거트루드 아, 마침내 미쳐버렸구나.

햄 릿 아들이 우물쭈물하고 있는 것을 책망하러 오셨군요. 격정에 사로잡힌 것을, 주위에 마음을 빼앗긴 것을, 어명이신 일대 중대사를 미루고 실천하지 않는 것을 꾸짖으러 오셨습니까? 오, 말하사외다.

망 령 잊지 마라. 내가 지금 이곳에 나타난 것은 무디어진 네 결심의 날을 갈아주기 위해서다. 하지만 보아라, 겁에 질린 네 어머니의 얼굴을. 어머니를 돌봐드려라. 어머니의 고통을 덜어드려라. 몸이 연약한 자일수록 마음의 고통이 심한 법. 햄릿, 네 어머니에게 따뜻하게 말을 걸어드려라.

햄 릿 어머니, 괜찮으십니까?

거트루드 너는 괜찮냐? 무섭게 눈을 부릅떠 허공을 쳐다보고 눈에 보이지도 않는 물체를 향하여 말을 하지 않았느냐? 너의 눈은 미친 듯이 이글거리고, 잠자던 머리카락은 경보에 놀란 병사들처럼 곤두서지 않았느냐? 햄릿, 진정해다오. 마음이 아무리 끓어오르더라도 꾹 참거라. 또 무엇을 노려보고 있느냐?

햄 릿 저분을, 저 어르신네를. 창백한 얼굴로 이쪽을 보고 계십니다. 슬픔에 잠긴 저 모습을 본다면 바위도 소리 내어 울겠지. 저를 노려보지 마세요. 그토록 서글픈 눈으로 저를 보시면 굳은 결심마저 둔해져 중대한 과업을 수행할 수 없게 됩니다. 용기가 사라지기 때문이죠. 피를 보아야 할 때 눈물이 왈칵 쏟아져 앞을 가립니다.

거트루드 누구에게 그렇게 말을 하는 거냐?

햄 릿 저기, 아무것도 보이지 않습니까?

거트루드 아무것도 보이질 않는다. 내 눈은 멀쩡해서 볼 만한 것은 다 보이는데도.

햄 릿 저기, 저기를 보세요. 지금 사라지고 있어요. 의복도 늘 입으시던 그대로 입으시고 저리 가십니다. 지금 저 문밖으로 나가십니다. (망령 퇴장)

거트루드 망상이다. 네가 실성한 탓이야. 정신이 나가면 환상을 보게 되는 법이거든.

햄 릿 실성했다구요? 제 맥을 짚어보세요, 당신의 맥박과 조금도 다름이 없습니다. 아주 정상적으로 뛰고 있습니다. 실성해서 헛소리를 한 것이 아닙니다. 제 말을 믿지 못하시겠다면, 한마디도 빠짐없이 그대로 또박또박 되풀이해드리겠습니다. 제가 미쳤다면 어디선가 빗나갈 것입니다. 어머니, 부탁입니다. 이로운 생각으로 스스로의 마음을 위로하지 마세요. 자신의 죄는 덮어두고 저의 광증 탓으로만 돌리지 마세요. 그것은 그저 상처 난 표면을 얇은 껍질로 덮어씌운 데 지나지 않습니다. 독물이 안으로 파고 들어 크게 번지면 모르는 새 온몸이 썩어버리지요. 자신의 죄를 하느님께 참회하세요. 과거를 뉘우치시고 앞으로는 죄를 범하지 않도록 하세요. 죄로 물든 잡초에 비료를 뿌려 더이상 번성시키지 마세요. 저의 솔직한 진언을 용서하세요. 이토록 썩어빠진 세상에서는 미덕이 악덕에게 용서를 빌어야 합니다. 뿐만 아니라 옳은 일을 하는데도 굽실거리며 눈치를 살펴야 하는군요.

거트루드   오, 햄릿. 너는 내 가슴을 두 동강 내는구나.

햄 릿   그렇다면 더러운 쪽은 버리시고, 나머지 절반으로 깨끗한 여생을 보내십시오. 안녕히 주무세요. 그러나 숙부의 침실에는 가지 마세요. 정조가 없더라도 있는 척은 하세요. 습관이란 악행에 대한 우리들의 감각을 둔하게 하는 괴물이긴 하지만, 한편으론 선행에도 아름다운 옷을 입혀 차차 몸에 꼭 맞도록 만들어주는 순한 천사이기도 합니다. 오늘 하룻밤만 참으시면, 다음번에는 참는 것이 좀 더 쉬워지실 겁니다. 그리고 그다음에는 더욱 편해지지요. 습관은 우리들의 천성마저도 바꿔놓습니다. 또한 악마를 억누를 수도, 몰아낼 수도 있는 것입니다. 다시 한번, 안녕히 주무십시오. 어머니께서 신의 축복을 구하고 싶으실 때, 저도 어머니를 위하여 함께 기도드리겠습니다. (폴로니어스의 시체를 가리키며) 이 늙은이를 죽인 것은 저도 안타깝습니다. 그러나 이것도 하늘의 뜻인지 모릅니다. 신은 이것으로써 저에게 벌을 주시고, 저를 이용하여 이자에게 벌을 주신 겁니다. 저는 신의 벌을 받았습니다. 또한 신을 대신하여 이자에게 벌을 주었습니다. 시체를 치우겠습니다. 이자를 죽인 책임은 충분히 지겠습니다. 다시 한번 안녕히 주무십시오. 어머니께 가혹하게 행동한 것은 오로지 아들로서의 효성 때문입니다. 일의 시작이 나빴습니다. 하지만 더욱 무서운 일이 뒤에 남아 있습니다. 어머니, 한 말씀만 더 드리겠습니다.

거트루드 내가 어찌해야 한단 말이냐?

햄 릿 지금까지 제가 한 말을 잊으세요. 마음 내키시는 대로 하세요. 비곗덩어리 왕에게 유혹되어 오늘 밤도 침대에서 함께 뒹구세요. 냄새나는 입으로 두어 번 입 맞춰주면 더욱 좋으시겠지요. 더러운 손가락으로 목덜미를 쓰다듬어주면 더욱 좋으시겠지요. 그러면 그곳에서 모든 얘기를 털어놓으시겠지요. 햄릿은 미치광이가 아니다. 그저 미친 체하고 있는 것이다. 이렇게 그 녀석한테 일러바치시겠지요. 아름답고, 정숙하고, 영리한 왕비가 아닌 바에야 누가 이토록 중대한 일을 그 두꺼비한테, 그 박쥐, 수고양이한테 감출 수 있을라고요? 이토록 중요한 일을 감춰요? 어림도 없는 소리. 그 유명한 원숭이가 새장을 들고 지붕 위에 올라가 새장 문을 열고 새를 날려 보낸 후, 저도 한번 해보겠다고 새장 속으로 기어 들어가 뛰어내리다 목을 부러뜨린 것처럼 어머니도 그렇게 하시라구요.

거트루드 걱정 마라. 말이 숨결에서 나오고 숨결이 생명에서 시작되는 것이라면, 내게는 지금 네 얘기를 누설할 만한 숨결도 생명도 없다.

햄 릿 제가 영국으로 가게 된 건 아시죠?

거트루드 아아, 잊고 있었구나. 그렇게 결정되었단다.

햄 릿 국서의 봉인도 끝났습니다. 독사 같은 저의 두 학우들이 어명에 의해서 안내 역을 맡게 되었습니다. 저를 함정으로 안내할 모양입니다. 해볼 테면 해보라죠. 스스로 묻어놓은 지뢰가 터져 저들이 산산조각나는 꼴을 구경하는 것도 나쁘진 않으니까요. 아무튼 전 그놈들이 파놓은 지뢰 밑을 일 야드쯤 파들어가 놈들을 달나라로 날려 보낼 겁니다. 이것 참, 볼 만한 구경거린데요. 양쪽 계획이 동일선상에서 정면충돌하게 되었으니. (폴로니어스의 시체를 가리키며) 이놈 때문에 우물쭈물할 시간이 없게 되었군요. 시체는 옆방으로 끌어다 놓겠습니다. 안녕히 주무세요, 어머니. 살아생전에 어지간히 수다스럽던 이 늙은이도 이젠 조용히 입을 다물고 엄숙해졌군요. 자, 끌려오너라. 너와의 일을 끝장내고 싶구나. 어머니, 안녕히 주무십시오. (시체를 끌고 햄릿 퇴장. 왕비는 침대에 엎드려서 흐느껴 운다)

제4막

제1장 같은 장소

클로디어스가 로젠크랜츠와 길든스턴을 거느리고 방 안으로 들어온다.

클로디어스 당신의 한숨, 그 깊은 탄식에는 무슨 곡절이 있을 테니 한 가지도 숨기지 말고 자세히 말해주오. 아들은 어디 갔소?

거트루드 잠시 두 사람을 나가 있게 해주세요. (로젠크랜츠와 길든스턴 퇴장) 아, 폐하, 오늘 밤 참으로 무서운 일을 당했습니다!

클로디어스 무슨 일이오, 거트루드? 햄릿이 일을 저지른 모양이군?

거트루드 파도와 바람이 서로 다투듯 사납게 물결치는 광란의 바다처럼 서슬이 시퍼래져 광기를 부리더니, 문득 커튼 뒤에서 인기척이 나자 칼을 빼어들고 '쥐새끼, 쥐새끼다'라고 외치면서 숨어 있던 그 착한 노인을 햄릿이 미친 듯 찔러 죽였습니다.

클로디어스 아, 세상에 이럴 수가! 나도 그곳에 있었더라면 똑같은 재난을 당할 뻔했구려. 햄릿을 더 이상 방임해두는 것은 우리 모두에게 위험천만한 일이오. 당신에게도, 나에게도, 다른 모든 이에게도 위험하오. 아아, 피비린내 나는 살인에 대해 모두에게 뭐라 설명해야 할까? 이 모두가 내 책임이오. 이 일을 진작 눈치채고 저 미치광이 젊은이를 감금하여 멀찌감치 떼어놓았어야 옳았어. 그러나 나는 그 젊은이를 너무 아끼다 보니 최선의 방법이 무엇인지를 알면서도 일부러 딴전을 부렸지. 더러운 병에 걸린 사람이 다른 사람들에게 그 병을 알리지 않으려고 하다가 어느새 생명의 정수(精髓)까지 파 먹히는 경우와 똑같구나. 햄릿은 어디로 갔소?

거트루드　노인의 시체를 끌고 갔어요. 미치긴 했어도 보잘것없는 광석 속에 섞인 한 알의 금싸라기처럼 순진한 마음이 남아 있었습니다. 스스로 저지른 일에 참회의 눈물을 흘리더군요.

클로디어스　오, 거트루드, 갑시다. 아침 햇살이 산등성이를 비추기 시작하면 즉시 그 애를 배에 태웁시다. 이 흉측한 사건을 나의 권위와 책략으로 무사히 마무리지어야겠소. 여봐라, 길든스턴!

　　로젠크랜츠와 길든스턴 등장.

햄릿이 미쳐 날뛰다가 폴로니어스를 죽여 왕비의 침실에서 끌고 나갔다 하니, 곧 햄릿을 찾아내어 잘 구슬린 다음 일꾼을 몇 사람 더 불러 시체를 예배당으로 옮겨놓아라. 어서들 서둘러. (로젠크랜츠와 길든스턴 퇴장) 자, 거트루드, 이제 곧 신중한 심복 부하들을 불러 이 뜻밖의 사건과 수습책을 알립시다. 남을 헐뜯는 말은, 포탄이 떨어진 표적을 맞히듯 이 세상 끝까지 날아가 그 독설을 퍼뜨리지만, 우리의 명성만은 상처를 입히지 못하고 허공을 가로지를 것이오. 자, 갑시다. 놀라움과 불안으로 이 가슴이 터질 듯하오. (퇴장)

제2장 궁성 안의 다른 방

햄릿 등장.

햄 릿 무사히 치웠다.

로젠크랜츠, 길든스턴 (바깥에서) 햄릿 왕자님! 햄릿 왕자님!

햄 릿 가만 있자, 저게 무슨 소리야? 날 부르는 모양인데, 누굴까?

로젠크랜츠와 길든스턴 등장.

아, 저기들 오는군.

로젠크랜츠 전하, 시체를 어떻게 하셨습니까?

햄 릿 섞어버렸어. 흙과 함께 말이다. 흙하고 친척이거든.

로젠크랜츠 어디 있는지 알려주십시오. 예배당으로 모셔야 합니다.

햄 릿 믿지 말게.

로젠크랜츠 무엇을요?

햄 릿 내가 자네들의 비밀은 지켜줄 수 있어도 나의 비밀은 지킬 수 없
으리라는 거 말일세. 알고자 하는 자들이 해면(海綿) 같은 녀석들
인데, 왕자 된 몸으로서 어찌 응답할 수 있겠는가?

로젠크랜츠 저희들을 해면이라고 하시는 겁니까, 전하?

햄 릿 그렇다. 국왕의 총애와 포상과 권세를 빨아들이는 해면이지. 하
기야 자네들 같은 패거리가 결국은 왕에게 가장 필요하겠지만.
왕은 그런 작자들을 사과처럼 입속에 간직해두었다가 이윽고는
삼켜버리지. 자네들이 빨아들인 것을 필요로 할 땐, 왕은 자네

들을 쥐어짜기만 하면 되지. 그러면 자네들은 해면이라 곧 말라 비틀어지고 마는 거야.

로젠크랜츠 전하, 시체 있는 곳을 알려주십시오. 그러고 나서 함께 어전에 나가십시다.

햄 릿 시체는 왕과 함께 있지만, 왕은 시체와 함께 있지 않지. 왕이 란…….

길든스턴 왕이란 무엇인데요?

햄 릿 변변치 않은 것이지. 자, 어전으로 안내하라. 숨고 쫓는 술래잡기다. (퇴장)

제3장 궁성 안의 홀

왕이 두세 명의 궁신들과 테이블 주위에 앉아 있다.

클로디어스 햄릿을 찾아내어 시체를 찾아오도록 일러두었소. 햄릿을 그대로 방치해두는 것은 위험천만한 일이오! 그렇다고 해서 너무 엄하게 다스려서도 안 되지. 경박한 민중들의 사랑을 받고 있으니까. 도대체 민중이란 자들은 이성의 판단에 의하지 않고 눈으로만 선악을 규정한단 말이야. 죄를 범한 자가 마땅히 받는 형벌만을 문제삼지, 죄 그 자체를 보려고 하지 않아. 따라서 일을 원만하게 처리하기 위해서는 햄릿을 즉시 국외로 보내지 않으면 안 되겠소. 이 일은 심사숙고한 결과라는 인상을 풍겨야 해. 위험한 병에는 위험한 치료가 따르게 마련. 그밖에는 별다른 방법이 없는 듯하오.

로젠크랜츠 등장.

어떻게 되었나?

로젠크랜츠 시체를 어디에다 숨겼는지 알아낼 수가 없었습니다.

클로디어스 도대체 그는 어디 있느냐?

로젠크랜츠 바깥에 대기하고 있습니다. 호위병을 함께 있게 했습니다. 어찌하오리까?

클로디어스 이곳으로 데려오너라.

로젠크랜츠 여보게 길든스턴, 전하를 모셔오게.

햄릿과 길든스턴 등장.

클로디어스 햄릿, 폴로니어스는 어디 있느냐?

햄 릿 저녁 식사 중입니다.

클로디어스 식사 중이라? 어디서?

햄 릿 먹고 있는 중이 아니라 먹히고 있는 중입니다. 구더기 같은 정치가들이 무슨 집회를 갖고 그 늙은이를 잡숫고 있는 중이지요. 구더기란 먹는 일에는 제왕이거든요. 우리가 다른 동물들을 살찌우는 건 우리 자신을 살찌우기 위해서죠. 우리 자신을 살찌우는 건 바로 구더기를 위해섭니다. 살찐 왕이나 야윈 거지나, 맛은 서로 다른 요리지만 둘 다 같은 식탁에 오르지요. 그것으로 마지막이랍니다.

클로디어스 아, 저런, 저런.

햄 릿 왕을 뜯어 먹은 구더기를 미끼로 물고기를 낚아, 그 구더기를 먹은 생선을 잡아 처먹는 인간은 있을 수 있다는 겁니다.

클로디어스 그건 도대체 무슨 소리냐.

햄 릿 말하자면 왕께서 거지 뱃속을 순행하시는 경우도 있다는 겁니다.

클로디어스 폴로니어스는 어디 있느냐?

햄 릿 천당에 사람을 보내서 어떻게 지내고 있는가 알아보세요. 폐하께서 보내신 사신이 천당에서 폴로니어스를 발견하지 못한다면 폐하께서 직접 딴 장소를 찾아보시구요. 이달 안으로 발견하지 못하면 복도로 가는 계단을 오르실 때 고약한 썩은 냄새를 맡게 될 겁니다.

클로디어스 (시종들에게) 거기 가서 찾아보아라.

햄 릿 자네들이 갈 때까지 그 자리에 있을 걸세. (사람들 퇴장)

클로디어스 햄릿, 이번 일은 너무 지나쳤다. 이 일 때문에 나는 퍽 마음이 아프다. 무엇보다도 네 신변의 안전이 걱정스럽다. 네 안전을 위해서 즉시 이곳을 떠나거라. 곧 준비해라. 선편도 마련되어 있다. 바람도 순풍이다. 시종들도 기다리고 있다. 모든 준비는 완료되었다. 영국으로 가는 것이다.

햄 릿 영국으로요?

클로디어스 그렇다, 햄릿.

햄 릿 좋습니다.

클로디어스 내 의도를 안다면 그렇게 할 수밖에 없을 것이다.

햄 릿 그것을 꿰뚫어 보고 있는 천사가 눈에 보이는 듯하군요. 하지만 가지요, 영국으로. 안녕히 계십시오, 어머니.

클로디어스 아버지다, 햄릿.

햄 릿 어머니지요. 아버지와 어머니는 부부지간이요, 부부는 한 몸인 법. 그러니 어머니지요. 자, 영국으로 출발이다. (퇴장)

클로디어스 (로젠크랜츠와 길든스턴에게) 곧 뒤쫓아가라. 잘 설득해서 급히 배에 태워라. 지체하지 말고, 어떤 일이 있더라도 오늘 밤 안으로 출범해야 한다. 자, 급히 가거라. 그 밖의 일은 모두 완벽히 준비되어 있다. 부탁한다, 급히 서둘도록. (로젠크랜츠와 길든스턴 퇴장) 영국 왕이여, 그대가 나의 뜻을 소중히 여겨준다면 이 엄명을 소홀히 다루지는 못하리라. 나의 강대한 힘이 그대를 충분히 깨우쳐주었을 테지만, 덴마크의 칼이 남긴 상처는 아직도 붉고 생생할 터인즉, 자진해서 충성을 표시하는 것도 당연하다. 알겠는가? 그대에게 보내는 서한에 적힌 그대로 햄릿을 즉각 사형에 처하라. 영국 왕이여, 어김없이 해치워야 한다. 열병처럼 그는 나의 핏줄 속에서 광란을 부리고 있으니, 그대만이 그 광기를 고쳐줄 수 있노라. 햄릿이 처형된 것을 알기 전에는, 어떤 행운이 나에게 주어진다 하더라도 나는 결코 기뻐할 수 없다. (퇴장)

제4장 엘시노 근처의 평야

포틴브라스가 군대를 이끌고 행진해 온다.

포틴브라스 　대장, 덴마크 왕에게 나의 안부를 전하라. 포틴브라스가 약
　　　　　 속대로 부대 진군을 위하여 영내를 통과하고자 허락을 얻으러
　　　　　 왔다고 전하여라. 다시 만날 장소는 알고 있겠지? 만약 폐하께
　　　　　 서 용건이 있으시다면, 어전에 나가 경의를 표하겠다고 전하여
　　　　　 라.

대　장 　네, 알겠습니다.

포틴브라스 　(군대에게) 천천히, 그리고 조용히 전진하라.

　　　　　 포틴브라스와 군대는 다른 방향으로 퇴장. 항구로 향하던 햄릿이
　　　　　 로젠크랜츠, 길든스턴 및 호위병들과 함께 등장. 대장과 만난다.

햄　릿 　여보게, 자네들은 어느 나라 군대인가?

대　장 　노르웨이군입니다.

햄　릿 　무슨 목적으로 진군하는가?

대　장 　폴란드 내의 어느 지역을 공격하기 위해서입니다.

햄　릿 　지휘관은 누군가?

대　장 　노르웨이 왕의 조카인 포틴브라스입니다.

햄　릿 　폴란드의 중심을 공격하는가, 아니면 변경지대인가?

대　장 　사실대로 말씀드리자면, 저희들이 점령하고자 하는 곳은 극히
　　　　　 좁은 지역입니다. 아무런 이익도 없는 명목상의 공격일 뿐이죠.
　　　　　 땅값으로 오 두카트, 단지 오 두카트만 내라 해도 저 같으면 그
　　　　　 런 땅은 빌리지 않겠습니다. 노르웨이 왕이건 폴란드 왕이건,
　　　　　 사유지로 그 땅을 팔아치운다 하더라도 그 이상의 이익은 거둘
　　　　　 수 없을 겁니다.

햄 릿 아, 그렇다면 폴란드 쪽에서도 별로 방어하지 않겠군.

대 장 아닙니다. 방어태세가 단단합니다.

햄 릿 비록 이천 명의 귀한 인명과 이만 두카트의 돈을 희생한다 하더라도, 이 하찮은 문제는 해결될 수 없겠군. 이것은 나라가 지나치게 번영하고 태평한 탓으로 불쑥 튀어나온 종기 같은 것. 안으로 곪아 터지면, 겉으로는 그 이유를 알 수 없어도 사람의 목숨을 잃게 되는 법. 참 여러 가지로 감사하오.

대 장 그럼 실례합니다. (퇴장)

로젠크랜츠 자, 가보실까요?

햄 릿 곧 뒤따를 테니 한 발 먼저 가게. (로젠크랜츠, 길든스턴 및 그 밖의 사람 모두 퇴장) 아, 보고 듣는 모든 것이 나를 책망하고, 나의 둔한 복수심에 불을 지르는구나! 인간이란 무엇인가? 만약에 인간의 중요한 행위와 한평생 살아나가는 일이 자고 먹는 일에만 그친다면 짐승에 지나지 않을 것이다. 신이 인간에게 이토록 위대한 사고력을 부여한 것은 미래와 과거를 내다볼 수 있도록 하기 위해서였다. 이 능력과 신에 맞먹는 이성을 쓰지 않고 썩혀버리라는 뜻은 아니었다. 그렇다면 이것은 어찌 된 영문인가? 내가 짐승들처럼 건망증이 심한 탓인가, 아니면 일의 결과를 소심하게 생각한 나머지 주저한 때문인가. 영 알 길이 없구나. 사고력을 넷으로 나누었을 때 그중의 하나가 지혜고, 나머지 셋은 두려움이란 말인가? 무엇 때문에 나는 살아남아서 '이것을 하지 않으면 안 된다'고 떠벌리고 다니냔 말이다. 행동으로 옮겨야 할 이유도, 의지도, 힘도, 수단도 다 갖추고 있으면서도. 땅덩이처럼 크고 명백한 실례들이 나를 재촉하고 있지 않은가. 보라, 저 군대를! 저 많은 인원을 포용하고, 저만한 비용을 써가면서 군대를 인솔하고 있는 것은 아직 저렇게 젊은 귀공자가 아닌가. 고귀한 야심에 가슴 부풀어 예측할 수 없는 위태로운 목숨을 아낌없이 바치며 저 젊은이는 싸우고 있지 않은가. 그것도 계란 껍질만 한 사소한 일 때문에. 진정 위대한 일이란 중대한 원인이 있을 경우에만 떨쳐 일어나는 것이긴 하지만, 사람의 명예가 위태로울 땐 지푸라기 하나를 놓고도 당당히 싸워야 한다. 하물며 나는 어떤가? 부친이 살해되고, 모친은 더럽혀지지 않았는가. 이것만으로도 나의 이성과 혈기는 분노하고도 남음이 있지 않은가. 그런데 내 속에선 모든 것이 잠들고만 있다니. 보라, 저기 2만 명의 군사들이 죽음에 직면하고 있다. 그것을 보고도 부끄럽지 않은가. 뜬구름 같은 환상과 명성을 찾아, 그들은 잠자리로 가듯이 무덤으로 향하고 있다. 보잘것없는 한 뼘의 땅을 위해, 많은 군사들이 싸우기에도 비좁은 땅을 위해, 전사자들을 묻기에도 부족한 한 뼘의 땅을 위해. 아, 이제부터 나는 피비린내 나는 복수심을 가슴에 품자. 그 일 외에는 아무것도 생각지 말자. (퇴장)

제5장 궁성 안의 홀

왕비와 호레이쇼와 시종 한 명 등장.

거트루드　그 애와는 이야기하고 싶지 않소.

시　종　꼭 뵙고 싶어 합니다. 좀 정신이 나간 듯합니다. 너무 애처로워 마음을 달래주어야 할 듯합니다.

거트루드　어떻게 해달라는 거지?

시　종　끊임없이 부친에 관해서 넋두리를 늘어놓습니다. 세상에는 해괴한 일도 많다면서 기침을 하기도 하고, 가슴을 치며 사소한 일에도 화를 발칵발칵 내면서 중얼대지만 그 뜻을 알아들을 수가 없습니다. 물론 터무니없는 얘기들이지만, 뭔가 분명치 않은 그 말이 오히려 듣는 이의 가슴을 때립니다. 제각기 들은 내용을 추리하여 그녀의 말뜻을 읽어보려고 애쓰고 있습니다. 고개를 끄덕이며 눈짓과 몸짓을 통하여 얘기하는 것을 들어보면, 물론 뚜렷하지는 않습니다만 무엇인가 불행한 일이 있지 않았는가 생각됩니다.

호레이쇼　만나서 얘기를 들어보는 것이 좋을 듯합니다. 뱃속이 시커먼 자들의 마음속에 어떤 위험한 억측의 씨앗을 뿌려줄는지 모르니까요.

거트루드　그렇다면 데려오오. (시종 퇴장)

　　　　(방백) 죄의 시달림을 받는 자들은 모두 그럴지도 몰라 ― 나의 괴로운 마음에는 아무렇지도 않은 일들도 큰 재난의 전주곡처럼 들리거든. 언제나 부질없는, 두려움으로 가득 차 있는 죄진 마음은 숨기면 숨길수록 속이 드러난단 말야.

　　　　오필리어 등장. 손에 기타 모양의 류트를 들고 헝클어진 머리카락은 어깨에 축 늘어뜨린 채 광란 상태에 빠져 있다.

오필리어 덴마크의 아름다운 왕비님은 어디 계세요?

거트루드 오필리어, 어찌 된 일이냐?

오필리어 (노래한다)

　　　당신의 참사랑을

　　　어떻게 알아볼까.

　　　죽장에 짚신에

　　　순례 모자가 그 표시란다.

거트루드 아, 소녀여, 그 노래 뜻이 무엇이냐?

오필리어 뭐라고요? 아무튼 끝까지 들어보세요. (노래한다)

　　　그이는 죽었어요, 가버렸어요,

　　　그이는 죽었어요, 가버렸어요.

　　　머리에는 초록빛 잔디 깔리고

　　　발끝은 묘석이에요.

　　　아아!

거트루드 웬일이냐, 오필리어?

오필리어 들어보세요. (노래한다)

　　　산에 내린 눈처럼 수의(壽衣)는 희어라……．

　　　클로디어스 등장.

거트루드 아, 저 앨 보세요.

오필리어 (노래한다)

꽃상여 타고 그이는 가네.

곡소리 눈물 헤쳐 무덤으로 가네.

클로디어스 웬일이냐, 오필리어?

오필리어 감사합니다. 올빼미는 빵집 딸이었지요. 오늘 일은 알지만 내일은 어떻게 될지 알 수 없지요. 당신의 식탁에 축복이 내리소서.

클로디어스 아버지 생각을 하고 있는 모양이군.

오필리어 그 얘기는 집어치우세요. 꼭 듣고 싶다면 이렇게 말하세요. (노래한다)

내일은 발렌타인 명절.

아침 일찍 일어나서

이 소녀가 당신의 창가에 서면

나는 당신의 연인.

남자는 일어나 옷을 입고

방문 열고 소녀 들여보내지만,

들어갔다 나오는

소녀는 이미 처녀가 아니었더라.

클로디어스 오, 가엾은 오필리어!

오필리어 이제 군소리는 집어치우고, 노래나 끝내겠어요. (노래한다)

아, 원통하고 억울하고,

정말로 너무하셨어!

젊은이가 하려고 마음 먹으면

그 일을 꼭 해치우고 말지만,

정말이지 그분은 너무해.

'잠자리에 들기 전에 약속하셨죠,

부부가 되겠다고 약속하셨죠?'

이 같은 소녀의 말에 대해서,

'낮에는 그렇게 생각했지만,

껴안고 자고 나니 마음 변했네.'

남자는 이같이 대답했어요.

클로디어스 언제부터 이 모양인가?

오필리어 만사 잘 되겠지요. 참아야 해요. 그러나 싸늘한 땅속에 누워 있는 것을 생각하면 눈물이 나서 견딜 수가 없어요. 오빠도 알게 될 거예요. 당신의 충고에 감사합니다. 마차여, 오라. 안녕히 주무세요, 안녕히 주무세요. 아름다운 숙녀들이여, 안녕히, 안녕히. (퇴장)

클로디어스 바싹 뒤쫓아라. 철저히 감시하라. (호레이쇼와 시종 급히 퇴장)
아, 깊은 시름에 병들었구나. 그 원인이 아버지의 죽음에 있겠지. 저 모양, 저 꼴이 되었으니, 아, 거트루드! 슬픔이 밀어닥칠 때에는 하나씩 오는 것이 아니라 한꺼번에 몰려오는구나. 저 소녀의 부친은 살해되고, 당신 아들은 사라져버렸으니. 그러나 이같은 불행의 장본인이 왕자 때문이었으니 추방은 당연했습니다. 백성들이 들끓고 있소. 폴로니어스의 죽음에 대해서 제멋대로 추측하고 소문을 퍼뜨리고 있으니 이 마음은 아프고 혼란스럽소. 나도 경솔했어요. 그 시체를 남몰래 매장하다니. 아, 그런데 저 오필리어! 가련하게도 정신이 나가 판단력을 잃어버렸네. 인간도 저 모양이 되고 나면 허깨비나 짐승과 다름없어. 중요한 것은, 저 애의 오빠가 몰래 프랑스에서 돌아왔는데 틀림없이 깊은 의혹에 빠져 있을 거라는 점이오. 도무지 모습을 나타내지 않는구려. 부친의 죽음에 대해서 나쁜 소문을 듣게 될 것만은 확실하오. 그렇게 되면 비난의 화살이 내 한 몸에 쏠릴 게 아니오? 뚜렷한 증거도 없이 나에 대한 비난만이 귀에서 귀로 퍼지겠지. 아, 거트루드, 그것이 엽총처럼 나의 온몸에 총탄을 퍼부어 치명상을 입힐 것이 확실하오. (밖에서 요란한 소리)

거트루드 이게 무슨 소린가요?

클로디어스 여봐라!

중신 한 사람 등장.

호위병들은 어디 있는가? 출입구를 단단히 지키도록 일러두어라. 무슨 일인가?

중 신 폐하, 자리를 피하소서! 바닷물이 암벽을 넘어 순식간에 육지를 삼켜버릴 듯한 기세로, 레어티즈가 폭도를 이끌고 호위병들을 위협하고 있습니다. 폭도들은 그를 왕이라 부르고 있답니다. 마치 새로운 세상이 시작되는 듯합니다. 모든 질서의 기준이자 지주인 과거의 전통과 습관을 내동댕이치고 말끝마다 '레어티즈를 왕으로 떠받들자!' 하고 부르짖고 있습니다. 모자를 내팽개치고 손뼉을 치며 하늘에 닿을 듯한 목소리로 '레어티즈를 왕으로, 레어티즈가 왕이다!' 하고 울부짖고 있습니다.

거트루드 기세등등하게 짖어대는 모양인데 냄새를 잘못 맡았어! 겨냥이 잘못되었어, 망나니 같은 덴마크 개들이.

클로디어스 문을 부수는구나.

　　　　　무장한 레어티즈 등장. 덴마크의 폭도들이 그의 뒤를 따른다.

레어티즈 왕은 어디 있느냐? 제군, 바깥에서 기다려주게.

폭　도 안으로 들어가자, 들어가자!

레어티즈 제발 바깥에 있어주게.

폭　도 좋소, 기다려줍시다.

레어티즈 고맙소. 문을 닫아주오. (폭도들 퇴장) 오 더러운 악당, 클로디어스 왕! 내 아버지를 돌려다오.

거트루드 진정하오, 레어티즈.

레어티즈 침착해질 수 있는 피가 한 방울이라도 남아 있다면 나는 내 아버지의 아들이 아니다. 그렇게 되면 내 아버지는 창부(娼婦)의 남편이 될 것이요, 정숙한 어머니의 순결한 이마 한복판에는 창부의 낙인이 찍힐 것이다.

레어티즈의 전진을 왕비가 막는다.

클로디어스 이유가 뭐냐, 레어티즈? 어째서 이 같은 대반란을 꾸몄느냐? 내버려둬요, 거트루드. 내 신변은 걱정할 것 없소. 왕의 일신은 신의 손길에 의해 여러 겹으로 둘러싸여 있어 어떤 반역 행위가 접근해도 내게는 손끝 하나 댈 수 없다오. 너의 야망을 성취할 수 있다고 보느냐, 레어티즈? 무엇 때문에 그토록 분개하고 있느냐? 내버려둬요, 거트루드. 자, 말하라.

레어티즈 내 아버지는 어디 있소?

클로디어스 돌아가셨다.

거트루드 왕이 죽인 것이 아니오.

클로디어스 무엇이든 물어보라.

레어티즈 어떻게 돌아가셨소? 꾸며대도 소용없소. 충성이고 뭐고 없소. 군신의 맹세도 아랑곳없소. 양심도 신앙도 모조리 지옥에나 빠져버려라! 나도 지옥에 떨어진들 걱정 않소. 이것만은 분명히 해두겠소. 나는 현세도 내세도 믿지 않는 사람이오. 어떻게 된들 상관없소. 나는 다만 복수뿐이오. 아버지를 위해서 철저히 복수하겠소.

클로디어스 여봐라, 레어티즈. 네 아버지의 사인(死因)이 정확히 밝혀지면 상대가 친구건 원수건 구별하지 않고 마구 해치우겠다는 거냐? 승자건 패자건 가리지 않고?

레어티즈 상대가 아버지의 원수일 경우만이요.

클로디어스 그 원수를 알고 싶은가?

레어티즈 아버지 편이면 두 팔을 벌리고 반겨 맞이하겠소. 새끼를 위해

자기 목숨까지 바쳐 희생하는 펠리컨 새처럼 내 피를 쥐어짜서라도 우리 편으로 환대하겠소.

클로디어스 옳거니. 그 말이야말로 훌륭한 아들, 진정한 신사다운 말이로다. 네 아버지의 죽음에 대해서 나는 아무런 죄도 없다. 오히려 그 죽음을 마음속 깊이 애도하며 슬퍼하고 있다. 햇살이 눈에 비치듯 확실하게 너도 이 사실을 곧 알게 될 것이다.

폭 도 (바깥에서) 여잘 들여보내라, 들여보내라!

레어티즈 웬일이냐, 왜 소란인가?

오필리어 다시 등장.

아, 정열이여, 나의 뇌수를 불태워라! 눈물이여, 소금을 일곱 배나 더 타서 시력이 다할 때까지 흘러라! 너를 미치게 만든 원수에게는 하늘에 맹세코 복수를 하고야 말겠다. 저울이 기울도록 충분히 원수를 갚겠다. 오, 5월의 장미였던 사랑스러운 소녀, 유순했던 누이, 아름다운 오필리어! 오 하늘이여, 어린 소녀의 싱싱했던 마음이 늙은이의 목숨처럼 허망해질 수 있습니까? 부모를 따르는 자식의 정은 묘한 것이구나. 사랑하는 분을 위해 자신의 가장 고귀한 혼까지 바치다니.

오필리어 (노래한다)
얼굴도 덮지 않고 관에 얹어 싣고 갔네.
헤이 난 나니, 나니, 헤이 나니
그의 무덤에 쏟아지는 눈물의 소나기여,
안녕, 나의 님이여.

레어티즈 네가 정신을 차려 원수를 갚아달라고 조른다면 이토록 나의
가슴을 치지는 않을 것을.

오필리어 노래하세요. '돌 밑에, 돌 밑에, 그분은 돌 밑에 파묻힌 사람'
이라고 말예요. 빙글빙글 도는 바퀴에 장단이 어울리네요! 주인
집 딸을 훔친 그 하인은 나쁜 사람이에요.

레어티즈 밑도 끝도 없는 소리가 나에게는 더욱 뼈아프구나.

오필리어 (레어티즈에게) 이것은 로즈메리 꽃. 저를 기억해달라는 표시예
요. 제발 저를 기억해주세요. 팬지 꽃도 있어요. 저를 생각해달
라는 표시예요.

레어티즈 미친 가운데에도 뜻이 있구나. 생각하고 기억해달라는 말은
서로 통하는 얘기지.

오필리어 (클로디어스에게) 여기 당신에게 드릴 회향풀과 매발톱꽃이 있어
요. (거트루드에게) 당신과 나를 위한 운향꽃이 있어요. 그 꽃을 안
식일의 천혜초라고 부르기도 하지요. 당신의 운향꽃은 모양을
달리해서 달아야죠. 여기 실국화도 있어요. 당신에게는 오랑캐
꽃을 드릴까 했더니 아버지가 돌아가셨을 때 몽땅 시들어버렸
답니다. 아버지는 편안하게 임종하셨습니다. (노래한다)
귀여운 로빈 새는 나의 기쁨…….

레어티즈 슬픔도 고뇌도, 병고와 지옥까지도 저 애는 아름답고 사랑스
러운 것으로 바꿔놓고 마는구나.

오필리어 (노래한다)

그분은 두 번 다시 돌아오지 않으실까.

두 번 다시 돌아오지 않으실까.

아니야, 아니야, 돌아가셨어.

죽을 때까지 기다려 봐도

다시는 돌아오지 않을 거예요.

그분의 수염은 눈처럼 희고

삼단 같은 백발을 나부끼며

돌아가셨어, 그분은 돌아가셨어.

한탄한들 돌아올 수 있으랴.

신이여, 그분에게 은총을 내리소서.

여러분 모두의 영혼 위에도 신의 축복이 내리소서. 안녕. (퇴장)

레어티즈 보셨소, 저 모습을?

클로디어스 레어티즈, 그 슬픔을 함께 나누자. 싫다고는 말 못 할 것이
다. 안으로 들어가자. 누구든지 좋다. 너의 친구들 가운데 지혜
로운 사람을 골라라. 우리 둘의 얘기를 듣고 판단해달라고 하
자. 직접적이건 간접적이건 간에 내가 이 사건에 티끌만큼이라
도 관련된 사실이 밝혀지면, 나는 이 왕국과 왕관, 생명, 그리고
나의 이름이 붙은 일체의 것을 그 대가로 너에게 양도하겠다. 그
러나 아무런 관계도 없다는 것이 밝혀지면 너는 나의 얘기를 참
을성 있게 들어줘야 한다. 그땐 너와 힘을 합쳐, 너의 원한이 풀
어질 때까지 힘써 주겠다.

레어티즈 좋습니다. 그렇게 하겠습니다. 아버지의 그런 죽음, 그분의 장
례식을, 무덤을 장식할 만한 기념품이나 칼이나 문장(紋章)도 없

이, 거룩한 의식도, 격식대로의 예식도 없이 은밀히 지냈다 하니, 그 원한 맺힌 신음 소리가 하늘 끝에서부터 땅끝까지 와닿고 있습니다. 저는 그 진상을 규명해야겠습니다.

클로디어스 그렇게 하려무나. 죄 있는 곳에 단죄의 도끼를 내리쳐야지. 자, 함께 가자. (퇴장)

제6장 같은 장소

　　　호레이쇼와 시종 등장.

호레이쇼 나에게 용무가 있다는 사람들이 어떤 사람들이냐?

시 종 선원들입니다. 전해드릴 편지가 있답니다.

호레이쇼 들어오도록 일러라. (하인 퇴장)

　　　(방백) 햄릿 전하 말고 이 세상 어디에 나에게 편지를 전할 분이 있단 말인가.

　　　선원들 등장.

선원 1 문안드리옵니다.

호레이쇼 안녕하신가?

선원 1 물론입죠. 여기 어르신께 드릴 편지가 있는뎁쇼, 영국에 가신 사절한테서 온 것입죠. 성함이 호레이쇼 씨죠? 그렇게 알고 있습니다만.

호레이쇼　(편지를 읽는다)

호레이쇼, 이 편지를 읽고 나서 이 사람이 왕을 만날 수 있도록 알선해주게. 왕에게 보낼 편지를 따로 준비했으니 출범한 지 이틀도 안 되어 우리들은 어마어마하게 무장한 해적선의 추격을 받았다네. 우리 배는 속력이 느려 할 수 없이 용기를 내어 그들과 대적하게 되었는데, 배가 서로 부딪치자마자 나는 재빨리 해적선으로 뛰어들었네. 그 순간 해적선이 우리 배를 떠났기 때문에 결국 나 혼자만 포로가 되었다네. 그러나 그들은 나에게 호의를 베풀어주었어. 물론 그것은 나를 미끼로 하여 이득을 노리려는 수작이었지. 여하튼 또 한 통의 편지가 왕의 손에 들어가도록 힘써주게. 그러고 나서 급히 내가 있는 곳으로 와주기 바라네. 조용히 할 얘기가 있는데, 그 얘기를 들으면 자네는 깜짝 놀랄 걸세. 말로 다 하기엔 너무나 큰 사건일세. 이 사람들이 자네가 내가 있는 곳까지 안내해줄 걸세. 로젠크랜츠와 길든스턴은 영국으로 항해를 계속하는 중이야. 이 두 친구들에 관해서 할 말이 태산 같으나, 만나서 얘기하세. 이만 총총.

　　　　　　　　　　　　　　　　　　친구 햄릿으로부터

그 편지를 왕에게 전하도록 안내해주겠소. 빨리 일을 끝내고 나를 햄릿 전하께로 안내해주오. 이 편지를 당신에게 부탁한 분한테로. (퇴장)

제7장 같은 장소

클로디어스와 레어티즈 등장.

클로디어스   자, 이것으로 나의 혐의는 깨끗해졌다. 앞으로는 나를 네 편이라 생각해줘야 한다. 너는 총명하니 충분히 납득하겠지만, 네 부친을 살해한 자는 나의 목숨까지 노리고 있다.

레어티즈   잘 알고 있습니다. 그런데 어찌하여 즉시 처벌을 실행하지 않으셨습니까? 마땅히 처벌받아야 할 중죄가 아니옵니까? 폐하 자신의 안전과 권위, 지혜 그리고 그 밖의 모든 점을 감안할 때 엄한 처벌을 내렸어야 마땅하다고 생각합니다.

클로디어스   두 가지 특별한 이유가 있었지. 너에게는 아무것도 아닌 일처럼 보일지 몰라도 나에게는 아주 중대한 이유지. 그의 모친인 왕비는 아들을 바라보는 일을 낙으로 삼고 있지. 내 입장에서 보면 — 이것이 나의 장점인지 화근인지는 알 수 없지만 — 여하튼 왕비는 나의 생명이며, 나의 영혼과 단단히 연결되어 있어. 별이 궤도를 벗어나면 움직일 수 없듯이, 나도 왕비가 없으면 살아갈 수가 없지. 둘째로, 내가 이 사건을 공개적으로 처리할 수 없었던 것은 국민들이 그를 몹시 사랑하고 있기 때문이야. 그들은 그의 결점을 모두 자기 자신들의 애정 속에 푹 담가서, 마치 나무를 돌로 변질시키는 광천(鑛泉)처럼 그에게 채운 형벌의 굴레를, 그의 몸을 치장한 장식인 양 찬양하지. 따라서 내가 쏜 화살은 이 같은 폭풍에 대항하지 못한 채 도로 나의 손끝으로 돌아와

버리기 때문에, 내가 노린 그 표적에 닿지도 못하고 마는 거야.

레어티즈 덕택으로 저는 소중한 부친을 잃고, 단 하나밖에 없는 여동생을 저토록 한심한 지경에 이르게 했군요. 지금 새삼 칭찬해도 소용없는 일이지만, 제 여동생은 그전엔 세상 사람들의 모범이었지요. 어느 시대에서나 자랑할 만한 가치가 있을 만큼 완전무결했습니다. 꼭 원수를 갚고야 말겠습니다.

클로디어스 그 일 때문에 밤잠을 설치지는 말아라. 안심해. 나 역시 멍청하고 둔해 빠진 사람은 아니니, 내 수염이 뽑히는 위험한 지경에 놓이고서도 무사태평할 수 있겠느냐. 나중에 자세히 얘기해주마. 나는 자네 부친을 퍽 좋아했다, 나 자신을 아끼듯이. 이 정도 얘기해두면 자네도 알아듣겠지.

사신이 편지를 들고 들어온다.

뭔가? 무슨 소식이라도 있느냐?

사 신 햄릿 전하로부터 편지가 왔습니다. 이것은 국왕 폐하께, 또 이것은 왕비 폐하께 온 것입니다.

클로디어스 햄릿으로부터? 누가 갖고 왔느냐?

사 신 선원들이라고 합니다. 저는 만나보지 못했습니다만 클로디오가 저에게 전해주었습니다. 그가 편지를 받았다고 합니다.

클로디어스 레어티즈, 자네도 들어보게. (사신에게) 물러가라. (사신 퇴장) (편지를 읽는다)

삼가 아뢰옵니다. 소신 맨몸으로 폐하의 왕국에 상륙했습니다.

내일 폐하를 뵙도록 허락해주소서. 허락해주신다면 그때 기묘하고도 갑작스러운 귀국의 사정을 아뢰올까 합니다.

햄릿 올림

이게 어찌 된 영문이냐? 시종들도 함께 귀국하였을까? 거짓 편지로 속이려는 것은 아니겠지?

레어티즈 필적을 아십니까?

클로디어스 확실히 햄릿의 필적이다. '맨몸으로'! 추신에는 '혼자'라고 쓰여 있어. 자네는 이 일을 어떻게 설명하겠나?

레어티즈 저도 어리둥절합니다. 올 테면 오라지요. 복수할 일을 생각하니 마음이 가벼워집니다. 정면으로 맞서서 '이놈, 네가 한 짓이렷다!' 하고 쏘아주겠습니다.

클로디어스 그렇다면 레어티즈, 그가 어떻게 돌아왔는지는 모르겠다만, 그렇다고 또 돌아오지 않았다고 할 수도 없는 일이지만, 자네 내 말을 듣겠는가?

레어티즈 듣겠습니다. 평화롭게 일을 처리하라는 분부만 아니라면, 좋습니다.

클로디어스 자네 마음을 평화롭게 해주려는 것이다. 만약 그가 항해 도중에 돌아와 영국으로 재출항하고 싶지 않다고 우기면, 그를 설득시켜 내 계획에 끌어들이는 거다. 오래전부터 꾸며온 일인데, 이것으로써 충분히 그를 때려눕힐 수 있지. 이 일만 성공하면 그는 죽음을 당할 수밖에 없는 거야. 뿐만 아니라, 그의 사인에 대해서도 누구 한 사람 비난할 수 없을 것이며, 그의 어머니도 진상을 알 턱이 없으니 우연한 사고라고 체념할 것이다.

레어티즈 지시하시는 대로 따르겠습니다. 폐하가 뜻하시는 일에 제가 수
족이 되어 움직일 수 있다면, 기쁜 마음으로 한몫 거들겠습니다.

클로디어스 잘됐다. 자네가 유학 간 뒤로 자네의 어떤 솜씨 하나가 뛰어
나다는 칭찬이 자자했다. 햄릿도 그 소문을 들어 알고 있지. 자
네의 다른 재주를 모두 합치더라도 햄릿은 그것을 질투하지 않
을 테지만, 그 솜씨에 대해서만은 퍽 부러워하더군. 내가 보기
에는 그 솜씨도 자네의 다른 재능에 비하면 아무것도 아니지만.

레어티즈 그 솜씨라뇨?

클로디어스 젊은이의 모자에 달린 빨간 리본 같은 거지. 하지만 없어서
는 안 되는 것. 뭐니 뭐니 해도 젊은이에게는 화려하고 요란스러
운 복장이 어울리는 법이고, 차분한 노인에게는 위엄과 다복함
을 암시하는 수수한 담비털 옷이 맞는 법이야. 두어 달 전에 노
르망디의 어떤 신사가 이곳에 온 적이 있었지. 나는 프랑스인들
을 만나 싸워보기도 했지만, 그들의 승마술은 대단히 뛰어났어.
그런데 이 신사는 특히 그 재주가 비상하더군. 마치 몸이 안장에
붙박혀 있는 듯했지. 말 타는 재주가 하도 희한해서 사람과 말이
한 몸이 된 듯 보였어. 참으로 기막힌 승마의 명수였지. 그가 보
여준 여러 가지 묘기를 눈으로 직접 보기 전까지는 도저히 상상
조차 할 수 없는 묘기였어.

레어티즈 노르망디 사람이라고 하셨지요?

클로디어스 그렇다.

레어티즈 틀림없이 레이먼드일 겁니다.

클로디어스　그래, 바로 그 사람이야.

레어티즈　그 사람이면 저도 알고 있습니다. 그는 늘 프랑스 국민의 영광이요 자랑이지요.

클로디어스　그 사람도 자네의 기술만은 솔직히 인정하더군. 자기방어에 뛰어난 재주를 가졌고, 특히 세검에 능숙하다는 얘기였다. 자네와 승부를 겨룰 수 있는 사람이 나서면 그 시합은 볼 만한 구경거리가 될 거라더군. 프랑스 검객 가운데 자네와 대적해서 빠르고 능숙하고 정확하게 몸을 움직일 사람은 하나도 없을 거라고 장담했지. 이 말을 귀담아 듣고 있던 햄릿은 금세 질투심에 사로잡혀, 자네가 하루속히 귀국하기를 기다리고 있었어. 자네와 승부하고 싶었던 게지. 그래서…….

레어티즈　그래서 어쨌다는 겁니까?

클로디어스　레어티즈, 너는 부친을 사랑하고 있느냐? 아니면, 그림 속의 슬픔처럼 겉치레로만 울상을 짓고 있는 거냐?

레어티즈　어째서 그런 질문을 하십니까?

클로디어스　내가 너의 효심을 어찌 의심하겠느냐? 그러나 사랑이 시작되는 데에도 때가 있는 법이다. 여러 경험을 통해서 나도 알고 있지만, 시간은 사랑의 불꽃을 강화시키기도 하고 약화시키기도 한다. 애정은 한참 불타고 있을 때에도 그 불꽃을 약화시키는 일종의 심지를 갖는 법. 더욱이 좋은 일은 영속적일 수가 없지. 좋은 일도 도가 지나치면, 지나치게 좋다는 이유로 일을 그르치게 돼. 따라서 일단 마음먹은 것은 즉시 실천에 옮겨야 된다. 왜냐하면 하고자 하는 결심 자체가 변하기 때문이야. 세상 사람들의 말, 행동 또는 여러 가지 사건으로 인해 그 결심이 약화되고 흔들리기 때문이지. 그래서 이 같은 결심은 과용하는 한숨처럼, 토해낼 때마다 기분은 상쾌해지지만 몸에는 해로운 법이거든. 그러나 이보다 더 중요한 것은, 햄릿이 돌아오는데 자네는 어떻게 하겠느냐 하는 점이다. 아버지의 당당한 자식이었다는 것을 혀끝으로만 놀릴 게 아니라, 행동으로 세상 사람들에게 보여주기 위해서 어떻게 하겠느냐 하는 점이다.

레어티즈   교회 안에서라도 상관없습니다. 당장 그를 때려 죽이겠습니다!

클로디어스   아무리 신성한 장소라도 살인죄를 감쌀 수는 없다. 복수를 하는데 장소가 무슨 상관이냐. 그러나 레어티즈, 이렇게 해줄 수는 없겠느냐? 너는 한참 동안 집 안에만 들어박혀 있거라. 햄릿이 돌아오면 곧 너의 귀국 소식을 알리겠다. 너의 탁월한 솜씨를 극구 칭찬하마. 프랑스인이 너에게 부여한 그 명성에다 초 칠을 하여 광을 내겠다. 두 사람이 대결하도록 끌어내겠다. 햄릿은 낙관적이고 관대하며 술칙이라는 것을 전혀 모르는 사람이라, 검은 자세히 살펴보지는 않을 것이다. 살짝 눈을 속여 너는 끝이 아주 날카로운, 뾰족한 칼을 집어 들어라. 그것으로 능숙하게 한 번만 찌르면, 너는 네 아버지의 원수를 갚을 수 있는 것이다.

레어티즈   그렇게 하겠습니다. 그리고, 기왕이면 칼끝에 독을 칠해놓겠습니다. 약장수로부터 독약을 사둔 게 있습니다. 그걸 바른 칼끝에 찔려 피를 흘리면 치명적입니다. 지독한 독약이죠. 달밤에 채취하여 만든 어떤 약초의 명약도 이 독약에 대해서만큼은 아무런 효험도 발휘하지 못할 겁니다. 독약이 묻은 칼끝에 피부가 살짝 긁히기만 해도 효과는 있습니다. 이 독약을 칼끝에 발라두겠습니다. 닿기만 하면 그놈은 끝장입니다.

클로디어스 그 점에 대해선 신중히 더 생각해보자. 어느 시기에 어떤 수단을 쓰는 것이 우리가 할 일에 가장 적합한가를 충분히 검토해야 돼. 만일 그 일이 실패하여 우리의 계획이 폭로되고, 이 모든 게 서툰 연극으로 끝날 바에야, 처음부터 그만두는 편이 낫지 않겠느냐? 따라서 일이 중도에 깨지는 경우에 대비하여 차선책을 강구해야 한다. 어디 생각해보자 ─ 둘의 칼 솜씨에 내기를 건다 하고 ─ 그렇지! 이리저리 뛰며 싸우다 보면, 몸이 달아올라 목이 타겠지. 그렇게 되도록 맹렬한 칼싸움을 해줘야 돼. 그렇게 되면 그는 물을 청할 것이다. 그때 준비해두었던 잔을 내미는 거야. 한 모금만 마시면, 독검은 운 좋게 피할 수 있었다 하더라도 우리의 목적은 달성될 수 있는 것이다. 그런데 이게 웬 소동이냐? 왕비, 어찌 된 일이오?

　왕비, 울면서 등장.

거트루드 불행한 일이 꼬리를 물고 잇달아 발생하는군요. 레어티즈, 너의 여동생이 익사했구나.

레어티즈 익사했다구요! 어디서요?

거트루드 시냇물 가를 가로질러 버드나무가 비스듬히 자란 곳이 있는데, 수면에는 그 회백색 잎과 가지들이 비치고 있지. 그곳에 그애가 미나리아재비, 쐐기풀, 실국화, 자란(紫蘭) 따위를 섞어 만든 신비스러운 화관을 쓰고 오지 않았겠니. 자란에 대해서는, 입이 건 목동들은 상스러운 이름으로 부르고 있지만, 얌전한 소녀들은 그것을 죽은 사람의 손가락이라고 부르지. 오필리어가 버드나무의 늘어진 가지에다 그 아름다운 화관을 걸려고 올라갔을 때, 심술궂은 가지가 부러져 그만 그 앤 화관과 함께 흐느끼는 시냇물에 빠지고 말았어. 그러자, 옷자락이 활짝 펴져 그 앤 인어처럼 잠시 물 위에 떠 있었지. 수면에 떠 있는 동안 그 앤 띄엄띄엄 찬송가를 부르고 있었어. 마치 자신이 처한 위험을 전혀 모르는 사람처럼. 아니 마치 물에서 태어나, 물속에 사는 생물 같았지. 하지만 그것도 잠깐이었어. 물을 빨아들여 무거워진 옷이 바닥의 진흙 속으로 가련한 그 애를 끌고 들어갔지. 아름다운 노랫소리도 사라져버리고.

레어티즈 아, 그렇게 그 애가 익사했다는 겁니까?

거트루드 그래, 익사했단다, 익사했어.

레어티즈 가엾은 오필리어. 물은 그만하면 충분할 테니, 나는 더 이상 눈물은 흘리지 않겠다. 그러나 사람의 정이란 어쩔 수 없는 것. 복받치는 감정을 누를 길이 없구나. 염치고 뭐고 없다. 흐르는 눈물을 어찌하리. 실컷 울고 나면, 나약한 마음은 사라질 것이다. 폐하, 안녕히 계십시오. 불덩이 같은 분노가 이글이글 타오르지만, 어리석은 눈물이 그 불을 끄고 있습니다. (퇴장)

클로디어스 뒤쫓아갑시다, 거트루드. 그의 분노를 진정시키느라 내가 무던히 애써왔는데, 이 일이 다시 그의 마음을 뒤집어놓았소. 그러니 그의 뒤를 따라가봅시다. (퇴장)

제5막

제1장 엘시노의 묘지

두 명의 인부가 삽과 곡괭이로 무덤을 파고 있다.

광대 1 그 여자를 기독교 의식에 따라 버젓이 매장할 모양인가? 자살을 했다던데.

광대 2 그렇대두. 그러니 어서 파기나 해. 검시관이 조사했대잖아. 기독교식으로 결정했다는군.

광대 1 그런 법이 어디 있어? 자기를 방어하기 위해 풍덩 물속으로 뛰어든 것도 아닐 텐데.

광대 2 글쎄 그렇게 판정이 났어.

광대 1 이건 아무래도 정당 폭행인 듯싶네. 틀림없어. 핵심은 바로 이 점이야. 즉 내가 만약에 고의로 익사했다고 하세. 그것은 곧 하나의 행위가 되지. 그런데 행위는 세 가지로 구분되거든. 행위와 실천과 수행이지. 그렇기 때문에 이 여자는 고의로 익사한 거야.

광대 2 하지만 여보게나, 내 말인즉슨 ─.

광대 1 글쎄, 이것 봐. 가령 여기에 물이 있다고 하세, 알겠나? 여기엔 사람이 있고, 알겠지? 그 사람이 이 물에 와서 풍덩 했다면, 싫건 좋건 고의로 물에 빠져 죽은 거야. 알겠지? 그런데 말일세, 만약에 물이 그 사람한테 와서 덮쳤다고 하면 그는 고의로 물에 빠진 것이 아니야. 그렇기 때문에 스스로 자기 목숨을 끊지 않은 자는 제 목숨을 줄인 게 아니라는 말이 되지.

광대 2 그게 바로 법률이라는 건가?

광대 1 그렇고 말고. 요것이 바로 검시법이라는 걸세.

광대 2 그렇다면 내가 진실을 가르쳐줄까? 이 여자가 만약에 양가집 처녀가 아니었다면 격식을 차린 매장은 어림도 없었다구.

광대 1 얼씨구, 제법이신걸. 제기랄, 양반들은 평민들보다 목매달고 물에 빠져 죽는 일에도 편리하게 되어 있단 말이야. 뭐, 말이야 바른 말이지 버젓한 양반 집안 치고 조상들 가운데 정원사, 도랑치기, 무덤 파기 같은 일을 하지 않은 사람은 없었잖아. 모두들 아담의 직업을 이어받았지. (무덤 구멍으로 들어간다)

광대 2 아담께서도 양반이었던가?

광대 1 그야 물론이지. 이 세상에서 제일 먼저 삽을 든 양반이야.

광대 2 삽은 없었어.

광대 1 뭐라고? 자네는 이교도인가? 성경을 어떻게 읽고 있는 거야? 성경 말씀에 "아담이 땅을 파다"라는 말이 있네. 삽이 없었으면 어떻게 땅을 팠겠어? 한 가지 더 물어보겠네. 제대로 답을 못 하면 참회하라구…….

광대 2 해보게.

광대 1 석수장이나 조선공이나 목수보다도 물건을 더 튼튼하게 만들 수 있는 사람이 누군 줄 아나?

광대 2 그야 물론 교수대 만드는 사람이지. 그 형틀은 천 명이 들락날락해도 끄떡없으니까.

광대 1 제법인데! 마음에 들었어. 교수대는 잘 만들어졌지. 그런데 잘 만들어졌다는 것은 뭔가? 악당 놈들의 목을 조르는 데 좋게 잘 만들어졌다는 얘길 테지. 하지만 교수대가 교회보다 더 잘 만들어졌다고 말하면 못써. 교수대는 자네 목을 매달기에도 안성맞춤이니까. 한 번 더 해볼까?

광대 2 석수장이나 조선공이나 목수보다도 물건을 더 튼튼하게 만들 수 있는 사람이 누구냐, 그 말씀이지?

광대 1 대답해보게. 그러고 나서 한숨 돌리자구.

광대 2 알겠네.

광대 1 말해봐.

광대 2 모르겠는걸.

광대 1 더 이상 머리를 쥐어짜는 짓은 그만두게. 아무리 채찍질한다 해도 자네 같은 둔마는 빨리 달릴 수 없으니까. 알겠어? 다음에 누가 묻거든 '무덤 파는 사람' 이라고 대답하라구. 그가 만드는 집은 이 세상 끝나는 날까지 견디니까. 가서, 주막집 요한한테 술이나 한 통 받아오게. (광대2 퇴장)

햄릿과 호레이쇼, 묘지로 접근. 햄릿은 항해 때의 여장 그대로다.

(광대1, 땅을 파며 노래한다)

젊어서 사랑하고 사랑하던 때
이 세상은 즐겁고 달콤했지만
나를 위해 보낸 세월 짧기도 하여
신바람 나지 않아 체념한다네.

햄 릿 무덤을 파면서 노래를 하는군. 자기가 하고 있는 일에 대해서 아무런 느낌도 없단 말인가?

호레이쇼 습관이 되어 아무렇지도 않은 모양입니다.

햄 릿 그런가 보다. 쓰지 않는 손이 더 민감한 법이니까.

광대 1 (노래한다)

어느새 밀려든 노년의 세월
이 몸을 휘어잡고 놓지를 않네.
끌려서 온 길은 북망산이냐
흘러간 세월은 어디 있느냐.

(해골 바가지를 들어올린다)

햄 릿 저 해골에도 한때는 혀가 있어 노래를 부를 수도 있었을 테지! 최초의 살인자 카인의 턱뼈를 다루듯이 저 녀석이 해골바가지를 마구 땅 위에 내동댕이 치는구나. 지금은 저 바보 녀석한테 마구 천대를 받고 있긴 하지만, 저것은 어느 정치가의 해골인지도 몰라. 그 지능이 하느님을 뺨칠 정도로 좋았는지도 모르지. 안 그래?

호레이쇼 그럴지도 모르죠.

햄 릿 아니면 궁정의 어떤 아첨꾼 궁신이었는지도 모를 일이야. 그는 떠벌려댔겠지. '각하, 안녕하셨사옵니까? 기분이 어떠하시온지요?' 아니면 자기가 눈독을 들이고 있던 아무개 전하의 말[馬]이 탐나서 그 말을 칭찬한 다른 아무개 전하의 것인지도 몰라, 안 그런가?

호레이쇼 그럴지도 모릅니다.

햄 릿 틀림없이 그럴 거야. 그런데 지금은 구더기 마님의 밥이 되고 있
어. 턱은 빠진 채 무덤 파는 인부의 삽에 머리통을 얻어맞고 있
지 않나? 눈만 있다면 여기에서 세상만사가 유전하는 증거를 볼
수 있지. 여기 뒹굴고 있는 뼈들도 공들여 키워졌을 텐데도, 결
국은 노리갯감이 되고 말았을 뿐 아닌가? 생각만 해도 머리가
지끈지끈 아프구나.

광대 1 (노래한다)

곡괭이 한 자루에 삽 한 자루
그리고 수의도 한 벌
오호라, 손님 한 분 모시기 위해
땅속에 만드는 구멍이여. (또 하나의 해골을 들어 올린다)

햄 릿 또 하나 나왔군. 저것이 법률가의 해골이 아니라고 누가 장담하
리. 능숙한 그의 궤변은 지금 어디로 갔는가? 그의 뛰어난 재주
와 판례와 소유권과 사기술은 모두 어디로 갔는가? 천박한 녀석
한테 더러운 삽 끝으로 머리통을 얻어맞으면서도 용케 참고 있
구나. 어찌하여 폭행죄로 소송을 제기하지 못하는가? (해골을 손
에 들고) 흥, 이 녀석이 살아 있을 땐 토지를 매점하였는 지도 모
를 일. 차압증서, 금전차용증서, 토지소유권 명의 변경, 이중증
인, 토지 양도소송 등 온갖 수단을 가리지 않고 차지했겠지. 그

런데 토지소유권 변경이니, 양도소송 등이 웬말인가? 결과는 그의 머리통 속에 진흙만이 온통 차 있을 뿐인데! 그리고 이제 그 증인이 보증할 수 있는 것이라곤 겨우 계약서 두 통뿐이 아닌가? 이중으로 썼다 해도 말이야. 이 머리통에는 토지 양도증서 하나도 들어갈까 말까야. (해골 바가지를 가볍게 두드리며) 땅을 집어 삼킨 이자에게 기껏 남은 것은 그의 골통밖에 더 있느냔 말이야, 안 그래?

호레이쇼   정말 아무것도 없죠.

햄 릿   증서는 양가죽으로 만들지?

호레이쇼   그렇습니다. 송아지 가죽으로 만든 것도 있습니다만.

햄 릿   그 증서 따위를 믿는 녀석들은 양이나 송아지 같은 인간들이다. 저 인부한테 말 좀 걸어봐야겠다. (둘이 앞으로 나선다) 이게 누구의 무덤이냐?

광대 1   제 것입니다. (노래한다)

손님 한 분 모시기 위해

땅속에 만드는 구덩이여.

햄 릿   정말로 자네 것인 모양일세, 자네가 그 속에 들어가 있는 걸 보니.

광대 1   나리는 구멍 밖에 계시니 나리 것은 아니죠. 저는 거짓말을 모릅니다요. 그러니 이것은 제 것이죠.

햄 릿   그 속에 있으니까 자기 무덤이라니, 말도 안 된다. 무덤은 죽은 사람을 위해 있는 것이지, 산 사람의 것은 아니잖는가? 자넨 거짓말을 하고 있네그려.

광대 1 이게 바로 즉석 거짓말이라는 겁니다. 다음은 나리 차례입죠.

햄 릿 어떤 사내의 무덤을 파고 있는가?

광대 1 사내의 무덤이 아닙니다.

햄 릿 그러면, 어떤 여인의 무덤인가?

광대 1 여자 무덤도 아닙죠.

햄 릿 그 속에 누구를 묻으려는 거냐?

광대 1 살아생전엔 여자였지만 지금은 가엾게도 죽어 혼백이 되어버렸거든요.

햄 릿 아주 까다로운 녀석이군! 조심해서 말해야지, 어물어물 말했다간 덜미를 잡히겠어. 여보게, 호레이쇼, 지난 삼 년 동안 눈여겨봤네만, 세상 인심이 하도 날카로워져서 백성들의 발톱이 궁신들의 발뒤꿈치 살까지 할퀴어놓는 형편이 되었네. 무덤 파는 일은 언제부터 하기 시작했나?

광대 1 일 년 삼백육십오 일 가운데 소생이 이 일을 시작한 것은 바로 선대 햄릿 왕께서 포틴브라스를 무찌르시던 날이었지요.

햄 릿 그게 얼마 전인데?

광대 1 소식이 깡통이시군요. 바보 천치들도 그날은 다 알고 있는데. 바로 햄릿 왕자님께서 탄생하시던 날이었죠. 왕자님은 미쳐서 영국으로 유배됐지만요.

햄 릿 왜 영국으로 추방됐지?

광대 1 미쳐버렸다니깐요. 영국에 가면 제정신이 돌아온답니다. 하기야 제정신이 돌아오지 않는다 하더라도 거기선 별문제 될 건 없지만요.

햄 릿 어째서?

광대 1 그곳에서는 왕자님이 눈에 띄지 않을 테니까요. 그곳 사람들은 너나없이 홀랑 다 미쳐 있거든요.

햄 릿 왜 미쳤다던가?

광대 1 들리는 소문이 참 이상합니다.

햄 릿 어떻게 이상한데?

광대 1 그야 물론 머리가 돌았다는 거죠.

햄 릿 원인(upon what gnound를 원인으로 해석–역자 주)이 어디 있는데?

광대 1 여기요? 그야 물론 덴마크 땅(gnound, 광대는 땅으로 해석–역자 주)이죠. 저는 이 나라에서 무덤 파는 일을 삼십 년 동안이나 해왔지요.

햄 릿 시체가 썩는 데 시간이 얼마나 걸리느냐?

광대 1 죽기 전부터 썩은 놈이 아니라면 — 요즘엔 장례식까지 버티지 못하고 매장할 틈도 없이 썩는 매독 환자가 많아서 다릅니다만, 팔구 년은 족히 갑니다요. 가죽장수의 시체는 구 년까지도 장담할 수 있습죠.

햄 릿 가죽장수는 어째서 더 오래가는가?

광대 1 그야 물론 장삿속으로 피부를 매끄럽게 손질해왔기 때문에 한참 동안 물기가 스며들지 않지요. 물이라는 게 말씀입니다, 망할 놈의 시체를 썩게 하는 데에는 그저 그만입죠. (해골을 하나 집어들고) 또 하나 나오는군. 이 해골바가지도 땅속에서 이십삼 년간이나 잠자고 있었습니다.

햄 릿 누구의 것인가?

광대 1   미친놈의 자식입죠. 누군 줄 아십니까?

햄 릿   모르겠는걸.

광대 1   미친 자식, 염병에나 걸려 뒈질 놈! 언젠가 제 머리에 포도주를 한 병 통째로 뿌리던 작자지요. 이것은 말씀이죠, 폐하의 광대였던 요릭의 해골입니다.

햄 릿   이것이?

광대 1   그렇다니깐요.

햄 릿   어디 보자. (해골을 손에 들고) 오호라, 불쌍한 요릭! 난 이 사람을 알고 있어, 호레이쇼. 재담이 그칠 줄 모르는 재간둥이였지. 나를 언제나 등에 업고 다녔어. 지금 이 꼴을 보니 오장육부가 뒤집히는 것 같군. 내가 수없이 입맞춤했던 입술이 여기 달려 있었지. 너의 농담은 지금 어디로 갔느냐? 그 광대놀이, 그 노래, 좌중을 왁자지껄 웃기던 그 재담은 어디로 갔느냐? 이를 드러낸 해골바가지, 내 꼴을 너는 비웃지도 못하고 있구나. 턱이 쑥 빠져버렸느냐? 부인들 방으로 가서 한바탕 지껄이고 오너라. 분가루를 한껏 처발라도 결국은 요 모양 요 꼴이 된다고 말이다. 가서 귀부인들을 웃겨줘라. 여보게, 호레이쇼, 대답 좀 해보게.

호레이쇼   전하, 무엇을 말입니까?

햄 릿   알렉산더 대왕도 땅속에서 이런 꼴이 되었겠지?

호레이쇼   그럴 테죠.

햄 릿   고약한 냄새도 풍기겠지! 튀! (해골을 땅에 놓는다)

호레이쇼   물론입니다.

햄　릿　호레이쇼, 인간은 죽어서 천대를 받는구나! 알렉산더 대왕의 거룩한 유해도 결국은 한 줌의 흙이 되어 술통 마개가 될지도 모를 일이 아닌가?

호레이쇼　그렇게까지 상상하시는 것은 좀 지나치신 듯합니다.

햄　릿　아니, 결코 지나친 일이 아니다. 아무리 생각해봐도 자연스럽게 귀착되는 점은 그것이 아니고 무엇이냐? 생각해보게. 알렉산더가 죽었다, 알렉산더가 땅속에 묻힌다, 알렉산더가 흙으로 돌아간다, 흙은 진흙이다, 진흙으로 우리는 점토를 만든다 — 알렉산더가 변해서 이루어진 점토로 맥주통 마개를 만들지 않는다고 누가 보장할 수 있겠는가?

황제 시저도 죽어 흙이 되어
벽의 구멍 막는 바람막이 되었을지 몰라
아, 한때 세상을 호령하던 그 흙이
모진 겨울바람 막는 흙담이 되다니!

쉿, 가만 있거라! 저기 왕이 오는구나.

　장례식 행렬이 조용히 묘지로 들어온다. 뚜껑 없는 관 속에는 오필리어의 유해가 들어 있고, 그 뒤로 레어티즈, 왕, 왕비, 궁신들, 그리고 사제가 뒤따르고 있다.

왕비와 궁신들도 오고 있군. 누구의 장례식일까? 아무런 의식도 없으니, 저기 운구되고 있는 유해의 주인공은 아마도 이 세상을 등지고 스스로 목숨을 끊었음이 틀림없다. 신분이 높은 자인 모양이다. 잠시 숨어서 살펴보자. (햄릿과 호레이쇼, 나무 그늘에 숨는다)

레어티즈 의식은 이것뿐입니까?

햄 릿 (호레이쇼에게 방백) 저 사람이 레어티즈야. 훌륭한 젊은이지. 잘 봐두게.

레어티즈 의식은 이게 답니까?

사 제 교회의 법규가 허락하는 범위를 넘어서 정중한 의식으로 모신 셈입니다. 사인에 미심쩍은 데가 있었죠. 만약 왕의 특명으로써 관례를 깨뜨리지 않았더라면, 시체는 부정한 땅에 매장되어 마지막 심판의 나팔이 울리는 시각까지 기다리지 않으면 안 되었을 것입니다. 자비로운 기도 대신에 질그릇 조각이나 돌멩이가 시체에 날아들었을 것입니다. 그러나 특별히 처녀의 화환을 바치고, 무덤에 처녀의 꽃을 뿌리고, 조종(弔鐘)을 울림으로써 영원히 잠들게 하였습니다.

레어티즈 그 이상의 의식은 할 수 없단 말이오?

사 제 더 이상은 할 수 없습니다. 진혼미사를 올린다거나, 평화롭게 세상을 떠난 사람들에게 바치는 안락기도를 바친다면, 신성한 장례의식을 모독하는 일이 됩니다.

레어티즈 땅속에 묻어라. 아름답고 깨끗한 그녀의 육체로부터 오랑캐꽃이 피어날 것이다. (관이 무덤 속에 내려진다) 심술궂은 사제여, 내 말을 듣거라. 네놈이 지옥에서 울부짖고 있을 때 내 여동생은 자비로운 천사가 되어 있을 것이다.

햄 릿 아, 아름다운 오필리어가!

거트루드 (관 위에 꽃을 뿌리면서) 아름다운 소녀에게는 아름다운 꽃을 안기자! 고이 잠들거라. 네가 햄릿의 아내가 되어줄 것을 바라고 있었는데, 너의 신방을 꽃으로 장식해주려 했는데, 웬일로 너의 무덤 위에 나는 이렇게 꽃을 뿌리고 있구나.

레어티즈 아, 이 삼중의 괴로움이여, 서른 배가 되어 저주받을 그 녀석 머리 위에 쏟아져라. 그놈의 잔인한 행동이 그윽하고 영리한 너의 감각을 미치게 만들었다! 기다려라. 흙을 뿌리는 것을 잠시 멈춰라. 한 번만 더 이 팔로 동생을 껴안고 싶다. (무덤 속으로 뛰어든다) 자, 이젠 흙을 덮어라. 산 사람과 죽은 사람의 머리 위에 똑같이 흙을 덮어라. 평지가 산이 되어, 펠리온(그리스의 동해안 테살리아에 있는 산-역자 주) 산보다도 높이, 하늘을 찌르는 푸른 올림포스의 산봉우리보다도 높이 솟구치도록 흙을 쌓아 올려라, 쌓아 올려라.

햄 릿 (앞으로 나선다) 누구냐, 저자는? 자기 슬픔을 마구 과장해서 아우성치고 있구나. 슬픈 목소리를 돋우어 떠들어대는 소리에 하늘을 떠도는 별이 놀라 넋을 잃고 제자리에 멈춰버릴 정도로구나. 도대체 저자는 누구냐? 나야말로 덴마크의 왕자 햄릿이다. (무덤 속으로 뛰어든다)

레어티즈 죽일 놈, 지옥에나 떨어져라! (햄릿과 맞붙어 싸운다)

햄 릿 입이 더럽구나. 기도를 하려면 제대로 하라. 내 목에서 손을 치워라. 나는 화낼 줄도 모르고 난폭하지도 않지만, 여차하면 무슨 일을 저지를지 모른다. 조심하는 것이 현명하다. 손을 놓아라.

클로디어스 두 사람을 떼어놔라.

거트루드 햄릿, 햄릿!

일 동 자, 두 분!

호레이쇼 진정하세요, 전하.

　　　　궁신들, 두 사람을 떼어놓자 둘은 무덤 밖으로 나온다.

햄 릿 이 문제로 끝까지 싸우겠다. 내가 눈을 감기 전까지는 싸우고야
　　　말 테다.

거트루드 햄릿, 이 문제라니?

햄 릿 나는 오필리어를 사랑했다. 설사 사만 명의 형제들이 제각기 자
　　　신의 사랑을 몽땅 합친다 해도 내 사랑에는 미치지 못할 것이다.
　　　너는 여동생을 위해서 무엇을 할 수 있느냐?

클로디어스 레어티즈, 그는 미친 사람이다.

거트루드 제발 참아요.

햄 릿 제기랄, 무엇을 할 수 있는지 말해보라니까. 눈물을 흘리겠는
　　　가? 싸우겠는가? 단식하겠는가? 네 옷을 갈기갈기 찢겠는가?
　　　식초를 퍼마시겠는가? 악어를 집어삼키겠는가? 그따위 짓은 나
　　　도 할 수 있다. 흐느껴 울려고 이곳에 왔나? 네가 무덤 속에 뛰어
　　　든다고 해서 내가 눈 하나 까딱할 줄 알아? 그녀와 함께 산 채로
　　　묻히려고 하면 나도 그만한 일쯤은 할 수 있다. 게다가 어리석게
　　　도 산을 들먹였는데, 우리 몸뚱이 위에다가 몇백만 에이커의 흙
　　　을 쌓아 올려라. 마침내 그 흙더미가 태양에 닿아 봉우리가 지글
　　　지글 타오를 때까지 쌓아 올려라! 펠리온산의 봉우리를 오사산
　　　이 한 점 사마귀로 보일 때까지 쌓아 올려라!(그리스 신화에 따르면

티탄들이 올림포스산에 오르기 위해 펠리온산 위에 오사산을 쌓아올렸다고

함-역자 주) 네가 고함을 지르겠다면 나도 너 못지않게 고래고래

고함지를 수 있다.

거트루드 (레어티즈에게) 지금은 광기가 발작하여 소란을 피워대고 있지

만, 곧 진정할 거다. 암비둘기가 황금빛 새끼를 깔 때처럼 입을

다물고 얌전해질 거야.

햄 릿 (레어티즈에게) 들어보게나, 어째서 나를 이렇게 대하는 건가? 나

는 자네를 좋아했네. 하지만, 그 일을 덮어두기로 하세. 헤라클

레스가 아무리 힘을 쓴다 해도, 고양이는 여전히 야옹거릴 것이

요, 개는 멋대로 놀아날 테니까. (퇴장)

클로디어스 호레이쇼, 함께 가주게. (호레이쇼 퇴장) (레어티즈에게 방백으로) 간

밤에 나눈 이야기를 생각하고 꾹 참게. 곧 일을 진행시켜야겠다.

거트루드, 당신 아들을 잘 감시하도록 하오. (다시 레어티즈에게) 이

무덤에 불멸의 기념탑을 세워 주겠다. 얼마 안 가서 평화의 날이

올 것이다. 그때까지 꾹 참고 일을 진행시키자. (모두 퇴장)

제2장 궁성 안의 홀

정면에 옥좌가 있고, 좌우에 의자와 테이블 등이 준비돼 있다. 햄

릿, 호레이쇼와 이야기를 나누면서 등장.

햄 릿 이 얘기는 이만큼 해두고 다음으로 넘어가세. 그 당시 상황은 자

네도 기억하고 있겠지?

호레이쇼   기억납니다, 전하!

햄 릿   내 마음속에서 반란이 일고 있었네. 그 일 때문에 밤잠을 설치고 있었지. 반란죄로 붙잡혀 발목에 형틀을 차고 있는 선원들보다 더 비참한 심정이었어. 그런데 갑자기 분별심이 없어졌네. 하기야 이 경우에는 무모한 행동이 가상한 일이 되었지만 말이네. 때로는 깊게 다진 음모가 수포로 돌아갈 때, 무모한 행동이 오히려 우리에게 도움이 되는 수가 있거든. 그러니 우리 인간들이 아무리 엉성하게 일을 꾸며 놓아도, 그것을 완전하게 다듬고 완성하는 것은 하느님의 뜻이라는 걸 알 수 있지.

호레이쇼   확실히 그렇습니다.

햄 릿   나는 몰래 선실을 빠져나와, 뱃놈들의 외투를 둘러쓰고 그놈의 편질 찾느라 캄캄한 어둠 속을 손끝으로 더듬거렸지. 다행히 그 꾸러미를 찾아내어 몰래 들고 다시 선실로 돌아왔네. 아주 대담한 짓이었지. 불길한 생각이 들어 예절도 잊고 그 친서의 봉인을 뜯고 말았네. 그렇게 해서 호레이쇼, 클로디어스의 무서운 흉계가 폭로된 거야! 왕의 추상같은 명령이라며 엉터리 같은 수작을 잔뜩 늘어놓았더군. 덴마크 왕의 신변 안전을 위협할 뿐만 아니라 영국 왕의 목숨까지도 위태롭게 하는 인물을 살려두는 것은 마치 악귀를 세상에 방임해두는 것과 똑같다는 거지. 편지를 읽는 즉시, 때를 놓치지 말고 도끼날을 갈 새도 없이 내 목을 치라는 내용이었네.

호레이쇼   그럴 수 있습니까?

햄 릿   여기에 그 친서가 있으니, 틈이 나면 읽어보게. 그다음에 내 어떻게 했는지 들어보겠나?

호레이쇼   네, 듣고 싶습니다.

햄 릿   흉측한 음모가 그물에 꼼짝없이 사로잡혔는데 ─ 말하자면 내 머릿속에서 미처 프롤로그도 쓰기 전에 막이 올라 이미 연극은 시작되었더군그래. 나는 책상머리에 앉아 새로운 친서를 초하여 깨끗하게 정서했어. 한때는 나도 이 나라 정치가들처럼 글씨를 깨끗하게 쓰는 일을 숫제 천박한 일로만 여겨, 애써 배운 서도를 억지로 잊어버리려 한 적도 있었지만, 이번엔 큰 도움이 되었네. 들어보겠나, 내가 초한 친서를?

호레이쇼   읽어주십시오, 전하.

햄 릿   우선, 왕으로부터의 정중한 의뢰장이 되도록 체제를 갖추었지. '영국은 덴마크의 충실한 신하이니만큼' 이라든지, '양국 간의 우호가 종려나무처럼 날로 번창하길 바라느니만큼' 이라든지 '평화의 여신이 밀이삭의 관을 쓰고 양국 우호의 인연이 되어야 하느니만큼' 이라든지, 그 밖에도 당나귀 짐바리만큼 그럴듯한 문구들을 숱하게 나열한 후, 이 친서를 보는 즉시 주저 말고 친서를 지참한 자들을 사형에 처해달라는 부탁과, 추호도 그들에게 참회의 기회를 주어서는 안 된다는 말도 덧붙여두었지.

호레이쇼   봉인은 어떻게 하셨습니까?

햄 릿   아, 바로 그 일에 있어서는 하느님의 보살핌이 있었네. 마침 선왕의 인감이 주머니에 들어 있었지. 현재의 덴마크 옥새도 이 인감과 똑같아. 나는 내가 쓴 편지를 그전의 것과 똑같이 접어서

서명을 하고 봉인한 뒤, 바꿔치기한 것을 아무도 눈치채지 못하도록 본래의 장소에 갖다 두었어. 바로 그다음 날 우리는 해적의 습격을 받았다네. 그 이후의 일은 자네도 이미 알고 있는 바대로일세.

호레이쇼　그렇다면 길든스턴과 로젠크랜츠는 죽겠군요?

햄 릿　그야, 그 두 얼간이들은 이 일이 좋아서 달라붙은 거니까. 나는 그들에 관한 한 티끌만큼도 양심의 가책이 없네. 그들은 남의 일에 지나치게 참견하다가 파멸을 자초하고 말았지. 그따위 하찮은 작자들이 끼어드는 것은 위험천만한 일이야. 강자들 사이에 불꽃 튀는 싸움이 오가는 판에 말일세.

호레이쇼　한 나라의 왕으로서 그런 짓을 저지르다니!

햄 릿　나는 절대로 물러설 수 없네. 싸워야 돼, 안 그런가? 그놈은 부왕을 살해했고, 어머님을 더럽혔고, 또 내가 이 나라의 왕이 되는 것을 방해했네. 그뿐인가, 내 목숨을 빼앗으려고 함정까지 파놓았네. 그런 놈을 이 손으로 처치하는 것은 당연한 일이지. 벌레 같은 그런 인간이 번성하면서 악행을 계속한다면 어떻게 방임해둘 수 있겠는가? 그 방임은 곧 죄악일세.

호레이쇼　얼마 안 있어 그쪽 일이 어떻게 처리되었는지 영국으로부터 소식이 오겠군요.

햄 릿　곧 알게 되겠지. 그때까지 시간은 내 차지네. 인생이란 어차피 깜빡하는 순간에 끝나는 것 아닌가? 그건 그렇다 치고 여봐, 호레이쇼, 내가 레어티즈한테 성질을 부린 것은 미안한 일이었어. 내 형편을 생각해보면 그의 심정도 이해할 수 있을 것 같아. 사과를 해야겠네. 지나치게 슬픔을 과장하기에 나도 모르게 분통이 터졌지.

호레이쇼 쉿, 누가 옵니다.

　　　　젊은 궁신 오즈릭 등장.

오즈릭 (모자를 벗고 절을 하며) 전하의 귀국을 충심으로 환영합니다.

햄 릿 고맙소이다. (호레이쇼에게 방백) 이 쇠파리 같은 놈이 누군지 자네 아나?

호레이쇼 (햄릿에게 방백) 모르겠는데요.

햄 릿 (호레이쇼에게 방백) 다행이네. 저런 작자를 알면 화근이 되지. 저 자는 땅도 많이 갖고 있네. 모두 비옥한 땅이지. 저 짐승 같은 놈이 바로 짐승들의 우두머리가 된 탓에 구유를 궁정의 식탁 옆에 갖다 놓을 수 있게 되었단 말야. 수다쟁이지만, 아까 말한 대로 소유하고 있는 땅은 방대하지.

오즈릭 (다시 절하며) 전하, 여가가 있으시다면 폐하의 분부를 전달할까 합니다.

햄 릿 경청하겠으니 전달하시오. (오즈릭, 절을 하며 모자를 내흔든다) 모자 는 모자답게 사용하시오. 그건 머리 위에 얹는 것이 아니오?

오즈릭 배려에 감사드립니다. 하지만 하도 더워서요.

햄 릿 아니, 오늘은 몹시 추운데. 북풍 탓인가?

오즈릭 그렇군요. 그렇게 말씀하시니, 아닌게 아니라 오싹오싹하옵니다.

햄 릿 그런데 내 체질 탓인지 날씨가 아주 찌는 듯 덥게 느껴지는군.

오즈릭 전하, 말씀대로 매우 무더운 날씨입니다. 뭐랄까, 말할 수 없을 만큼 매우 무덥군요. 한데 국왕 폐하께서 전하를 위하여, 전하께 굉장한 내기를 거시겠노라는 폐하의 뜻을 전하라는 분부이십니다. 그 내용을 자세히 말씀드리자면…….

햄 릿 제발 잊지 말아주길 바라오. (다시 모자를 쓰라고 손짓한다)

오즈릭 아닙니다, 이러는 것이 훨씬 편합니다. 레어티즈 님이 귀국하셨습니다. 그분이야말로 빈틈없는 신사시죠. 뛰어난 기예 솜씨도 한두 가지가 아니고, 사교성도 원만한 데다 풍채도 당당합니다. 그분은 정말이지 신사도의 지침서요, 모범적인 궁신이라 할 수 있습니다. 아무튼 신사로서 모름지기 갖추어야 할 모든 품격을 그분 안에서 찾아볼 수 있습지요.

햄 릿 그대가 주워섬긴 그의 미덕 명세표가 그토록 근사하니 그로서도 손해 볼 일은 없겠구려. 하지만 그렇게 재고품 목록같이 나열해댄다면 낱낱이 기억하기 힘들어 머리만 어지러울 터이니, 그것을 기억하려고 아무리 빠른 돛을 달고 쫓아가봐야 놓치기 십상이겠군. 그러나 사실대로 칭찬하자면, 그자는 큰 인물임에는 틀림없다오. 희귀하고 진기한 재능을 타고났기에, 정녕 진심으로 말하건대 그와 견줄 만한 자는 오직 그를 비추는 거울뿐이요, 그의 뒤를 따를 수 있는 자는 그의 그림자밖에 없지.

오즈릭 전하, 지당하신 말씀입니다.

햄 릿 대체 요점이 뭐요? 무엇 때문에 그 신사를 그토록 설익은 말로 둘둘 말아대는 거요?

오즈릭 네?

호레이쇼   아니, 다른 식으로 말하면 통 이해 못 하시겠소? 이해할 수 있을 텐데, 정녕 이해하시리다.

햄 릿   대체 신사의 얘기를 끄집어낸 까닭이 무엇이오?

오즈릭   레어티즈에 관한 말씀이신가요?

호레이쇼   (햄릿에게 방백) 저자의 말 주머니가 벌써 텅 비어버렸나 보군요. 금싸라기 같은 명구들을 죄다 써버렸나 봅니다.

햄 릿   그렇소, 그분에 관해서 말이오.

오즈릭   전하께서도 모르시지는 않으리라 생각합니다만…….

햄 릿   내가 아무것도 모르는 놈은 아니라고 생각해주시오. 당신이 그렇게 생각해준대도 내 명예와는 별반 상관없는 일이긴 하오. 그래 어쨌다는 거요?

오즈릭   레어티즈가 뛰어난 사람이라는 것은 알고 계실 줄…….

햄 릿   그 점에 대해선 말하고 싶지 않소. 뛰어난 점에 있어서 나는 그와 비교되고 싶지 않기 때문이오. 나 자신도 모르면서, 어찌 남을 알 수 있겠소?

오즈릭   제가 말씀드리고자 하는 것은 그분의 칼 솜씨올시다. 사람들 얘기로는 그분과 대적할 만한 사람은 천하에 없다는 겁니다.

햄 릿   양칼잡이군. 그래, 좋아…… 그래서?

오즈릭   국왕 폐하께서는 레어티즈에게 바르바리산 말 여섯 필을 거셨고, 이에 대하여 레어티즈는 여섯 자루의 프랑스제 세검과 단검, 혁대, 칼걸이 등의 부속품을 걸어 제게 맡겨놓았습니다. 그중 세 쌍의 조대(調帶)는 실로 그 장식이 아름다워 칼자루와도 조화를 잘 이루고 있습니다. 오밀조밀한 솜씨가 엿보이는 정교한 것이지요.

햄 릿 조대라니, 그게 무엇이오?

호레이쇼 (햄릿에게 방백) 저 사람 말은 주석 없이는 못 알아들으실 것 같군요.

오즈릭 조대란 칼걸이를 말합니다.

햄 릿 대포를 옆구리에 차고 다닌다면 그런 말도 적절하겠지만, 그러기 전에는 칼걸이라 해둡시다. 계속하시오. 여섯 필의 바르바리 산 말과 프랑스제 칼 여섯 자루와 부속품, 그리고 정교한 솜씨로 만들어진 칼걸이 셋— 덴마크 대 프랑스의 내기로군. 왜 그런 물건을 당신 말대로 내기에 거는 거요?

오즈릭 폐하의 말씀이, 왕자님과 레어티즈 사이에 십이 회전을 하더라도 레어티즈가 세 번 이상 이기기는 어려우리라 판단하시고, 규정된 십이 회전을 오 회로 정하셨다 합니다.

햄 릿 거절하면 어쩌겠소?

오즈릭 왕자님, 제 말은 왕자님께서 그 시합에 상대해주실 경우에 해당됩니다.

햄 릿 이보시오, 나는 이 홀을 거닐고 있을 테니 폐하께서 좋을 대로 하라시오. 마침 운동 시간이 되었구려. 그래, 시합용 검을 갖고 오시오. 레어티즈도 할 의향이 있고 폐하께서도 바라는 일이라 하니, 폐하를 위하여 이 시합을 이겨보도록 하겠소. 시합에 지면, 창피나 좀 당하고 몇 대 얻어맞기나 하겠지.

오즈릭 폐하께 그대로 전하리까?

햄 릿 그대로 전하시오. 중언부언 양념치는 일은 당신 재량에 맡기오.

오즈릭 (절을 한다) 충복으로서 잘 알아모시겠습니다.

햄 릿 좋소, 좋아. (오즈릭 퇴장) 그래, 자화자찬이 상책이겠지. 저따위 놈을 칭찬해줄 사람이 세상에 어디 있겠어.

호레이쇼 저 햇병아리 같은 놈, 머리에 알껍질을 뒤집어쓴 채 달아나고 있습니다.

햄 릿 제 어미 젖을 빨기 전에 젖가슴에 인사부터 올렸을 놈이야. 저런 놈이 — 하기야 똑같은 놈들이 숱하게 많지만, 타락한 세상 풍조에 한몫씩 끼어들어 날뛰고 있지. 세태에 장단을 맞춰가면서, 낯간지러운 사교에 넋을 잃고, 거품 같은 미사여구로 사려 깊은 사람들을 속이면서 얼렁뚱땅 살아가고 있지. 그놈들은 거품 같아서 시험 삼아 한 번만 훅 불어도 흔적 없이 꺼져버린다네.

　　　궁신 한 명 등장.

궁 신 전하, 전하께서는 폐하께서 젊은 오즈릭을 보내어 전하신 폐하의 분부에 따라 홀에서 폐하를 기다리시겠노라고 하셨습니다만, 재차 여쭙고 싶은 말씀은, 레어티즈와의 시합에 대해서 전하께서 혹시 이의가 있으신지, 또는 시합을 연기하실 의향은 없으신지 왕자님의 생각을 필히 알아보고 오라는 폐하의 분부셨습니다.

햄 릿 내 의향에는 변함이 없소. 폐하의 뜻대로 할 뿐이오. 폐하의 사정만 허락된다면 나는 언제라도 좋소. 지금도 좋고, 나중에도 좋고, 지금처럼 몸의 상태가 좋을 때가 가장 적당하오.

궁 신 왕비께서는, 시합이 시작되기 전에 전하께서 레어티즈에게 몇 마디 예의 바른 말씀을 건네주실 것을 당부하셨습니다.

햄 릿 당연한 분부요. (궁신 퇴장)

호레이쇼 전하, 이 시합에는 승산이 없으실 것 같습니다.

햄 릿 나는 그렇게 생각지 않네. 그가 프랑스로 유학 간 이래로 나는 끊임없이 연습을 해왔어. 그만큼 유리한 조건이라면 이길 수 있을 것이네. 그런데 지금 내 마음은 자네로선 짐작도 못할 만큼 불안하다네. 하지만, 상관없어.

호레이쇼 마음에 걸리는 것이 있으시다면 무리하지는 마십시오. 지금 곧 가서 그분들이 이곳으로 오시는 것을 제지시키고, 전하의 기분이 좋지 않으시다고 얼른 전하고 오겠습니다.

햄 릿 그럴 것까지는 없네. 전조(前兆) 같은 것은 무시하세. 참새 한 마리 떨어지는 것도 하느님의 뜻이 아닌가. 죽음이 지금 닥친다면 후에는 찾아오지 않을 테고, 후에 닥쳐오지 않을 거라면 지금 오는 법이 아니겠는가. 지금이 아니더라도 언젠가는 오고야 말 것이네. 평소 마음의 준비가 제일이지. 언제 목숨을 버려야 하는지에 대해서는 아무도 알 수 없는 일이니 만사 될 대로 되라는 심정뿐이네.

　테이블 하나가 미리 준비돼 있고 하인들이 관람용 의자와 쿠션을 운반해 온다. 드디어 나팔수, 고수, 궁신들이 왕과 왕비를 모시고 등장. 오즈릭과 또 한 사람의 궁신이 심판관이 되어 몇 자루의 시합용 검과 단검, 그리고 포도주 술잔들을 가지고 들어온다. 마지막으로 레어티즈, 시합 복장을 하고서 등장.

클로디어스　자 햄릿, 여기 와서 이 손을 잡아라. (왕이 레어티즈의 손을 햄릿 손에 쥐여주며 악수를 나누게 한다. 그러고는 왕비를 데리고 옥좌에 앉는다)

햄 릿　용서해주게, 내 잘못이었어. 신사답게 부디 용서해주기 바라네. 이곳에 참석하신 분들도 다 아시다시피, 그리고 자네도 들은 바 있겠지만 나는 극심한 정신착란으로 괴로움을 겪고 있네. 내 행동이 자네의 효성과 명예, 그리고 자네의 감정에 깊은 상처를 입혔을 테지만, 그것은 어디까지나 나의 광기 때문이었노라고 말하고 싶네. 레어티즈를 모욕한 것이 햄릿이었던가? 아닐세. 결코 햄릿이 아니었네. 만약 햄릿이 이성을 잃고 햄릿 아닌 또 다른 그가 레어티즈에게 해를 입혔다면, 그것은 햄릿의 과오가 아니네. 햄릿은 그것을 부인하네. 그렇다면 대체 누구의 짓일까? 그의 광기가 저지른 짓이네. 그렇다면 햄릿도 피해자가 되는 셈이네. 그의 광기는 가엾은 햄릿 자신의 적이기도 한 것이네. 부탁이네, 여기 참석하신 여러분들 앞에서, 내가 자네에게 해를 끼치려고 고의로 그런 것이 아니었다는 이 변명을 관대한 마음으로 받아들여주길 바라네. 지붕 너머로 쏘아 올린 화살이 우연히 형제에게 상처를 입힌 것이라고 생각해주지 않겠는가?

레어티즈　아들로서의 효심을 생각한다면 지금 복수심을 최고로 촉발시켜야 마땅할 계제이지만, 그 점에 대해선 충분히 이해하겠습니다. 그러나 나의 명예에 관해서만큼은 냉정하게 생각하겠습니다. 또한 결코 화해 같은 것도 하지 않을 작정입니다. 명예 높기로 이름난 어느 인생의 선배가 중간에 서서 화해해도 좋다는 의

견과 그 선례를 제시하면서 나의 면목을 보장해줄 때까지는 말입니다. 다만 그때까지 전하가 보여주시는 우정은 우정으로서 고맙게 받아들일 뿐이지 거역할 뜻은 전혀 없습니다.

햄 릿 그 말을 들으니 기쁘이. 형제처럼 정직하게 시합을 해보세. 자 내게 검을 달라.

레어티즈 자, 나에게도 한 자루를.

햄 릿 내 무딘 검은 네 들러리 상대가 되리라. 레어티즈, 미숙한 나에 비하면 자네 솜씨는 밤하늘의 별처럼 빛을 뿜을 것이네.

레어티즈 놀리지 마십시오.

햄 릿 아냐, 진정이네.

클로디어스 오즈릭, 검을 주어라.

　　오즈릭, 몇 자루의 시합용 검을 갖고 온다. 레어티즈가 그 가운데 한 자루를 집어 들어 휘둘러본다.

　　햄릿, 내기를 걸었다는 건 알고 있느냐?

햄 릿 잘 알고 있습니다, 폐하. 물론 약한 쪽에 유리한 조건을 붙이셨 겠지요?

클로디어스 걱정 마라. 나는 두 사람의 솜씨를 잘 알고 있다. 하지만 레 어티즈의 솜씨가 아주 늘었기 때문에 이쪽의 조건을 좀 유리하 게 만들어두었지.

레어티즈 이건 너무 무겁구나. 다른 것을 보여다오.

　　테이블로 가서 칼끝이 뾰족한, 독이 칠해진 검을 골라잡는다.

햄 릿 (오즈릭으로부터 검을 받아들고) 나는 이게 마음에 든다. 어느 검도 길이는 똑같겠지?

오즈릭 그렇습니다.

　　　두 사람, 시합 준비를 한다.

클로디어스 포도주 잔들을 테이블 위에 놓아라. 만약에 햄릿이 일차전이나 이차전에서 득점을 하거나 삼차전에서 만회하거든, 모든 성벽에서 축포를 터뜨려라. 그때 짐은 햄릿의 건투를 위해 축배를 들겠다. 술잔에는 진주를 넣어두겠다. 사 대째 덴마크 왕의 왕관을 장식했던 진주보다도 더 훌륭한 것이다. 술잔을 달라. 고수는 나팔수에게, 나팔수는 성밖의 포수에게 포성은 하늘을 향하여, 하늘은 지상에 대하여 알려라. '지금 왕이 햄릿을 위하여 축배를 든다' 라고. 자 시작하라. 너희 심판관들은 눈을 똑바로 뜨고 지켜봐라.

　　　왕 곁에 술잔이 놓인다. 한동안 나팔 소리. 햄릿과 레어티즈, 각자 자리를 잡는다.

햄 릿 자, 간다.

레어티즈 좋습니다.

　　　시합이 시작된다.

햄 릿 한 대—.

레어티즈 아닙니다.

햄 릿 심판, 판정하게.

오즈릭 한 대 먹이셨습니다. 아주 깨끗한 한 대였습니다.

북소리, 나팔 소리, 축포가 취주악에 섞여 한 발 울린다.

레어티즈 자, 다시 시작합시다.

클로디어스 기다려, 술을 달라. 햄릿, 이 진주는 네 것이다. 자, 너를 위
해 건배하자. 햄릿에게 잔을 주어라.

햄 릿 시합을 한 차례 더 끝내고 들렵니다. 술잔을 잠시 놓아두어라.
자, (다시 시작된다) 또 한 대 들어간다. 어떠냐?

레어티즈 스쳤소, 약간 스쳤습니다. 그건 사실이오.

클로디어스 우리 햄릿이 이길 것 같군.

거트루드 땀 범벅이 되어 숨을 헐떡이고 있군요. (자리에서 일어나면서) 햄
릿, 여기 손수건이 있다. 이마를 닦아라. (햄릿의 술잔을 들며) 햄릿
너를 위해서 내가 건배하마.

햄 릿 감사합니다, 어머니.

클로디어스 거트루드, 마시면 안 되오.

거트루드 마시겠어요. 허락해주세요. (술을 마시고 햄릿에게 잔을 건넨다)

클로디어스 (방백) 그건 독이 든 잔이란 말이오! 때는 이미 늦었군!

햄 릿 전 지금은 마실 수 없습니다, 어머니. 나중에 들지요.

거트루드 이리 오너라, 얼굴을 닦아주마.

레어티즈 폐하, 이번만은 한 대 먹이겠습니다.

클로디어스 글쎄, 할 수 있을 것 같지 않은데.

레어티즈 (방백) 양심에 가책이 되어 견딜 수가 없구나.

햄 릿   덤벼라, 레어티즈, 삼 회전이다. 장난으로 하면 못써. 힘껏 찔러
봐. 나를 놀릴 셈이냐?

레어티즈   그러시다면 자, 한 대 받으시오. (싸운다)

오즈릭   무승부.

레어티즈   이번만은 한 대 들어갑니다!

격투하는 동안 우연히 서로 검을 바꿔 쥔다. 두 사람 모두 상처를
입는다.

클로디어스   뜯어 말려라. 둘 다 격해 있다.

햄 릿   자, 오너라……. 다시!

왕비 거트루드, 쓰러진다.

호레이쇼   두 분 다 피를 흘리시는군! 전하, 어떻게 된 겁니까?

오즈릭   레어티즈, 어찌 된 일입니까?

레어티즈   내가 쳐놓은 덫에 스스로 걸리고 말았네, 오즈릭. 내가 꾸민
흉계에 내가 목숨을 잃게 되었어.

햄 릿   왕비님은 어찌 되신 거냐?

클로디어스   피를 보고 기절하셨다.

거트루드   아니다, 아니다. 저 술, 저 술! 오, 햄릿! 저 술, 저 술! 독을 탔
어. (죽는다)

햄 릿   음모다! 여봐라, 문을 잠가라. 반역이다! 범인을 찾아라. (레어티
즈 쓰러진다)

레어티즈   범인은 여기 있습니다, 햄릿. 햄릿 당신도 죽을 목숨입니다.

이 세상 어떤 묘약을 써도 소용없습니다. 당신의 목숨도 삼십 분을 넘기지 못할 겁니다. 배반의 무기는 바로 당신 손에 쥐여져 있는 바로 그것입니다. 칼끝이 뾰족하고 독이 묻은 흉기. 저의 비열한 음모는 바로 제 자신에게 앙갚음이 되어 돌아왔습니다. 여기, 이렇게 쓰러진 채 두 번 다시 일어나지 못할 것입니다. 당신의 어머니도 독살되어…… 아, 이제 더 말할 수조차 없군요…… 왕이, 왕이 범인입니다.

햄 릿 칼끝에 독을 발랐다니! 그렇다면 독이여, 너의 역할을 다하라.

　　　칼로 클로디어스를 찌른다.

일 동 반역이다! 반역이다!

클로디어스 여봐라, 어서 와서 날 좀 보호하라. 아직은 그저 상처만 입었을 뿐이니.

햄 릿 (독배를 왕의 입에 강제로 갖다 대고) 자, 살인마, 색마, 저주받을 덴마크 왕이여, (술을 강제로 먹이며) 이 독주를 마셔라. 네 진주가 바로 이것이냐? 내 어머니의 뒤를 따르라.

　　　클로디어스 왕 죽는다.

레어티즈 천벌이다, 자기 손으로 조제한 독약을 마시게 되다니. 고결하신 햄릿 전하, 우리 서로 용서합시다. 나의 죽음이나 아버지의 죽음이 당신의 죄가 되지 않도록 비옵니다. 그리고 당신의 죽음 또한 저의 죄가 되지 않도록! (죽는다)

햄 릿 하늘이 너의 죄를 용서하도록 빌겠다! 나도 너의 뒤를 따르겠다. 호레이쇼, 나도 이젠 끝장이다. 가련한 왕비님, 고이 가십시오. 모두들 창백한 얼굴로 떨고 있구나. 너희들은 이 연극 속에서 침묵을 지키는 배역들인가, 아니면 구경꾼들인가. 나에게 시간이 있으면…… 아, 죽음이라고 하는 저 잔인한 병사가 끈질기게 뒤따라 지만 않는다면…… 너희들에게 말해줄 수 있으련만. 그러나 속수무책이구나. 호레이쇼, 나는 죽어가지만 너는 살아서 내 얘기, 내 입장을 올바로 전하라. 나를 비난하는 사람들에게.

호레이쇼 제가 살아남는다는 것은 있을 수 없습니다. 저는 덴마크인이 되기보다는 차라리 고대 로마인이 되고 싶습니다. 아직도 술이 남아 있습니다. (독배를 들어 올린다)

햄 릿 (일어나며) 네가 대장부라면 그 잔을 나에게 달라. 어서 놓게, 놓으라니까! (호레이쇼가 든 잔을 쳐 떨어뜨린 뒤 쓰러진다) 아, 호레이쇼, 이 사건의 자초지종이 설명되지 않는다면 나는 죽은 다음에도 상처투성이의 오명을 뒤집어써야 한다. 네가 진심으로 나를 위한다면 잠시 천국의 행복을 멀리하고, 고통스럽긴 하겠지만 이 험한 세상에 남아서 내 얘기를 전해다오……. (멀리서 군대의 진군 소리. 포성이 들린다) 저 떠들썩한 소리는 무엇인가? (오즈릭 등장)

오즈릭 포틴브라스께서 폴란드를 정복하고 개선하는 도중, 영국 대사가 도착했기에 우렁찬 축포를 터뜨린 것입니다.

햄 릿 아, 호레이쇼, 나는 죽는다! 독기가 무섭게 정신을 마비시키는구나. 영국으로부터의 소식도 듣지 못하게 됐구나. 하지만, 예언하건대 왕으로 선출될 사람은 포틴브라스밖에 없다. 죽음이 임박한 이 자리에서 나는 그를 추대하고 싶다. 그에게 내 뜻을 전하여라. 이렇게 된 여러 사정 얘기도 빼놓지 말고 전하라. 이 젠 침묵뿐이로구나. (숨을 거둔다)

호레이쇼 이제 고귀한 영혼이 부서져버렸구나. 왕자님이여, 고요히 잠 드소서. (안에서 행군 소리) 어질던 햄릿 왕자님, 천사들의 노래에 싸여 영원한 안식의 세계로 가소서. 다가오는 이 북소리는 무엇 인가?

고수, 기수, 수행원들과 함께 포틴브라스와 영국 사절들 등장.

포틴브라스 참변이 일어난 곳이 어디냐?

호레이쇼 무엇을 보고 싶으신 겁니까? 이 이상 더 슬프고 놀라운 일은 어디에서도 볼 수 없을 것입니다.

포틴브라스 시체 더미는 무참한 살육을 말하고 있구나. 오, 교만한 죽음 이여! 어떤 향연이 너의 영원한 어두운 처소에서 준비되고 있기 에 이토록 많은 귀인들을 한칼에 무참히 죽였단 말이냐!

사신 1 가슴 저미는 광경입니다. 영국으로부터의 소식도 너무 늦게 도 달된 듯합니다. 그 소식을 들어야 할 귀는 지금 목숨을 잃고 감 각이 없습니다. 분부하신 대로 사형이 집행되어 로젠크랜츠와 길든스턴이 죽었다는 사실을 전한들 누구에게 치사의 말을 들 을 수 있겠습니까?

호레이쇼 폐하로부터는 치하의 말을 들을 수 없었을 것입니다. 비록 목 숨이 붙어 있어 그의 입으로 치사를 할 수 있었다 하더라도 말입 니다. 여하튼, 이 같은 참극이 벌어지고 있을 때 마침 당신은 폴란드의 싸움터로부터, 또 당신은 영국으로부터 이곳에 도착하셨으니, 부디 이 유해들을 높은 단 위에 안치하도록 명령을 내리셔서 많은 사람들이 볼 수 있도록 해주십시오. 이 사건을 알지 못하고 있는 사람들에게 자초지종을 설명할 수 있도록 저에게 허락해주십시오. 제 얘기를 듣고 나면 모든 것을 알 수 있게 될 것입니다. 이곳에서 행해진 여러 가지 음탕하고 잔인하고 퇴폐적인 행위를, 우발적인 판단, 뜻밖의 살인, 강요당한 채 할 수 없이 행해진 교묘한 처형, 간계가 빗나가서 최후에 가서는 모사꾼들의 머리 위에 재난이 떨어지게 된 사정 등 모든 것을 제가 사실대로 전해드리겠습니다.

포틴브라스 당장 들어봅시다. 중신 귀족들을 소집해서 들려줍시다. 나로서는 슬픔을 금할 수 없지만, 행운의 왕관을 받아들이지 않을 수 없을 듯합니다. 이 나라에 대해서는 내게도 여러분들이 잊어서는 안 되는 특권이 있으니, 이 기회에 나는 왕위 계승권을 주장하고자 합니다.

호레이쇼 왕자에 관해서는 저도 전할 말씀이 있습니다. 이 주장은 왕자님의 입에서 나온 말씀입니다. 방금 말씀하신 일은 즉시 처리하는 것이 옳은 줄 압니다. 인심이 소란한 이때에 불상사나 혼란이 야기되어서는 안 되기 때문입니다.

포틴브라스 햄릿 전하를 무인답게 네 사람의 장교가 단상으로 운구하라. 기회가 주어졌다면 그분은 훌륭한 왕이 되셨을 게다. 자, 전하의 서거를 애도하는 군악을 연주하고 조포를 쏘아 전하의 유덕(遺德)을 널리 알리자. 유해를 들어 올려라. 이러한 광경은 전쟁터에서나 어울리는 법, 정말 여기서는 격에 맞지 않는구나.
자, 가서 병사들에게 조포를 쏘게 하라. (병사들, 시체를 운구해 간다.
장송 행진곡이 들려오고 조포가 울린다)

불멸의 영광 영원한 동시대인
— 셰익스피어의 시대와 작품세계

1. 시대와 생애

스트랫퍼다네이번(Stratford-on-Avon)은 셰익스피어가 태어날 무렵 인구 2
천 명이었다. 이 도시의 역사와 전통은 아득히 선사시대로까지 거슬러 올
라간다. 로마의 군사도로(Strata via, 고대영어로는 Straet)가 에이번 강(웨일스어로
Afon River)을 지나 성채(Fard) 옆을 통과했으니, 라틴어와 고대영어, 그리고
웨일스어의 합성어가 이 도시의 이름이 되었다.

색슨(Saxon) 시대에는 이 지역이 우스터(the Bishop of Worcester)의 통치 아래
있었고, 노르만 정복 시기에는 주민의 대부분이 농사에 종사하고 있었다.
리처드 1세 시대에 농산물 집산지로 변하면서 길이 열리고 건물이 서기 시
작했으며, 매주 시장이 개설되는 등 발전을 이룩했다.

도시 한복판에 홀리 트리니티(The Holy Trinity) 교회가 아름답고 장엄한
모습을 드러내고 있었다. 셰익스피어는 이곳에서 세례를 받고 죽어서 이

곳에 묻혔다. 스트랫퍼드는 셰익스피어가 생존했던 시절에는 흥청거리는 상업도시요 풍요로운 농업지대였으며, 런던으로 가는 교통의 요지였다. 아든 숲(The Forest of Arden)은 바로 셰익스피어의 생가 근처에 있었다. 그 숲 속에는 사슴들이 뛰놀고 있었다. 스트랫퍼드의 아름다운 자연은 셰익스피어를 자연의 시인으로 만들기에 충분했다.

스트랫퍼드는 또한 역사의 도시로서 장미전쟁의 유적이 남아 있다. 스트랫퍼드 근거리에 요크 가의 워릭(Warwick) 성(城)이 자리 잡고 있으며, 그곳으로부터 좀 더 떨어진 곳에는 랑카스터가의 교두보였던 성곽을 볼 수 있다. 셰익스피어의 사극들이 영국사의 이 시기를 즐겨 다루고 있는 것을 보면 스트랫퍼드의 역사적 환경이 그의 작품에 미친 영향을 결코 과소평가할 수 없을 것이다.

1555년, 스트랫퍼드에 부친 존 셰익스피어(John Shakespeare)가 이주해 왔다. 존은 스트랫퍼드에서 농산물 매매사업을 하면서 성공해 스트랫퍼드의 저명인사가 되었다. 1557년 유복한 집안의 딸 메리 아든(Mary Arden)과의 결혼은 그의 사회적 지위를 더욱 확고하게 만들었다. 왜냐하면 존은 1568년 스트랫퍼드시(市)의 행정에 관여하게 되어 극단의 공연허가증을 발부하는 책임을 맡게 되었기 때문이다. 1568년은 스트랫퍼드에 직업극단이 내방한 첫 번째 기록이 남아 있는 해가 되며, 윌리엄 셰익스피어는 이때 4세였으니 아버지 존 옆에서 처음으로 연극 공연을 구경할 수 있었다. 그러나 이때 이후 10년간 존은 사업에 실패해서 사회적 지위를 잃고, 파산의 위기를 겪게 되었다. 1578년의 기록에 의하면 주당 4펜스의 돈도 지불할 수 없었다는 기록이 남아 있다. 1586년 그는 시행정직에서 물러나게 되고, 1592년에는 교회에서 그의 모습을 찾아볼 수 없게 되었다.

월리엄 셰익스피어는 그의 부친 존으로부터 이재(理財)에 밝은 상인의 생활력을 이어받았을 것이라고 추측된다. 모친 메리가 속했던 아든 가문은 워릭셔의 명문 집안이었다. 셰익스피어는 모친 메리로부터 고결한 심성과 올바른 생활태도, 역사와 자연에 대한 사랑과 종교적 신앙심을 이어받았을 것이다.

월리엄 셰익스피어의 어린 시절에 대해서 남아 있는 기록은 얼마되지 않는다. 세례 기록과 결혼 서약에 관한 기록이 남아 있다. 교구기록부에 의하면 그는 1564년 4월 26일 수요일에 세례를 받은 것으로 되어 있다. 그러나 정확한 생일은 알려져 있지 않다. 월리엄은 이 집안의 자녀들 중 살아남은 아들 가운데 장남이었다. 위로 누나가 둘 있었지만 유년 시절에 모두 사망했다. 세 형제 — 길버트(Gilvert), 리처드(Richard), 에드먼드(Edmund) — 가 그의 뒤를 이었으며, 두 여동생들 — 조앤(Joan)과 앤(Ann) — 또한 그의 뒤를 이었다.

월리엄 셰익스피어는 그래머 스쿨이라는 당시의 초중등학교에 입학했다. 그 당시 이 학교의 교육은 라틴어 교습에 집중되어 있었다. 영어에 대한 교육도 이곳에서 받았을 것이라고 추측된다. 셰익스피어 생존 당시 스트랫퍼드의 그래머 스쿨 선생들은 대부분 옥스퍼드 출신들이었기 때문에 셰익스피어의 어문교육에 이들이 지대한 영향을 끼쳤을 것이라고 생각된다. 그리스와 라틴 고전문학에 관한 광범위한 독서 외에도 셰익스피어는 제네바판 성서를 탐독했을 것이다. 왜냐하면 셰익스피어의 희곡작품 속에는 이 성서를 읽은 흔적이 뚜렷하게 나타나 있기 때문이다. 그라머 스쿨의 수학 기간은 7년이었으니, 셰익스피어가 7세 때 입학했다면 1578년에 학교를 졸업한 셈이 된다.

학교를 졸업한 후, 1578년경 셰익스피어는 부친의 가업을 돕고 있었다. 이 시기에 셰익스피어를 열광시킨 것은 연극 공연이었을 것이다. 그 당시 스트랫퍼드에서 1584년까지 매년 계속해서 기적극(miracle plays)이 공연되었다. 또한 그는 때때로 아버지와 함께 야외 이동극(pageants)을 보았을 것이고, 1575년 스트랫퍼드에서 15마일 떨어진 케닐워스에서 레스터 경이 엘리자베스 여왕을 위해 공연했던 가면극을 관람했을 것이다. 존 셰익스피어가 촌장으로서 시정 일에 관여하고 있던 1568년에는 스트랫퍼드에서 흔하게 이동극단의 연극이 공연되고 있었다.

1582년 11월 27일 셰익스피어가 18세 때 그는 근처 마을 쇼터리(Shottery)의 유복한 농가의 딸인 8세 연상의 앤 해서웨이와 결혼했다. 1583년 5월 26일 딸 수재나가 태어나 트리니티 교회에서 세례를 받게 되었다. 수재나 출생 후 햄닛과 주디스 쌍둥이가 태어나서 1585년 2월 2일, 트리니티 교회에서 세례를 받았다.

이후 몇 년 동안 셰익스피어가 스트랫퍼드에 있었다는 기록은 없다. 아마도 셰익스피어는 쌍둥이 자녀 출생 이후 스트랫퍼드의 집을 떠나 청운의 꿈을 품고 더 넓은 세계로 향해 어디론가 출발했음이 분명하다. 셰익스피어는 아내를 스트랫퍼드에 남기고 떠났는데, 아들 햄닛은 1596년에 사망해서 매장되었고 아내와는 런던에서 상면할 기회가 없었다. 1585년 이후 이들 사이에는 후손이 생기지 않았다. 1597년경 셰익스피어는 스트랫퍼드의 호화주택 뉴플레이스(New Place)를 구입했는데, 만년에는 아내와 딸들을 그곳으로 이사시킨 뒤 런던 생활을 청산하고 스트랫퍼드로 돌아와서 가족들과 지내다 1616년에 세상을 떠났다.

그가 스트랫퍼드에서 종적을 감춘 뒤 다시 런던에 나타났을 때까지 7년

동안 무엇을 하고 지냈는지는 분명치 않다. 글로스터 지방에서 학교 선생을 했으리라는 추측이 믿음직하게 제기되고 있다. 왜냐하면 이 지방의 기록문서에 셰익스피어와 해서웨이의 이름이 되풀이되어 나타나고 있기 때문이다. 그는 코츠월드 지방에서 친지들과 사귀면서 학교 선생의 평온한 생활을 누리며 독서에 정진하고, 런던 생활의 대전환을 꿈꾸고 있었을는지도 모른다. 이 시기에 그는 아마도 런던에 극장이 서고, 새로운 극단들이 설립되고, 키드(Kyd)의 〈스페인의 비극〉이 공연에 성공을 거두고 있다는 소식을 접하고 있었을 것이다. 셰익스피어는 그 당시의 여러 가지 정황으로 보아, 1587년 혹은 1588년에 학교 선생을 그만두고 런던을 향해 출발했음이 분명하다.

그 후 25년간의 셰익스피어의 런던 생활이 시작된다. 즉 오늘날 우리가 알고 있는 극작가 셰익스피어의 생애가 바로 이 시기에 시작되고 완성된 것이다. 셰익스피어가 살아서 활동하던 당시의 런던은 중세도시의 모습 그대로였다. 120개의 뾰족탑이 서 있는 런던시는, 겉으로는 종교도시의 모습을 하고 있었지만 안으로는 르네상스의 물결이 거세게 휘몰아치고 있었다. 런던은 왕국의 수도였다. 정치·사회·경제 그리고 학문과 예술의 중심지였다. 중세시대의 규제와 억압에서 벗어난 런던 시민들은, 한결같이 새 시대의 자유와 열정 속에서 생의 무한한 가능성을 추구하고 있었다. 나그네들이 쉬고 가는 여관이나 술집은 먹고 자는 숙박업소일 뿐만 아니라 대중문화의 중심지가 되었다. 셰익스피어를 위시해서 존슨(Jonson), 보먼트(Beaumont), 플레처(Fletcher) 등 당대 저명한 극작가들과 시인·학자·예술가 등이 즐겨 만나던 술집은 머메이드 주막(The Mermaid Tavern)이었다. 때로는 데블 주막(The Devil Tavern)으로 자리를 옮겨 술을 마시며 문학과 예술의

담론을 나누기도 했다. 엘리자베스 시대의 연극 — 셰익스피어만이 아니라 존슨, 데커 그리고 미들턴 등 — 에는 런던 주막집의 술기운이 짙게 감돌고 있다. 그만큼 이들 주막집과 당대의 신연극은 깊은 관계를 맺고 있다. 여관집 앞마당은 연극 공연장이었다. 그곳은 런던에 새로운 극장이 건립되기 이전까지만 해도 신연극의 요람지였다. 셰익스피어 자신이 연기를 했다고 전해지는 크로스키즈 주막(The Crosskeys Tavern), 레드 불 주막(The Red Bull Tavern), 보아즈 헤드(The Boar's Head) 등에서는 끊임없이 공연이 진행되었다.

셰익스피어 시대에 신연극 형성을 위해 크게 공헌한 교육기관은 런던의 법학원이던 '인즈 오브 코트(The Inns of Court)'였다. 13세기 또는 14세기까지 거슬러 올라가는 4대 명문 법학원은 이너템플(The Inner Temple), 미들템플(The Middle Temple), 링컨스 인(Lincoln's Inn) 그리고 그레이즈 인(Gray's Inn) 등이었다. 이들 법학원은 옥스퍼드나 케임브리지 대학과 흡사한 고등교육기관이었다. 엘리자베스 시대의 수많은 고관대작과 저명인사들은 이들 학교 출신이었다. 시드니와 베이컨은 그레이즈 인 출신이었고 세크빌과 보먼트는 이너템플 출신이었으며, 존 던은 링컨스 인 출신이었다. 이들 학교들이 국왕을 위해 주연과 가면극과 연극 공연을 펼치는 일은 그 당시 중요한 문화행사가 되었다. 이들 법학원들은 한결같이 연극 공연에 지대한 관심을 기울였다. 토머스 세크빌과 토머스 노턴이 쓴 영국 최초의 비극작품 〈고보덕(Gorboduc)〉이 1561년 엘리자베스 여왕 앞에서 공연된 것을 보면 이들 학교가 신연극의 정착을 위해 기울인 열정과 관심을 짐작할 수 있다. 셰익스피어의 〈실수 연발(The Comedy of Errors)〉은 1594년 그레이즈 인에서 공연되었으며, 〈십이야(Twelfth Night)〉는 1602년 미들템플에서 공연되었다.

로마시대 세네카의 비극작품을 영국에 소개해서 국내 연극을 활성화시킨 공로도 이들에게 있었으니, 신연극에 대한 인즈 오브 코트의 영향은 심원하고도 항구적인 것이었다.

신연극에 대한 또다른 영향력의 원천은 엘리자베스 여왕의 왕궁이었다. 왕궁에서는 끊임없이 공연행사가 개최되었다. 여왕 자신이 르네상스 시대의 군주답게 열광적으로 극단을 후원하고 공연행사를 장려했다. 여왕은 이 행사를 위해 연예 담당 시종장을 임명했다. 1594년 이후, 셰익스피어의 극단은 여왕의 후원에 힘입어 매년 어전공연을 계속했다. 이 정기공연은 1603년 여왕이 서거할 때까지 계속되었다. 셰익스피어의 작품 〈사랑의 헛수고(Love's Labour's Lost)〉 〈실수 연발〉 〈베니스의 상인(The Merchant of Venice)〉 〈헨리 4세(King Henry Ⅳ)〉 〈헨리 5세(King Henry Ⅴ)〉 〈헛소동(Much Ado about Nothing)〉 등이 어전공연되었으며 〈윈저의 명랑한 아낙네들(The Merry Wives of Windsor)〉은 여왕 자신이 셰익스피어에게 요청해서 완성되었다고 전해진다. 엘리자베스 여왕이 보인 연극에 대한 애정은 제임스 왕에 의해 계승되어, 그는 셰익스피어 극단을 왕실 전속극단으로 만들어 이들을 후원하였다. 왕실과 셰익스피어와의 밀접한 관계 때문에 셰익스피어는 영국의 귀족들과도 두터운 교분을 맺게 되었다. 당대의 기라성 같은 귀족들 — 스탠리, 에식스, 사우샘프턴, 펨브로크 형제들인 윌리엄과 필립 등 — 은 그의 패트론이요 친구들이었다. 왕궁에서 만난 지성적이고 아름다운 숱한 여인들은 그의 작품 속에서 여주인공으로 재현되고 있다.

풍요롭고, 바삐 돌아가는 가운데 흥청대는 런던 시의 활기, '인즈 오브 코트'와 대학 출신의 지적이며 감성적인 신사들의 매력, 귀족들과 아름다운 귀부인들의 사교를 즐기는 왕실의 황홀한 문화예술 환경과 분위기는 셰익스피어가 스트랫퍼드에서는 몽상조차 할 수 없는 일들이었다. 셰익스피어는 햄릿 왕자처럼 르네상스가 잉태한 사람이었다. 런던에서 그를 휩싸고 있던 르네상스의 분위기는 그의 천재적 재능을 활짝 꽃피울 수 있도록 적절한 환경을 제공해주었다.

1585년 2월부터 1592년까지 셰익스피어가 어떻게 살았고 어떤 활동을 했는지에 관해서는 확실한 기록이 남아 있지 않다. 그래서 이 시기를 셰익스피어의 '잃어버린 연대(the lost years)'라고 부른다. 셰익스피어와 동시대 극작가로서 불운한 생애를 마친 로버트 그린(Robert Greene)이 1592년에 죽으면서 남긴 자서전(Greens Groatsworth of Wit bought with a Million of Repentance)에 의하면, 셰익스피어는 배우로서 그리고 신진 극작가로서 런던 무대에서 두각을 나타내고 있었던 것으로 추측된다. 1593년과 94년에 셰익스피어는 「소네트(Sonnets)」를 썼다. 런던에 전염병이 유행해서 한때 문을 닫았던 극장이 1594년 여름에 다시 문을 열었다. 셰익스피어는 런던에서 이 당시 창설된 두 극단 중 한 극단인 로드 체임벌린 극단에 소속되어 배우로서 그리고 극작가로서 본격적인 활동을 시작했다. 셰익스피어의 선배 극작가들인 릴리(Lyly), 그린, 말로(Marlowe), 필(Peele), 그리고 키드 등은 1594년에 이르러 한결같이 작가 활동을 끝마치면서 런던 무대는 극작가의 공백 시기를 맞게 되었다. 새로운 극작가의 출현을 갈망하던 이 시기에 셰익스피어는 눈부시게 극계에 데뷔하였다. 1594년부터 1600년의 시기는 셰익스피어의 생애에 있어서 가장 바쁘고 행복했던 시기다. 〈리처드 3세〉(1592), 〈말괄량이 길들이기〉(1593), 〈로미오와 줄리엣〉(1594), 〈한여름 밤의 꿈〉(1595), 〈리처드 2세〉(1595), 〈베니스의 상인〉(1596), 〈존왕〉(1596), 〈헨리 4세〉(1597), 〈헛소동〉(1598), 〈헨리 5세〉(1598), 〈줄리어스 시저〉(1599), 〈당신이 좋으실 대로〉(1599), 〈십이야〉(1599), 〈윈저의 명랑한 아낙네들〉(1600), 〈햄릿〉(1600) 등의 작품 발표를 보면 쉽게 이 사실을 알 수 있을 것이다.

셰익스피어가 극작가로서 성공한 것은 그가 스트랫퍼드 최고의 저택인 뉴플레이스를 1597년에 매입한 사실로도 알 수 있다. 이곳은 만년에 그가 런던 생활에서 은퇴한 후 여생을 보낸 곳이기도 하다. 뿐만 아니라 당대의 출판업자들은 그의 작품을 출판하려고 혈안이 되어 있었다. 흥행의 성공과 작품집 출판에서 거둔 막대한 수입은 그를 부유하게 만들어주었다. 그래서 그는 극단의 운영에도 참여하게 되었다.

1599년 봄, 에식스(Essex) 경은 아일랜드에서 발생한 타이론 반란을 진압하기 위해 원정의 길을 떠났다. 이 원정에는 셰익스피어의 절친한 친구이며 패트론이었던 사우샘프턴 경도 수행하였다. 그러나 이 원정은 완전 실패로 돌아갔다. 타이론을 진압하라는 엘리자베스 여왕의 지시가 있었지만 그는 타이론을 굴복시키지 못하고 굴욕적인 휴전을 체결했던 것이다. 에식스 경은 왕실의 분노를 사 관직을 박탈당하게 되었다. 1601년 2월 에식스와 사우샘프턴은 그에 동조하는 군사들을 이끌고 런던으로 향해 진군했다. 왕실에 대한 이들의 반란은 런던 시민들의 반감을 불러일으켰다. 런던 시민들은 국민적 영웅이었던 에식스 편에 가담하지 않고 여왕 편으로 기울었다. 이들의 반란은 순식간에 실패로 돌아가 에식스는 체포되었다. 재판에 회부된 그는 반역죄로 몰려 런던탑에서 참수형으로 처단되었다. 사우샘프턴도 종신형을 언도받고 런던탑에 유폐되었다.

에식스의 처형은 엘리자베스 여왕의 영광스러운 통치의 종말이었다. 충신을 죽인 엘리자베스 여왕은 이후 침울한 세월을 보내다가 1603년 3월,

세상을 떠난다. 이 사건은 극작가 셰익스피어에게 큰 충격을 안겨주었다. 그래서 1600년 이후 그의 작품세계는 일대 전환을 맞게 된다. 이른바 그의 비극 시대가 시작된 것이다.

엘리자베스 여왕의 서거와 제임스 왕의 즉위는 셰익스피어의 생애에 있어서 새로운 시대를 열었다. 스튜어트 가문의 군주답게 제임스 왕은 예술을 사랑했고, 연극을 육성했다. 1603년 5월 제임스 왕이 런던에 도착하자마자 행한 중요한 일 가운데 하나는, 궁내대신극단(the Chamberlain's Men)을 국왕극단(the King's Men)으로 개편해서 왕 스스로가 극단의 패트론이 된 일이었다. 극단 단원들에게는 연봉이 지급되었고, 왕실 전속 극단답게 왕실 가문의 표시가 수놓아진 보랏빛 의상과 모자를 착용토록 했다. 뿐만 아니라 제임스 왕은 셰익스피어와 그 일행들에게 '그룸즈 오브 더 체임버(Grooms of the Chambers)' 라는 명예로운 계급을 수여하기도 했다. 또한 제임스 왕의 치세가 시작되자 그의 패트론이었던 사우샘프턴은 감옥에서 풀려났다.

그렇지만 셰익스피어의 마음은 어둡고 침울했다. 그의 변화는 〈오셀로〉(1604), 〈리어 왕〉(1605), 〈맥베스〉(1606)에서 분명해졌다. 심지어 이 시기에 쓴 희극작품 〈트로일로스와 크레시다〉(1601), 〈끝이 좋으면 다 좋다〉(1602), 〈자[尺]에는 자로〉(1604)에조차 음산한 절망감이 감돌고 있다. 그의 작품에서 엿볼 수 있는 이 같은 변화의 원인을 여러 가지로 규명해볼 수 있으나, 가장 확실한 것은 첫째로 당대의 연극적 유행의 변화를 들 수 있다. 관객들은 낭만적 희극과 역사극에 식상한 나머지, 사실적이며 풍자적인 희극작품과 인간존재의 궁극적 가치의 문제를 다루는 비극작품을 선호하게 되었다. 둘째로 지적될 수 있는 것은 셰익스피어 자신의 예술적 각성이다. 주제의 변화는 그로 하여금 새로운 연극 형식을 갈망케 했을 것이다. 그는 나이가 들어감에 따라 르네상스 문화 저변에 깔린 비극적 실상을 깊이 인식하게 되었다. 그는 비극의 원천이, 악(惡)이 저지르는 폭력에 있음을 알게 되었다. 악의 막대한 위력 앞에 선(善)이 참패하는 절망적 상황을 그는 체험하게 되었다. 악과 선의 관계를 파헤치고 해명하는 것이 인간 존재의 의미와 목적을 정립하는 일이라고 그는 단정하였을 것이다. 그는 이런 엄숙하고 장엄한 주제를 다루는 데 있어서 비극의 형식이 가장 효과적인 극 형식이 된다고 생각했던 것이다.

1608년 셰익스피어의 건강이 갑자기 악화된다. 비극작품의 창작에서 엿볼 수 있는 결렬한 고뇌의 폭풍우를 겪고 난 뒤, 그는 그의 은퇴를 예고하는 듯한 〈겨울 이야기〉(1610), 〈템페스트〉(1611) 등을 발표한다. 1613년, 〈헨리 8세〉의 발표를 끝으로 그의 창작 생활은 종결된다. 1613년은 괴로운 해였다. 그의 주된 활동무대였던 글로브극장(Globe Theatre)이 불에 타 잿더미가 된 해이기도 하기 때문이다. 1616년 3월 25일, 그는 그의 변호사 프랜시스 콜린스(Francis Collins)를 시켜 유언장의 내용을 확정시켰다. 셰익스피어의 말년은 그 동안의 맹렬한 작품활동과 역사적 사건이 안겨다 준 중압감과, 가정생활의 고뇌로 피로에 지쳐 기진맥진한 상태에 놓여 있었을 것이라는 설이 지배적이다. 셰익스피어가 언제 런던을 떠나 스트랫퍼드로 갔는지 확실한 연대는 밝혀져 있지 않지만, 1605년부터 1609년까지 계속된 런던의 전염병을 피해 스트랫퍼드의 전원생활로 돌아갔을 것으로 짐작된다. 1610년에는 고향에 있었던 것이 분명한데, 그것은 1610년에서 1614년 사이에 상당한 액수의 부동산을 스트랫퍼드에서 사들인 사실로 알 수 있다. 물론 고향 땅에 머무르면서도 런던 나들이는 자주 했을 것이라고 짐작된다. 그는 유언장을 통해 딸 수재나, 주디스, 손녀 엘리자베스, 그리고 사랑하는 아내에게 재산을 분배한 뒤 1616년 4월 23일에 별세하였다. 그의 묘지는 지금도 스트랫퍼드의 홀리 트리니티 교회 안에 안치되어 있다. 수재나의 유일한 소생이었던 엘리자베스는, 1670년에 후손을 남기지 못한 채 사망했다. 주디스가 낳은 세 손자들도 어려서 모두 죽었다. 이 때문에 셰익스피어 가문은 손녀 엘리자베스에 이르러 대가 끊겼다.

셰익스피어의 초기 시절에 대해서 우리는 아는 것보다 모르고 있는 사실이 더 많다. 그의 만년은 더욱 깊은 신비에 싸여 있다. 그는 이 세상에 그 자신의 뚜렷한 모습을 나타내진 않았지만, 그의 작품 속에 영원히 지워지지 않을 이름을 남겼다. 그의 작품은 '불멸의 영광'을 누리게 될 것이다. 셰익스피어는 '우리들의 영원한 동시대인'인 것이다.

2. 셰익스피어의 비극 세계

영국에서 최초로 희극작품이 나온 것은 1550년이며, 최초의 비극작품이 햇빛을 본 것은 1560년이었다. 셰익스피어가 1601년까지 이미 〈헛소동〉〈십이야〉〈햄릿〉 등을 썼다고 볼 때, 16세기 후반에 있어서의 영국 희곡의 급격한 발전상을 알 수 있다. 결론적으로 말해서, 셰익스피어가 영국 극계에 데뷔하는 시기에 영국 희곡의 근대사가 시작되었다고 볼 수 있다. 1590년대에 셰익스피어가 극작가로서 활약을 하게 되는데 다행스럽게도 이 시기에 나라의 보호를 받고 있던 극단들(The Admiral's and The Stage-Chamberlain Company)이 마련되었고, 또한 여러 극장들이 개설되었다는 사실을 잊어서는 안 된다. 훌륭한 극작가의 탁월한 작품과 안정된 극단과 극장의 개관이 시기적으로 일치되어 영국 연극의 황금시대가 열린 것이다.

1590년대 초에 극계에 진출한 셰익스피어는 약 10년간 사극과 희극에 중점을 둔 창작생활을 해왔는데, 1600년(36세)을 경계로 셰익스피어의 희곡세계는 일대 전환점을 맞이하게 되어, 어두운 인생의 뒤안길과 인간의 고뇌·절망·죽음 등의 주제를 주로 다루는 비극시대로 돌입하게 된다. 사랑과 믿음에 근거한 인간의 행복, 기쁨, 사회적 유대감 등의 주제를 그는 희극작품에서 주로 다루었는데, 비극 세계에 이르면 햄릿의 대사처럼 "숭고한 이성, 능력, 모습, 거동의 무한한 가능성, 놀라운 행동력, 천사 같은 이해력, 신처럼 보였던" 인간이 "먼지덩어리로 보이는" 상황에 이르게 된다. 낙천적 인생관이 염세적 인생관으로, 희망적 세계관이 절망적 세계관으로 바뀐 것이다. 존경하는 아버지를 잃은 햄릿은 사랑하는 모친의 도덕적 타락과 인간적 배신, 그리고 숙부의 배신, 어지러워진 나라 사정, 오필리어의 죽음 등으로 깊은 절망감에 빠져 비통한 최후를 맞는다.

로미오와 줄리엣은 양가의 해묵은 불화 때문에 그들의 청순한 사랑이 죽음으로 끝난다. 이아고의 간계에 빠진 오셀로 장군은 질투심 때문에 선하고 착한 데스데모나를 살해한다. 딸들의 불효에 분노한 리어 왕은 광야를 헤매고, 효심이 지극한 코델리아는 그녀의 선량한 행동 때문에 처참한 죽음을 당한다. 멕베스 장군은 마녀들의 꾐에 현혹되어 끔찍한 살인 행위를 범함으로써 스스로 치욕적인 죽음을 택한다. 거대한 악의 힘에 의하여 선한 의지와 행위가 무참히 파괴당하는 비극을 체험하면서 우리는 어둡고 침울한 인생의 단면을 직면하게 된다.

엘리자베스조(朝) 비극의 한 가지 형태로 그 당시 관객에게 인기가 있었던 것으로는 복수극이 있었다. 토머스 키드의 〈스페인의 비극〉(1589년?)은 그 대표적 예가 된다.

1) 햄릿

작품 〈햄릿〉이 등록(The Stationers' Register)된 일자는 1602년 7월 26일이다. 창작 시기와 첫 공연은 아마도 1601년에서 1602년 사이로 추정된다. 〈햄릿〉은 셰익스피어가 처음으로 만들어낸 작품이 아니다. 똑같은 소재의 작품이 영국 무대에서 공연된 것은 1580년대였다. 셰익스피어가 소속되어 있던 극단에서도 1594년과 1596년에 셰익스피어의 작품이 아닌 〈원형 햄릿〉이 공연된 적이 있다. 세네카류의 복수극이 런던 무대에서 유행하자 셰익스피어는 〈원형 햄릿〉을 개작해서 새로운 작품을 쓰기 시작했다. 셰익스피어의 이름이 붙은 〈햄릿〉 공연의 최초의 기록은 1600년이다. 그러나 이 공연의 인쇄 대본은 남아 있지 않다.

1603년 〈햄릿〉의 인쇄 대본이 런던에서 판매되었다. 이것이 최초의 쿼토판(the first Quarto) 〈햄릿〉이다. 그러나 이 대본은 불량판이었다. 셰익스피어는 이 불량판을 수정 보완하여 1604년 두 번째 쿼토판(the second Qrarto) 〈햄릿〉을 출간하였다. 세 번째 텍스트는 1623년에 발간된 폴리오판(first Folio) 〈햄릿〉이다. 현대판 〈햄릿〉은 주로 두 번째 쿼토판 〈햄릿〉과 폴리오판 〈햄릿〉을 종합한 것이다.

햄릿 이야기는 아득한 옛날 바이킹 시대의 덴마크에서 시작된 것이다. 구전된 전설이 12세기에 이르러 활자화되었고, 1582년경 프랑스어로 번

역되어 이후 엘리자베스 시대 영국 무대에서 공연되었다. 이 〈원형 햄릿〉 판은 현재 남아 있는 것이 없다.

얀 코트(Jan Kott)는 이렇게 말하고 있다. "〈햄릿〉을 완벽하게 무대에 올리기 위해서는 약 6시간이 필요하다. 따라서 이 작품은 연출가에 의해 압축되어 공연될 수밖에 없다. 그러기 때문에 당연히 제각기 다른 〈햄릿〉 공연이 있게 마련이다. 따라서 어떤 〈햄릿〉 공연도 셰익스피어 시대의 〈햄릿〉보다는 축소된, 불완전한 〈햄릿〉 공연이 될 수밖에 없다. 그러나 이 때문에 〈햄릿〉 공연은 제각기 시대와 나라에 따라 개성의 빛과 의미를 지니게 되어 동시대적 〈햄릿〉이 성립된다."

〈햄릿〉은 얀 코트가 말한 대로 시대와 나라를 비추는 '거울의 기능'을 하고 있다. 가장 이상적인 〈햄릿〉 공연은 셰익스피어에 충실하면서도 동시에 현대성을 획득하고 있는 것이 되어야 한다. 즉 〈햄릿〉 공연 무대 속에 얼마나 진실한 셰익스피어가 있고, 얼마나 절실한 우리들 자신이 표현되고 있는가가 중요하다. 〈햄릿〉의 주제는 실로 다양하다. 정치·폭력·도덕·복수·효도·사랑·우정 그리고 존재의 의미와 인생의 목적 등이 그것인데, 우리들은 이 모든 주제들을 몇 가지만 선택하거나 전체를 종합·연관시켜 읽어야 한다. 중요한 것은 선택의 기준과 이유다. 〈햄릿〉을 성격비극의 대표적인 예로 꼽는 까닭은 왕자 햄릿의 비극적 성격을 통해 이미 지적한 숱한 주제들이 표출되고 있기 때문이다.

작품 〈햄릿〉에 있어서 가장 크게 논의되고 있는 문제는, 어째서 햄릿은 복수할 수 있는 기회가 있었는데도 과감히 실천하지 못하고 종국적인 죽음의 파국을 맞이하였는가 하는 점이다. 이 점에 대해선 그의 성격이 우유부단해서 못 했다는 성격적 무능설, 인생을 지나치게 비관하고 있었기 때문에 행동이 불가능했다는 비관론설, 개인적 복수보다는 혼란과 파탄 속에 빠져 있는 덴마크를 먼저 구했다는 구국사명설, 부왕에 대한 질투심 때문에 부왕의 명령을 따르고 싶지 않았기 때문이라는 오이디푸스 콤플렉스 설 등 갖가지 논의가 제기되고 있는데, 필자는 이 모든 이유가 종합된 복합적 원인 때문에 복수를 지연할 수밖에 없었다는 절충설을 믿고 싶다. 복수를 어떻게 했는가 하는 것만을 따진다면 키드(Kyd)류(類)의 복수극과 큰 차가 없겠는데, 유의해야 할 점은, 복수행위를 과제로 삼고 있으면서도 수행해내기 힘겨워하는 한 인간의 정신이 더듬는 고뇌의 역정과, 그 과제에 대한 정신적이며 육체적인 의식적 반응 등인 것이다. 〈햄릿〉을 읽으면서 마음속에 살아 있는 햄릿을 느낄 수 있는 순간은 바로 이런 각도에서 이 작품을 읽었을 때가 된다.

플롯 시놉시스

제1막 : 심야의 성벽에 부왕(父王)의 망령이 나타난다.

부왕이 서거한 지 한 달, 왕비 거트루드는 선왕의 동생 클로디어스와 재혼한다. 클로디어스는 새로운 국왕이다. 비텐베르크대학의 학생인 왕자 햄릿은 이런 돌변한 상황이 불만이다. 부왕에 비해 모든 점에서 열등한 클로디어스와 재혼한 모친에 대해서도 이해할 수 없다. 망령과의 만남에서 부왕이 암살당했다는 것을 알고 그는 복수를 맹세한다.

내무대신 폴로니어스는 새로운 왕에게 아부하는 속물이다. 햄릿은 그를 싫어한다. 폴로니어스는 홀아비로서 아들 레어티즈와 딸 오필리어가 있다. 레어티즈는 프랑스에 유학 중인데 새로운 왕의 대관식 때문에 일시 귀국해 있다. 미모의 딸 오필리어는 햄릿과 사랑하는 사이지만 레어티즈는 그녀에게 사랑을 단념하도록 종용한다. 폴로니어스도 이 의견에 동조한다.

제2막 : 우리는 실의에 빠진 햄릿 왕자를 본다. 부왕의 복수 명령을 따르겠다고 했지만 일은 간단치 않았다. 일국의 왕을 살해한다는 것은 중범죄다. 국민에게 그럴 만한 이유가 제시되어야 한다. 현재 증거는 망령의 말뿐이다. 그 망령이 자신을 현혹하기 위한 악령이라면 어떻게 할 것인가. 구체적이고 확실한 증거가 있어야 한다. 왕은 건장하고 용맹한 스위스 근위병의 호위를 받고 있다. 암살의 기회를 잡는 일은 결코 쉽지 않다. 게다가 부왕의 명령은 가혹하다. 복수를 하되 거트루드 왕비를 해쳐서는 안 된다, 복수를 하되 위기에 빠진 왕국을 구하라는 등 조건부여서 햄릿 왕자가 수행하기에는 너무나 벅찬 일이다. 햄릿은 이 때문에 깊은 고민에 빠진다.

우울증에 빠진 햄릿은 광기를 부린다. 그의 광증은 자신의 속셈을 은폐하기 위해서 일부러 하는 짓이지만, 그럴 만한 충분한 이유도 있어서 주변 사람들은 쉽게 속는다. 우선 왕과 왕비, 그리고 폴로니어스 등은 왕자의 광기가 오필리어에 대한 사랑 때문이라고 속단한다. 그러나 새로운 왕 클로디어스는 음모에 능한 정치가다. 그는 햄릿의 광기의 원인을 쉽게 받아들이지 않는다. 클로디어스 왕은 햄릿의 친구를 불러 햄릿 왕자의 우울증의 진상을 파악하도록 명한다. 그 시기에 유랑 극단이 엘시노어 왕궁에 도착한다. 햄릿은 대환영이다. 공연을 이용해서 국왕의 범죄를 확인하고 증거를 잡고자 한다.

제3막 : 햄릿의 고민과 증거 포착 계획이 한꺼번에 나타나는 장면이 계속된다. 유명한 독백 "죽느냐, 사느냐, 그것이 문제로다…"라는 대사가 나오는 것도 제3막이다. 햄릿은 여전히 망령의 말에 반신반의하면서 우유부단한 성격으로 실천을 주저하는 자신에 대해서 혐오감을 느낀다. 동시에 세상의 타락과 혼란을 증오하면서 허무주의적인 자포자기에 빠지기도 한다. 그래서 복수는 계속 지연된다. 그는 지혜를 짜서 극중극을 연출한다.

이 극에서 새로운 왕의 암살 장면을 재연한다. 햄릿은 친구 호레이쇼에게 부탁해서 클로디어스의 반응을 관찰하기로 한다. 극중극 장면을 보고 클로디어스 왕은 얼굴이 새파랗게 질려서 퇴장한다. 이 광경을 보고 햄릿과 호레이쇼는 클로디어스를 살인범으로 단정한다. 살인범을 쫓는 햄릿은 "알았다!"라며 쾌재를 부른다. 한편 클로디어스 왕도 "알았다!"라고 소리를 지른다. 햄릿이 자신의 암살 행위를 알고 있다는 것을 확인했다는 소리다. 이 장면이 연극〈햄릿〉의 클라이맥스가 된다. 지금까지는 햄릿이 클로디어스를 쫓는 입장이었다. 앞으로는 클로디어스가 햄릿을 쫓는 과정이 된다. 그러나 우리가 놓쳐서는 안 되는 중요한 장면이 있다. 극중극 후 클로디어스가 혼자서 기도하는 장면이다. 햄릿은 어머니의 호출을 받아 가는 길에 우연히 이 장면을 목격한다. 그는 클로디어스의 죄악 고백 장면을 목격한다. 그래서 칼을 빼고 그를 죽이려 한다. 그러나 단념한다. 클로디어스가 악행을 저지를 때 죽여야 그를 지옥에 보낼 수 있다고 생각해서였다. 그러나 이 행위는 복수의 지연이다.

햄릿이 어머니와 만나고 있을 때, 방의 장롱 뒤에서 이들의 대화를 엿듣고 있던 폴로니어스를 햄릿은 클로디어스 왕인 줄 알고 찔러 죽인다.

제4막 : 햄릿은 국왕의 명을 받아 영국으로 출범한다. 클로디어스 왕은 영국 왕에게 보내는 친서 속에 햄릿을 살해해달라는 부탁을 하고 있다. 오필리어는 햄릿으로부터 버림을 받은 데다, 부친마저 살해되자 발광해서 익사한다. 레어티즈는 부친의 사망 소식을 듣고 무장한 민중을 이끌고 왕궁으로 쳐들어간다. 그에게 클로디어스는 부친을 살해한 사람은 자신이 아니라 햄릿임을 알려준다. 클로디어스는 그에게 햄릿과 결투해서 독살할 것을 종용한다. 레어티즈의 칼에 독을 칠하고, 햄릿이 마시는 물에도 독약을 풀어놓는다는 것이었다.

제5막 : 묘지 장면에서 시작한다. 오필리어의 장례 행렬이 나타난다. 이 장면에 영국에서 살아서 돌아온 햄릿이 친구 호레이쇼와 함께 몰래 나타난다. 햄릿은 오필리어의 죽음을 알게 된다. 장면은 바뀌어 햄릿과 레어티즈의 결투장면이 된다. 결투 도중 왕비는 햄릿을 위해 건배를 하는데, 마신 잔이 독배(毒杯)였다. 결투 도중 독검이 햄릿을 찌르고, 싸우다가 칼이 바뀌어 레어티즈의 독검을 손에 든 햄릿이 레어티즈를 찌른다. 왕비가 쓰러진다. 이 광경을 보고 레어티즈는 햄릿에게 진상을 고백한다. 햄릿은 모든 범죄를 꾸민 클로디어스를 살해한다. 그에게 독배를 마시게 한 것이다. 그렇게 해서 클로디어스도 죽는다. 레어티즈도 죽는다. 햄릿도 죽는다. 모두가 죽는 처참한 종말에 깊은 침묵이 흐르는 가운데 노르웨이 군의 예포가 울려 퍼지면서 서서히 막이 내린다.

2) 오셀로

16세기 말부터 17세기 초 영국에서는 '가정비극' 이라고 불리는 작품이 성행했다. 그동안 비극의 주인공들은 대부분 왕후귀족이나 역사상의 인물들이었는데, 이 '가정비극' 에서는 중산층 인간을 주역으로 하고, 그 당시의 상황을 그 시점에서 수용하여 주로 가정 내에서 일어나는 애정문제나 가족 간의 갈등과 살인사건을 다루고 있었다. 토머스 헤이우드의 〈순하기 때문에 살해된 여인〉(1603년)이 그 대표작이라 볼 수 있다. 셰익스피어가 〈햄릿〉의 비극을 복수극의 패턴에 맞춰 써나갔다고 할 때 〈오셀로〉는 복수극의 패턴을 답습하고는 있지만 초점을 가정의 비극에 두고 있다는 점이 특이하다. 셰익스피어는 이 작품의 소재를 이탈리아인 지란디 친지오의 〈백 개의 이야기〉(1565?)에서 얻어왔다.

그러나 우리는 〈오셀로〉를 단순히 가정비극 작품으로만 읽지 않는다. 피부색이 검은 오셀로가 원로원의 딸 백인 미녀 데스데모나를 아내로 맞이하는 일이 자신의 탁월한 존재 가치를 인정하는 일이었다면, 그녀를 상실한다는 것은 자기 자신의 존재를 잃고 마는 일이 된다. 그는 남달리 질투심이 강한 사람은 아니었다. 정열적이고, 용감하고, 고결한 정신의 소유자였다. 그토록 자신만만하던 그가 보잘것없는 일개 부하인 이아고의 간계에 넘어가 질투심에 빠져, 고결한 성격의 인간이 짐승 같은 인간으로 타락하는 운명의 비극을 이 작품은 다루고 있다. 더욱 큰 문제는 오셀로의 파멸과 데스데모나의 비극적 죽음만이 아니라 이아고의 엄청난 악의 파괴력이다. 어떻게 보면, 오셀로는 질투심에 사로잡혀 데스데모나를 죽이는 것이 아니라, 이아고의 초인적인 선동력에 꼭두각시가 되어, 이아고 밑에서 살인의 하수인이 된 듯하다.

이아고에게는 어떤 동기가 있었을까. 이아고의 성격이 부자연스럽게 보인다면, 그것은 그의 악행에 뚜렷한 동기가 없기 때문이 아닌가라는 의문이 생긴다. 이 작품을 읽으면서 더욱 불가사의하게 생각되는 것은, 이 작품이 극중의 실제 경과 시간과 등장인물과 관객의 심리적 시간 사이에 이중의 시간구조를 갖고 있어서, 처음에는 천천히 극이 전개되다가 제3막 3장서부터는 굉장한 스피드로 플롯이 전개되어, 관객은 오셀로가 이아고에게 빠른 속도로 조종되는 것 같은 느낌을 받으며 극 속으로 휘말려들기 때문에 이아고의 동기를 생각할 겨를이 없다는 것이다.

그러나 이아고에게 동기가 없는 것은 아니다. 권력에 대한 욕망을 달성하는 데 방해가 되는 모든 요소를 제거하려는 의지가 있었다. 물욕이 남달리 강했다. 돈을 얻기 위해 온갖 힘을 기울인다. 권력욕과 물욕이 이아고의 병든 지력과 부도덕한 정신에 상승작용을 일으키며 엄청난 파괴력이 가동된다. 그는 자기 자신의 운명과 타인의 운명에 대해서는 무관심하다. 악을 위한 악행에 헌신하는 집념에 사로잡혀 있다. 또한 오셀로의 성격이 자기 자신을 미화시키고 이상화시키면서 있는 그대로의 상황과 자기 자신의 허점을 무시할 때 이아고의 영향력은 더욱 커질 수 있다. 손수건 사건이 이 점을 잘 설명하고 있다. 한 장의 손수건을 증거로 아내를 살해하는 동기로 삼는 오셀로의 잘못은 이아고가 역이용하는 무기가 된다.

〈파우스트〉에 나타나는 메피스토펠레스에게는 두 면이 있다. 악의 이념의 부담자로서의 일면과 파우스트의 동반자로서의 현실적인 일면이다. 메피스토펠레스의 악의 이념이 어떤 것인가는 그와 파우스트와의 최초의 대화에서 명백해진다. 그는 자신을, 항상 악을 바라면서도 끊임없이 선을 만드는 힘의 일부라고 규정한다.

그의 악이란 것은, '천상의 서곡'에서 주님이 메피스토펠레스를 가리켜 "대수로운 자가 아니다"고 언명했듯이 궁극적으로 선에 대항하는 악이 아니라는 것은 명백하다. 즉 파우스트가 잠시 메피스토펠레스와 타협하는 것은 메피스토펠레스를 사역해서 자기 완성에의 길을 한층 더 강렬하게 추구하기 위해서였다. 따라서 파우스트는 방황하면서도 꾸준히 노력하는 일을 단념하지 않는다. 이처럼 파우스트에 있어서는, 악은 선에 대립하는 요소가 아니라 지고의 선에 이르는 한 방편이었다. 그러나 이아고의 경우는 메피스토펠레스의 역할과는 전혀 다른 악의 의미였다. 이아고는 악을 행하며 악을 철저히 악으로서 사랑한다.

〈오셀로〉는 셰익스피어의 어느 작품보다도 비극적 구성이 우수한 작품이라 할 수 있다. 뿐만 아니라 오셀로 장군은 셰익스피어가 창조한 다른 어떤 인물보다도 사실적이다. 그에게는 초자연적이며 신비로운 부분이 전혀 없다. 오셀로 장군이 또한 고결한 비극적 인물로 묘사되어 있는 것도 중요한 특징이라 할 수 있다. 작품 〈오셀로〉에서 특이한 존재는 이아고다. 그는 이기심과 악의의 상징이 되고 있다. 데스데모나는 오필리어나 코델리아처럼, 아름답고 가련한 비극적 여주인공이다. 작품 〈오셀로〉는 〈햄릿〉과 비교하여 그 주제가 덜 철학적이고 〈리어 왕〉과 비교하여 덜 격정적이지만, 그 대신 사실적이요 낭만적인 작품이라는 특징을 지니고 있다. 그 이유는 이 작품이 지니고 있는 시(詩)의 매력 때문이다. 〈리어 왕〉과 〈오셀로〉가 구별되는 또 다른 중요한 특징은 〈오셀로〉와는 달리 〈리어 왕〉은 명백한 이중 플롯을 지니고 있다는 점이다. 리어 왕과 딸들의 관계가 메인 플롯이라고 한다면, 글로스터와 그의 아들들과의 관계는 서브 플롯이 된다. 이 두

가지 플롯이 평행하여 서로 얽히면서 주제가 대조적으로 부각된다. 그리고 중요한 부분이 강조된다. 〈리어 왕〉은 〈오셀로〉나 〈맥베스〉가 지니고 있는 통일성과 집중성은 잃고 있지만 상징적 의미의 표현에는 성공하고 있다.

선이 싫고, 선을 증오하기 때문에 악을 행한다. 이아고의 행위에는 복수라든지, 질투라든지, 혹은 야망 같은 것이 있어 행동상의 동기가 되는 면도 있지만, 그보다는 악의라든지 자신의 악으로 인한 타인의 고통에서 느끼는 희열이 있음을 잊어서는 안 된다. 도덕에 대한 생리적인 혐오와 타자에 대한 경멸감, 선에 대한 의식적인 반항, 악한 행동 자체에 대한 향락 등이 복합적으로 얽혀 이아고의 악을 낳고 있는 것이다. 오셀로는 전적으로 이아고의 손아귀에서 희롱당하기만 한다. 이아고의 악이 오셀로를 각성시켜 그를 향상시키는 채찍이 되지 못하고 무서운 폭군이 되어 그의 운명을 좌우하고 있다. 오셀로는 햄릿, 리어 왕, 맥베스 등의 경우와 같이 극한 상황에 도달한 인간의 비극이다. 그는 어두운 인간 고뇌의 심해에 도달한다. 빅토르 위고는 "오셀로는 무엇이냐. 그는 밤이다. 거대한 운명적 인간이다"라고 말했고, 배우 로렌스 올리비에는 "이아고가 오셀로 곁에 있는 것은 오셀로가 무너져내리는 산벼랑에 서 있는 것과 같다"고 말한 적이 있는데, 이 두 비극적 인물들의 관계를 잘 설명하고 있는 말이다. 우리는 〈오셀로〉를 읽고 선(善)이 산벼랑 아래로 무너져내리는 비통감을 맛본다. 이 비통감은 정의가 끝내 실현되지 못한 깜깜한 밤과도 같은 것이다. 이아고를 마지막에 사로잡아 아무리 그를 고문해도 데스데모나는 돌아오지 않는다.

플롯 시놉시스

제1막 : 무대는 베니스가 독립된 국가로서 지중해의 패권을 장악하며 터키와 항쟁하던 시기의 이야기다. 악인 이아고가 베니스의 남자 로더리고를 동반해서 등장한다. 로더리고는 사람은 좋지만 순진하고 어리석어 이아고에게 이용당하고 있다. 이아고는 승진 문제로 울분을 삼키고 있다. 베니스 지중해군 총사령관은 무어인 장군 오셀로다. 그 부관으로 이아고는 자신이 임명되리라 믿었는데, 캐시오가 차지했다. 이 때문에 이아고는 캐시오도 미웠지만 오셀로 장군을 더 증오한다. 뿐만 아니라 오셀로는 원로원 의원 브러밴쇼의 딸 데스데모나와 사랑을 나누는 사이가 된다. 무어인 주제에 베니스 최고의 미녀를 차지했다는 점 때문에 이아고는 질투심을 갖는다.

이아고는 한밤중에 브러밴쇼 의원의 집으로 가서 무어인 이 댁의 따님을 농락하고 있다고 고자질한다. 브러밴쇼는 딸의 방을 가본다. 딸이 없다. 데스데모나는 오셀로와 데이트 중이다.

터키 함대가 키프로스 섬을 향해 출동했으니 오셀로는 출진 명령을 받는다. 오셀로 장군이 한 걸음 먼저 가고, 뒤따라 신부 데스데모나가 남편과의 재회를 위해 출발한다. 이아고는 그녀를 수행한다. 이아고의 처 에밀리아도 함께 가면서 데스데모나의 뒷바라지를 한다. 데스데모나를 짝사랑한 로더리고는 낙심하고 있다. 이아고는 그에게 "돈을 잔뜩 들고 나를 따라오라"고 설득한다. 데스데모나가 곧 오셀로에 싫증을 낼 터이니, 그때 데스데모나에게 값진 선물을 하면 로더리고에게도 기회가 올 것이라고 말한다. 로더리고는 그의 간계에 넘어가 이아고를 따라 키프로스로 간다.

제2막 : 이후는 키프로스 섬이 무대가 된다. 터키 함대는 폭풍을 만나 해상 조난을 당해 전멸했다. 오셀로 일행과 데스데모나 일행이 키프로스섬에서 재회한다. 이아고는 부관 캐시오가 데스데모나에게 연정을 품고 있다고 믿는다. 또한 오셀로가 자신의 처 에밀리아를 간음하고, 캐시오도 똑같은 짓을 했을 것이라고 속단한다. 그는 이들에게 앙심을 품는다. 모두 혼내주겠다고 결심한다.

오셀로는 부관 캐시오에게 밤사이 경비를 맡기고 자신은 신혼의 잠자리에 든다. 키프로스섬은 전승 파티로 요란하다. 모두들 취해 있다. 캐시오는 이아고가 준 술을 받아 마시고 만취 상태에서 몬타노와 싸움을 한다. 몬타노는 칼에 찔려 죽을 고비를 맞고 있다. 경비 초소의 종이 울리고 시끄러워지자 오셀로 장군이 잠자리에서 일어나 나온다. 캐시오가 만취해서 사건이 발생했다고 이아고가 오셀로 장군에게 보고하자. 오셀로 장군은 "부관은 면직이다" 라고 말한다. 이아고는 캐시오에게 데스데모나를 찾아가서 사죄하라고 일러준다. 그녀는 그를 도와줄 것이라고 말한다. 캐시오는 이아고의 흉계를 알아차리지 못하고 그에게 고마워한다.

제3막 : 이아고의 흉계가 효과를 내고 있다. 캐시오는 몰래 데스데모니를 만나서 일을 부탁한다. 데스데모나는 그에게 호의를 베푼다. 캐시오가 급히 사라진 다음 오셀로 장군이 나타나자, 이아고는 일부러 "앗, 실수였다" 라고 말한다. "왜 그래?" 라고 묻는 장군에게 이아고는 "아무 일도 아닙니다. 저는 아무것도 모릅니다……" 라고 말한다. 오셀로 장군은 그가 등장하자 급히 도망치듯 사라진 캐시오가 미심쩍다. 게다가 이아고의 이상한 발뺌이 마음에 걸린다. 이아고는 이 모든 것을 계산에 넣고 있다.

데스데모나는 오셀로 장군에게 캐시오의 구명을 간청한다. "이상하다?" 오셀로는 의심을 품는다. 이아고는 계속 두 사람의 불륜을 암시하는 말을 한다. 생쥐 한 마리가 바위를 갉아서 무너지게 만드는 일이 시작되었다. 오셀로는 무어인으로서 검은색 피부에 대한 열등감이 언제나 있다. 캐시오는 백인 미남이다. 셰익스피어의 대사 처리, 인물 설정의 신기(神技)를 엿보게 하는 장면이 계속된다.

이아고는 다음 단계의 책략을 펼친다. 아내 에밀리아에게 부탁해서 데스데모나의 손수건을 입수해달라고 한다. 이아고는 그 손수건을 캐시오의 방에 떨어뜨린다. 이 손수건은 오셀로 장군이 신부에게 준 귀한 선물로서, 오셀로 장군의 어머니가 간직했던 사랑의 보물이다. 이아고는 오셀로 장군에게 캐시오가 그 손수건으로 머리를 닦고, "사랑하는 데스데모나"라고 말하는 것을 들었다고 말한다. 오셀로의 질투심에 불이 당겨진다. 오셀로는 아내에게 손수건의 행방을 묻지만 데스데모나는 제대로 답변을 못 한다. 아내는 계속해서 캐시오의 착한 면을 상기시키면서 그의 사면만을 간청하고 있다.

제4막 : 이아고는 오셀로에게 데스데모나가 캐시오에게 안겨 있었다고 말한다. 캐시오의 정부 비앙카가 캐시오에게 매달리면서 사랑을 호소하는 장면을 멀리서 부분적으로 목격한 오셀로는 그 여자를 데스데모나로 착각하고 더 이상 참지 못하고 있다. 이성을 잃은 오셀로는 데스데모나에게 폭언을 하고 폭력을 휘두른다. 데스데모나의 필사적인 변명을 묵살한 오셀로는 완전히 이아고의 간계에 빠진 하수인처럼 되었다. 이아고의 처 에밀리아가 오셀로 장군 앞에서 데스데모나를 옹호해도 그는 아랑곳하지 않는다. 데스데모나는 절망적이다.

제5막 : 로더리고가 칼을 뽑아 캐시오를 습격하지만 오히려 역습을 당하고 살해된다. 캐시오는 중상을 입는다. 이것도 이아고의 흉계였다. 로더리고를 충동질해서 캐시오를 죽이는 한밤중의 난투극 중에 이아고 자신이 캐시오를 찌르고 로더리고를 죽였다. 한편 이성을 잃은 오셀로는 혼자 침실에서 잠들어 있는 데스데모나에게 가서 그녀를 죽이려고 한다. "살려달라"고 애원하는 데스데모나에게 오셀로는 "창녀!"라고 말하며 매도한다. 오셀로는 데스데모나를 교살한다. 살해 직후 손수건이 이아고에게 전달된 경위가 에밀리아의 입을 통해 오셀로에게 전달된다. 이 일이 폭로되면서 모든 것이 이아고의 흉계에 의한 것임이 밝혀졌다. 오셀로는 이 이야기를 듣고 통곡하며 후회한다. 그는 눈물을 흘리면서 스스로 목을 찔러 자결한다. 이아고는 체포되어 끌려 나간다.

3) 리어 왕

〈리어 왕〉은 홀린셰드의 〈연대기(Chronicles)〉와, 1594년경에 쓰여서 1605년에 간행된 〈리어 왕의 진정한 사기(True Chronicle History of King Lear)〉(작자 불명)와 스펜서의 〈선녀 왕(Faerie Queene)〉, 시드니의 〈아카디아(Arcadia)〉 등에서 그 소재를 얻어온 작품이다. 선악의 영원한 테마를 토대로 하여, 인간의 여러 성격을 병적이며 심리적인 측면에서 규명하고, 인간성의 그로테스크한 비극을 〈리어 왕〉만큼 예술적으로 심층적으로 그려나간 극작품은 드물다. 리어 왕의 성격은 작품의 핵심을 이룰 뿐만 아니라 모든 사건이 어쩔 수 없이 분출되는 근원이 된다. 성격들이 형성되어 사건이 전개되고, 그 사건 속에서 선과 악의 행동은 똑같이 파멸되었다. 코델리아의 죽음과 리어 왕의 광증, 글로스터의 육체적인 박해 등을 선의 낭비라고 생각한다면, 고네릴의 자살, 리건의 독살, 콘월의 살해, 에드먼드의 죽음 등은 악의 멸망이라고 생각해도 좋을 것이다. 셰익스피어는 선에게 궁극적인 승리를 주긴 했지만 악에 대항하기 위한 선한 여러 성격들의 의지는 너무나 박약했고, 그들의 행동은 맹목적이었다.

개인적 선에 가장 긴요한 미덕은 강력한 의지다. 개인적인 도덕적 이상이 확고하지 못하면 진정한 인격은 함양될 수 없다. 리어 왕의 박약한 의지와 맹목적인 아집은 선의 힘을 쇠퇴시킨 동시에 악의 유발을 촉진시켰고, 비극의 전주곡이 되었다. 이처럼 선이 악에 의하여 압도당하고 큰 피해를 입는 것을 보고, 스윈번은 리어 왕을 해석하는 데 있어서 숙명적 운명론을 강조했고, 브래들리는 비관론적 입장을 취했다. 그러나 〈리어 왕〉의 세계는 비극적 신음 소리가 광풍에 섞여 들리는 어두운 밤이기는 하지만 〈오셀로〉의 캄캄한 밤과 달리 찬란히 별이 빛나는 밤인 것이다.

우리는 이 작품에서 코델리아, 켄트, 에드거, 바보광대 등의 별이 높이 솟아 반짝이는 것을 본다. 리어 왕의 광증은, 그가 모순된 현실을 깨닫고 불완전한 자아를 확인했을 때 그 모순과 불완전성을 탐색하려는 신비한 노력이었다. 리어 왕과 코델리아가 순수한 사랑만으로 결합되기 위해 궁극의 힘은 온갖 희생을 강요했다. 그것은 선한 행위를 위하여 선 자체가 악으로 인해 겪는 고뇌와 같으며, 그 고뇌를 딛고 환희에 이르려는 눈부신 고투였다. 이 같은 고투가 있을 때 비로소 선 의식이 확고해진다.

궁극의 힘은 인간에게 시련을 안기며 숱한 싸움에서 패하게 하고 숱하게 많은 선한 인간을 죽일 수도 있다. 그러나 궁극의 힘이 존재하는 것은 선의 궁극적인 승리를 위해서다. 궁극의 힘은 인간에게 불안, 공포, 고통을 주면서 인간을 각성시킨다. 궁극의 힘은 인간으로 하여금, 여자의 정절을 믿어야 하는가(〈햄릿〉〈오셀로〉), 정치의 도의적인 결백성은 과연 있는 것이냐(〈줄리어스 시저〉), 여자들 간의 화합은 가능한가(〈리어 왕〉〈아테네의 타이몬〉) 등의 허다한 의문을 갖게 하여 인간을 시련 속으로 몰아 넣는다.

따라서 비극작품이 인간에게 주는 교훈은, 고통을 부정하지 말라는 것이다. 코델리아의 죽음은 이 궁극의 힘이 상징적으로 가장 강렬하게 표현된 형태라고 볼 수 있다. 선과 악의 투쟁 속에서 희생되는 코델리아의 죽음은 '세계의 해체와 붕괴'라는 이 작품의 주제를 가장 강렬하게 표현하고 있는데, '고통을 통해서 리어 왕이 정화되고 그의 비극적 위대성이 회복되는' 상대적 반응이 있었기 때문에 코델리아의 죽음은 해체와 붕괴를 통한 생의 완성일 수 있었던 것이다.

플롯 시놉시스

제1막 : 막이 열리며 켄트 백작, 글로스터 백작, 에드먼드 세 사람이 등장한다. 우렁찬 나팔 소리에 리어 왕이 등장한다. 그리고 세 딸들이 그 뒤를 따른다. 고네릴, 리건, 코델리아 세 자매들이다. 고네릴은 알바니 공작이 남편이요, 리건은 콘월 공작이 남편이다. 리어 왕은 왕국의 영토를 세 딸에게 분배하려고 한다. 딸들의 효성에 따라 영토를 결정하고 싶은 리어 왕은 딸들의 말을 듣고자 한다. 고네릴은 최대의 사랑을 호소하고, 리건도 푸짐한 찬사를 보낸다. 이들의 말에 만족한 리어 왕은 영토를 3분의 1씩 분배한다. 정직한 코델리아는 허황된 말을 하지 않는다. 리어 왕은 마음이 상해서 고함을 지른다. "너는 내 딸이 아니다. 영토 분배는 없다. 나가라!" 정직한 코델리아를 변호하던 켄트 백작에게도 추방령을 내렸다. 이 자리에는 버건디 공작과 프랑스 왕도 참석하고 있다. 이들은 코델리아 의 남편 후보들이다. 코델리아가 영토를 받지 못하자 버건디 공작은 사퇴한다. 그러나 프랑스 왕은 코델리아를 아내로 맞는다고 선언하면서 그녀의 손을 잡고 나간다.

글로스터 백작에게는 적자인 에드거와 사생아 에드먼드 두 아들이 있다. 에드먼드는 계략을 꾸며 자신이 집안을 승계하려고 한다. 그는 에드거로부터 받은 편지를 위조해서 부친이 올 때 읽는 척하다가 숨긴다. 글로스터는 묻는다. "지금 읽고 있는 것이 무엇이냐?" "아무것도 아닙니다." 편지 내용은 두 형제가 작당해서 부친의 재산을 가로채자는 것이었다. 그 편지를 읽은 글로스터 백작은 에드거의 배신을 증오하며 에드먼드에게 기대를 건다.

제2막 : 글로스터 백작은 부친의 암살을 기도한 에드거를 추적한다. 에드거는 신변의 위험을 느끼고 도주한다. 그는 거지꼴로 미친 사람 행세를 하면서 산야에 파묻혀 산다.

리어 왕은 장녀 고네릴의 집에 머문다. 고네릴은 리어 왕을 푸대접한다. 리어 왕의 가신들을 당초 100명에서 50명으로 줄이라고 한다. 한때 추방당한 충신 켄트 백작은 신분을 숨기고 변장해서 리어 왕을 돌보고 있다. 리어 왕은 고네릴의 곁을 떠나 리건의 집으로 간다. 고네릴은 집사 오즈월드를 리건에게 보내 서로 협력해서 리어 왕을 괴롭히려고 한다.

켄트 백작이 리어 왕의 도착을 알리는 사자(使者)로서 먼저 리건의 집에 도착하는데 리건과 남편 콘월 공작은 누추한 켄트 백작을 난폭자로 보고 족쇄를 채우고 가둔다. 리건의 집에 도착한 리어 왕은 자신의 신하가 족쇄를 찬 것을 보고 격분한다. 숱한 무례와 천대를 받은 리어 왕은 딸들의 집에 있지 못하고 미친 듯이 들판으로 나간다. 리어 왕에게는 어릿광대가 따라다니고 있다. 그는 시종 웃기는 말을 하면서 리어 왕에게 숱한 경고를 발설한다.

제3막 : 황야를 헤매는 리어 왕의 곁에는 어릿광대 한 사람과 충신 켄트가 변장하고 따라다니며 시중든다. 마침 그 시기에 프랑스군이 도버에 상륙했다. 켄트는 사람을 보내 군 진영에 혹시 코델리아가 있는지 수소문한다. 그는 리어 왕의 곤경을 알려서 구원을 요청하고자 했다. 어릿광대와 함께 황야를 헤매던 리어 왕은 폭풍을 피해 오두막 속으로 들어간다. 그곳에서 에드거를 만난다. 글로스터 백작도 리어 왕의 행방을 찾아 이곳에 온다. 그러나 백작은 에드거를 알아보지 못한다. 글로스터 백작은 리어 왕을 옹호하다가 리건과 콘월 공작의 비위를 건드려 성에서 추방당해 방랑자가 되었다. 백작은 프랑스군에게 연락해서 리어 왕을 구출하고자 한다. 그 비밀을 그는 에드먼드에게 말했다. 에드먼드는 밀서를 들고 콘월 공작에게 간다.

글로스터 백작은 체포되어 리건과 콘월 공작 앞에 나타난다. 콘월 공작은 글로스터 백작의 두 눈을 칼로 찔러 뽑는다. 이 같은 잔악행위를 보고 하인 한 사람이 칼을 뽑아 콘월 공작에게 대들지만 역으로 그는 참살당한다. 콘월 공작도 이 때문에 상처를 입고 퇴장하지만 이 상처로 목숨을 잃는다. 이 시점에서 글로스터 백작은 에드먼드가 악당인 것을 알고 자신의 어리석음을 개탄한다.

제4막 : 글로스터 백작은 두 눈을 잃고 황야를 배회하다가 아들 에드거를 만난다. 에드거는 두 눈을 잃은 노인이 자신의 아버지인 것을 알지만 자신의 신분을 속이고 노인을 친절하게 돌본다. 글로스터 백작은 에드거에게 부탁한다. "도버 해협으로 데려다 주오. 그곳에 가면 벼랑이 있다지."

에드먼드는 여자를 농락한다. 고네릴과 리건 두 여자에게 추파를 던지는 것이다. 두 여자는 에드먼드를 두고 사랑싸움을 한다. 한편, 충신 켄트 백작이 코델리아에게 한 연락이 성공해서 편지가 전달되었다. 편지를 전달한 신사는 리어 왕의 참담한 소식을 접한 코델리아의 모습을 다음과 같이 전했다.

> 한두 번 '아버님!' 하고 소리 내어 부르셨지요. 가슴속 깊은 곳으로부터 애타게 터져 나오는 소리였습니다. 그러고는 '언니들, 언니들! 여성으로서 부끄러운 일이에요! 언니! 켄트! 아버님! 언니들! 폭풍우 속에서? 한밤중에? 이 세상엔 자비심도 없는가!' 하고 울부짖으셨습니다.

프랑스와 영국의 싸움이 시작되어 프랑스군이 도버 해협을 건너 진군했다. 프랑스 왕은 본국에 급한 일이 생겨 급히 귀국했다. 도버 주둔군의 세력은 영국군에 비해 열등하다. 영국군 사령관은 알바니 공작이다.

도버 해협에 도달한 글로스터 백작과 에드거도 큰일이다. 글로스터 백작은 벼랑에서 투신자살할 생각이다. 그는 이 일을 에드거에게 부탁한다. 에드거는 글로스터 백작을 벼랑 끝으로 데리고 가는 시늉을 한다. 눈이 안 보이는 글로스터 백작은 에드거의 말을 믿고 결심하고 뛰어내리는데 아무런 상처도 입지 않는다. 에드거는 언덕 밑으로 가서 딴 사람으로 변장한 뒤 백작을 도와 일으켜 세우며 기적이 일어나서 신의 은총으로 살아났다고 하면서 희망을 갖고 살아야 한다고 호소한다. 이 장면에서 리어 왕이 나타난다. 글로스터 백작과 에드거가 가까이 가서 보니 리어 왕은 미쳐 있다. 두 사람이 비탄에 빠져 있을 때, 충신 켄트와 밀사로 일했던 신사가 리어 왕을 찾아온다.

악당 패거리의 집사 오즈월드는 리건의 하수인이 되어 글로스터 백작을 죽이려고 나타났다가 에드거와 결투해서 참살당한다. 리어 왕은 코델리아의 진영에서 보호를 받으면서 의사의 치료를 받고 깊은 잠에 빠져 있다. 이윽고 리어 왕은 코델리아와 재회한다. 그러자 그는 광기에서 회복된다. 그러나 영국군의 공격이 임박했다. 영국군의 지휘를 맡은 사람은 에드먼드다. 고네릴과 리건이 그의 지시를 받고 있다.

제5막 : 프랑스군은 영국군에 패배한다. 리어 왕과 코델리아가 포로가 되어 감옥에 갇힌다. 에드먼드는 부하에게 두 사람을 암살하라고 명령한다. 알바니 공작과 고네릴이 있는 자리에서 과부가 된 리건이 자신의 새 남편으로 에드먼드를 선택했다고 공언한다. 고네릴은 이 선언에 반대한다. 남편이 있지만 그녀도 에드먼드를 택하고 싶은 것이다. 알바니 공작이 두 자매의 싸움에 끼어들면서 에드먼드의 죄악을 폭로한다. 이 때 나팔 소리가 나면서 전령이 전한다.

"우리 군대에 복무하고 있는 높은 지위의 명문 출신들 가운데, 글로스터 백작이라 불리는 에드먼드에 대하여 그가 대역죄를 범한 죄인임을 주장하고 싶은 자는 나팔 소리가 세 번 울릴 때까지 나서라. 에드먼드는 자신의 명예를 지킬 자신이 서 있다."

이 일은 에드거가 꾸민 작전이다. 이 말에 에드거가 등장한다. 그는 에드먼드에게 결투를 신청하고 싸운다. 에드먼드가 깊은 상처를 입고 쓰러진다. 이때 에드거는 자신의 신분을 밝힌다. 그는 부친 글로스터 백작이 자신의 팔에 안겨 서거했다고 전한다. 자신의 입장을 비관한 고네릴이 동생 리건을 독살한다. 또한 자신도 단검으로 가슴을 찌르고 자결한다. 코델리아는 이미 죽은 시체가 되어 리어 왕이 안고 나온다. 리어 왕의 애절한 대사가 이어진다.

"아니, 아니, 아니, 아니다! 어서 우리는 감옥으로나 가자. 둘이서 새장 속의 새들이 되어 노래를 부르자. 네가 나의 축복을 빌어주면 나는 무릎을 꿇고 너의 용서를 구하마. 그렇게 우리는 살아가자. 기도하고 노래하고 옛날 얘기를 나누며 금빛 나비들 보고 웃고 …(중략)… 이 세상 돌아가는 신비에 관해서, 우리는 신들의 밀사(密使)인 양 아는 척하며 지내자."

결투로 입은 상처 때문에 에드먼드는 사망하고, 리어 왕도 죽는다.

4) 맥베스

〈맥베스〉도 홀린셰드의 〈연대기〉에서 그 소재를 구했다. 〈맥베스〉는 창작 연대로 볼 때 〈리어 왕〉과 〈안토니와 클레오파트라〉 사이에 있다. 셰익스피어는 이미 〈로미오와 줄리엣〉 〈줄리어스 시저〉 〈햄릿〉 〈오셀로〉 그리고 〈리어 왕〉 등의 작품 공연으로 극작가로서의 지위가 확고해지고, 극작술이 원숙기에 접어들어 있었음을 알 수 있다. 〈오셀로〉가 극 후반에서 관객들에게 숨쉴 틈을 주지 않은 것과는 대조적으로 〈맥베스〉는 처음부터 중반에 이르기까지 관객을 긴장시키면서, 맥베스의 흉중을 살피게 한다. 처음의 마녀 장면에서, 마녀들이 지껄이는 주문과 맥베스의 대사를 통해 우리는 환상과 현실의 이중적 상황을 알게 된다. 맥베스가 국왕 살해의 흉계를 품고 한 걸음 한 걸음 목적 달성을 향하여 다가서는 숨 막히는 과정에서 긴장감이 고조되다가 드디어 살인이 행해질 때까지 우리는 마음을 놓을 수 없다. 전반부에 맥베스의 일거일동으로 집중되던 초점이 국왕 살해 후에는 여러 사건으로 확대되면서 맥베스의 몰락으로 귀결된다. 드라마 구성의 압축감과 긴밀성은 다른 비극작품에서 찾아볼 수 없는 탁월한 극작술이었다.

맥베스는 11세기 스코틀랜드에 실재했던 인물이었는데, 셰익스피어는 〈연대기〉와 역사적 사실, 전기 등을 자유롭게 참고하여 이 비극을 완성하였다. 이 작품은 〈햄릿〉과 〈오셀로〉와는 달리 현실과의 관련성이 큰 것으로 평가되고 있다. 화약 음모 사건(1605)의 재판 때 이 사건에 가담한 신부 헨리 가네트가 사용한 언어의 양의성(兩義性)을 마녀 예언에 도입하여 맥베스를 혼돈시킨 사례라든지, 가네트의 처형이 1606년 5월인데 〈맥베스〉의 공연은 같은 해 후반에 있었고, 이 사건의 표적이었던 국왕 제임스 1세는 밴쿠오의 후손이며 『악마론』의 저자이기도 한 점 등이다. 문제는 마녀의 정체가 무엇이냐 하는 점이 흥미롭다. 외부 세계의 인물인 고결한 맥베스에게 야심을 불어넣어 영혼을 지옥으로 타락시킨 것이 악마인가, 아니면 맥베스 자신의 야망이 투영된 환상인가 하는 점이다. 그러나 아무리 유혹을 한다 하더라도 맥베스 자신에게 그런 야심이 전혀 없었다면 살인이 가능하지 않았을 것이지만, 또 한편으로는 마녀를 만나지 않았다면 덩컨을 살해하려는 야망을 전혀 품지 않았을지도 모를 일이다. 그러나 맥베스는 운명적으로 마녀들을 만났으니, 그 순간부터 마녀의 지배를 받게 된다.

덩컨 왕의 살해는 맥베스를 악의 길로 인도하여 그를 파멸시킨다. 살해 직전에도 주저했고 살해 후에도 몹시 참회하며 겁에 떤다. 그러나 그는 다시 돌아설 수 없고 죄의 보상을 달리 받을 수도 없다. 일단 죄업의 길로 들어서다 보니 연속적으로 또 다른 죄를 저지르게 되는 함정에 빠진다. 이것도 죄를 의식적으로 저지르기 위한 행위가 아니라 자기 자신을 파멸로부터 보호하기 위한 방어 본능에서인 것이다. 밴쿠오에 대한 공포와 증오감이 그에게 살의를 품게 하는 경우를 보면 알 수 있다. 폭력을 통해 획득한 왕관을 보유하기 위해 그는 계속 악행을 거듭하는 폭군이 되고 만 것이다.

그러나 흥미로운 것은 셰익스피어가 맥베스를 살인마의 성격으로 창조하지 않았다는 점이다. 이것은 주인공에 대한 관객의 공감을 불러일으키자는 능숙한 극작술인데, 맥베스에게 악행을 행하게 하면서도 그에게 인간적인 약점이나 부드러운 인간성, 고결한 성품을 약간 부여하여 주인공에 대한 관객들의 혐오감을 억제시켜 극적 공감을 획득하도록 하는 수법인 것을 알 수 있다. 맥베스 부인을 과격한 악의 화신으로 성격을 창조하여 그와 대조시킨 의도도 이런 각도에서 생각해보면 쉽사리 수긍이 간다. 그러나 종국에 가서 맥베스 부인이 정신착란을 일으켜 자살하는 장면은, 셰익스피어가 악을 하나의 추상적인 개념으로 다루지 않고 살아 있는 인간 속에 구상화시키려 했던 노력을 엿볼 수 있다. 마녀 장면으로써 어두운 인간악의 상황을 강조한다든지, 극적 아이러니를 사용함으로써 극적 긴장감을 높이는 방법은 놀라운 수법이라 아니할 수 없다. 셰익스피어의 다른 어떤 작품보다도 〈맥베스〉는 대조의 체계적 방법을 극에 도입해서 큰 성과를 거두고 있는데, 이는 죽음과 생의 끊임없는 갈등을 주제로 삼고 있는 이 작품을 성공시킨 요인이기도 하다.

〈맥베스〉는 초자연적 환상의 의미 표출을 위한 극작술이 탁월한 작품일 수 있다. 마녀들과 밴쿠오의 망령 등이 등장해서 극 전개의 결정적 역할과 기능을 다하고 있는 장면은, 희곡에 있어서 초자연적인 요소가 어떤 극적 분위기를 조성하며 극적 행동의 동인이 될 수 있는가 하는 문제에 정확한 해답을 준 경우라 할 수 있다.

플롯 시놉시스

제1막 : 황야에서 세 마녀가 나타난다. 그들은 맥베스 장군을 기다리고 있다. 덩컨 왕은 맥베스 장군의 승전보를 계속 듣고 있다. 마녀들이 기다리는 장소에 개선하는 맥베스 장군과 밴쿠오가 지나간다. 마녀가 나타나서 맥베스 장군에게 "글래미스의 영주님" 이라고 부른다. 두 번째 마녀는 "코더의 영주님" 이라고 부른다. 세 번째 마녀는 "미래의 국왕" 이라고 부른다. 맥베스는 이 말에 깜짝 놀란다. 밴쿠오가 이들에게 예언을 부탁하니, "국왕은 될 수 없지만, 자손이 왕위에 오른다" 고 예언한다.

왕궁에 도착한 두 장군을 국왕은 눈물을 흘리며 환영한다. 그 자리에서 국왕은 왕자 맬컴을 태자로 책봉한다고 선언 한다. 이 말을 듣고 맥베스는 마녀들의 예언을 의심한다. 그래서 비상수단을 강구한다.

맥베스 부인은 마녀를 만난 이야기를 전하는 맥베스의 편지를 읽는다. 맥베스 부인은 몹시 흥분한다. 그때 사자(使者)가 와서 국왕의 방문을 알린다. 부인은 악행을 저지를 만한 용기가 없는 남편 대신 그녀 스스로의 결단력으로 대망을 실행할 결심을 한다.

맥베스의 성에 국왕 덩컨, 왕자 맬컴, 도널베인, 밴쿠오 등이 도착한다.

맥베스는 왕의 신임을 받고 있기 때문에 왕을 살해하는 일에 양심의 가책을 느끼며 주저한다. 이를 눈치 챈 맥베스 부인은 남편의 우유부단함을 심하게 면박한다. 맥베스는 결국 국왕 살해를 결심한다. 이들은 왕의 종신들을 취하게 한 후 왕을 살해해서 그 죄를 종신들에게 뒤집어 씌울 계획을 짠다.

제2막 : 맥베스의 거대한 성의 안뜰. 한밤중, 밴쿠오는 우연히 맥베스를 만나면서 마녀의 예언을 상기하지만 그 이야기는 서로 피한다. 밴쿠오가 간 후, 맥베스는 공중에 단검이 걸려 있는 것을 본다. 그 단검에는 피가 묻어 있다. 맥베스는 그 단검이 자신의 행동을 암시하고 있다고 생각한다. 맥베스는 결국 왕을 살해한다. 그러나 그 죄악 때문에 맥베스는 미칠 지경이다. 하지만 맥베스 부인은 오히려 냉정하다. 맥베스가 자고 있는 종신에게 쥐여줄 단검을 부인이 직접 가져간다. 그 때문을 심하게 두드리는 소리가 들린다. 이 장면에서 맥더프와 레녹스가 등장한다. 맥베스는 맥더프를 왕의 침실로 안내한다. 그리고 왕의 암살이 발견되어 대소동으로 이어진다. 맥베스는 종신 둘을 살해하고 암살자는 종신들이라고 말한다. 맥베스 부인은 실신하고, 왕자 맬컴과 도널베인은 신변의 위험을 느껴 전자는 영국으로, 후자는 아일랜드로 망명하려고 결심한다.

성 바깥. 한 노인이 귀족 로스와 국왕 암살 전후에 일어난 천지 이변에 관해서 이야기하는 자리에 맥더프가 나타나 도망간 두 왕자가 암살의 혐의를 받고 있다는 것, 왕위는 맥베스가 계승하고 스쿤에서 즉위식이 거행된다는 소식을 전한다.

제3막 : 포레스 왕궁. 밴쿠오는 마녀의 예언이 실현된 것을 보고, 그 자신의 예언도 성취된다고 믿고 있지만, 한편 맥베스도 밴쿠오에 대한 예언에 신경을 쓴다. 그래서 그는 밴쿠오 부자를 죽이려고 이들을 만찬에 초대하면 자객이 성 바깥에서 그들을 암살하도록 계략을 세운다.

왕궁. 왕위에 올랐지만 맥베스는 마음의 안식을 얻을 수 없다. 부인은 그의 허약한 마음을 질책한다. 왕궁의 앞뜰. 자객이 매복하고 있는 곳에 밴쿠오와 그의 아들 플리언스가 말을 타고 온다. 자객이 밴쿠오를 죽이는 순간, 플리언스는 도망친다. 왕궁 내의 홀. 맥베스를 둘러싸고 향연이 벌어지고 있다. 맥베스의 인사가 끝나갈 무렵, 자객이 그에게 와서 밴쿠오는 죽였지만 아들 플리언스를 놓쳤다고 보고한다. 맥베스는 마음의 안정을 잃고 제정신이 아니다. 그는 자신의 좌석에 밴쿠오의 망령이 앉아 있는 것을 보고 당황해서 광기가 발작한 다. 좌석에 앉은 일행들은 모두 어리둥절하여 놀라고 있다. 망령은 맥베스에게만 보인다.

황야. 천둥번개가 치는 가운데 마법의 여신 헤카테가 세 마녀를 만나 그녀를 제쳐놓고 맥베스에게 예언한 것을 질책한다. 헤카테는 환영을 보여주면서 맥베스를 파멸시키려고 한다.

왕궁. 레녹스와 던컨 왕의 암살, 밴쿠오의 횡사, 그리고 그 배후자는 맥베스라는 말이 돌고 있다. 왕자 맬컴과 도널베인은 그곳으로 피신해 온 맥더프와 계략을 세워 영국 왕 에드워드의 힘을 빌리고 노섬벌랜드 후작의 원조를 얻어 부왕의 복수전을 치르기 위해 스코틀랜드 침공을 준비한다.

　제4막 : 황야. 동굴 속, 헤카테와 세 마녀들을 만나러 맥베스가 온다. 그
는 이들에게 자신의 운명을 묻고자 한다. 마녀의 예언이 시작된다. "맥베
스여, 맥더프를 경계하라." "여자의 몸에서 태어난 자로서 맥베스를 해칠
자는 아무도 없다." "버남의 대삼림이 던시네인의 높은 언덕까지 쳐들어
오지 않는 한 맥베스는 패하지 않는다." 맥베스는 자신의 지위가 안전하다
는 말에 위안을 느끼고 기뻐한다. 그러나 밴쿠오의 자손이 왕위에 오르느
냐는 질문에 마녀의 예언 속에 밴쿠오의 망령이 나타난다. 맥베스는 그 뜻
을 이해하고 격노한다. 마녀들은 사라진다.
　이때 레녹스가 와서 맥더프가 영국으로 도주했다고 보고 한다. 맥베스
는 맥더프의 성을 습격해서 그곳에 남아 있던 맥더프의 처자들을 살해할
결심을 한다. 이윽고 자객을 보내 맥더프의 아내와 아들을 살해한다.
　영국. 왕궁 앞. 맬컴이 맥더프를 만나서 그가 믿을 만한 사람인가를 시
험하고 있다. 그곳에 로스가 와서 맥더프 부인과 아들이 살해된 것을 전한
다. 맥더프는 복수심에 불탄다. 일만 대군이 시워드 장군의 지휘 하에 스코
틀랜드를 향해 진군한다.

　제5막 : 던시네인성. 맥베스 부인은 몽유병자처럼 밤에 돌아다니고 있
다. 그녀는 끊임없이 두 손을 비빈다. 핏자국을 없애려는 시도다. 던시네
인성 부근. 레녹스와 멘티드 등이 영국군의 지원을 받아 진군을 계속하
고 있다. 부인의 정신착란, 배반자들의 속출, 적군의 습격 등으로 맥베스
는 반광란에 빠져 있다. 그는 거의 절망 상태다. 다만 맬컴이 여자의 몸

에서 태어났다는 것, 버남의 숲이 움직이지 않는다는 것 등이 위안이 되고 있다.

버남의 숲 근처. 맬컴과 영국의 시워드 장군이 적병들을 혼란시키려는 작전으로 자신의 병사들에게 나뭇가지를 들고 진군할 것을 명한다. 던시네 성내. 맥베스에게 부인의 죽음이 전달된다. 그때, 버남의 숲이 움직이며 오고 있다고 전해진다. 맥베스는 최후가 임박한 것을 느낀다. 맥베스의 성이 함락된다. 맥더프는 맥베스를 만난다. 맥베스는 여자의 몸에서 난 아이는 무섭지 않다고 말한다. 맥더프는 자신은 어머니의 배를 가르고 나왔다고 말한다. 맥베스는 맥더프의 칼에 쓰러진다. 맬컴이 왕위에 오른다. 사람들은 스코틀랜드 만세를 부른다.

3. 셰익스피어를 어떻게 읽을 것인가?

1) 무대적 상황을 상상할 수 있어야 한다

셰익스피어를 쉽게 읽어내기 힘든 이유는, 셰익스피어와 현대인들 사이에 언어·사상·관습 그리고 연극적 인습의 차이가 있기 때문이다. 이 문제는 독자들이 노력만 하면 쉽게 극복할 수 있다. 작품에 붙은 주해나 해설 자료들, 그리고 방대한 양의 셰익스피어 연구서들은 이해의 장벽을 무너뜨리는 길잡이가 된다. 그의 비극작품을 이해하는 데 도움이 될 만한 참고서를 두 권만 들라고 한다면 나는 서슴지 않고 브래들리(A.C. Bradley)의 『셰익스피어 비극론(*Shakespearean Tragedy*)』(London, 1904)과 얀 코트의 『셰익스피어는 우리들의 동시대인(*Shakespeare Our Contemporary*)』(London, 1965)을 권하고 싶다.

우리는 셰익스피어의 작품을 읽을 때 작품의 다층적 구조 속에 잠재해 있는 의미의 다의성을 여러 각도로 해명해보도록 노력해야 한다. 그의 작품의 의미를 해명해주는 열쇠는 하나가 아니라 여러 개가 된다. 완전한 의미는 존재하지 않을지도 모른다. 그러나 한 가지 분명한 것은 작품을 감상하는 한 사람 한 사람이 자신의 열쇠 하나씩을 지니고 있어야 한다는 것이다. 그 열쇠를 들고 해명할 수 있는 신비의 문을 열어야 한다. 예컨대 〈햄릿〉 속에는 왕자 햄릿만 있는 것이 아니다. 음모가요 정략가며 왕권의 찬탈자이면서 형수를 차지한 클로디어스가 있고 햄릿의 어머니인 불행한 거트루드의 파탄에 빠진 정절이 있다.

햄릿의 명상적이며 염세적인 독백이 있는가 하면 복수를 맹세하는 잔혹한 언동이 있다. 오필리어의 이루지 못한 사랑과 죽음의 슬픔이 있고, 로젠크랜츠와 길든스턴의 계략과 배신이 있다. 호레이쇼의 충절과 우정이 있는가 하면 노회한 마키아벨리스트인 재상 폴로니어스가 있으며, 햄릿과 결투를 감행하는 그의 아들 레어티즈가 있다. 이토록 작중인물의 성격만 보아도 〈햄릿〉은 복잡한 작품임을 알 수 있다.

셰익스피어를 제대로 읽는 사람은 그가 발견한 극적 진실에 대하여 풍부한 상상력을 통해 민감하게 반응하고, 극적 상황 자체를 자신의 체험인 것처럼 받아들인다. 셰익스피어를 제대로 읽는 사람은, 희곡의 감상을 뛰어넘어 무대적 체험을 완성하는 관객의 입장을 받아들인다. 셰익스피어 시대의 희곡작품은 무대 형상화를 위한 텍스트에 불과했다. 그것은 한 편의 시나리오요 대본인 것이다. 연출가와 배우는 그 대본에 연극적 생명력을 불어넣는다. 셰익스피어를 제대로 읽는 사람은 눈으로 활자만을 읽지 않는다. 마음으로 무대를 그리면서 읽는다. 그는 연출가로서, 배우로서, 무대 미술가로서 — 이 모든 역할을 함께 지닌 사람으로서 작품을 읽는다.

희곡작품은 소설과 시와는 다르다. 희곡에는 활자화된 대본에 대한 우리들의 반응과는 전혀 다른 비언어적 표현 양상이 있다. 셰익스피어의 희곡작품을 읽었을 때에는 불분명하게 인식되던 사실들이 무대 속에서는 명백하게 전달되는 경우가 허다하다. 그래서 우리는 셰익스피어의 작품을 읽을 때 특히 무대 지시문에 주목할 필요가 있다. 상상력을 동원해서 치밀하게 읽으면, 우리는 희곡 속에 숨어 있는 공연적 자료로서의 대본을 발견하게 된다. 이 대본은 작품의 의미에 관해서 많은 것을 암시해주고 있다. 예컨대 〈리어 왕〉 제3막 7장의 글로스터의 고문 장면에서 육체적 상황의 지시라든지, 광증에서 차차 정상적 의식을 회복하는 리어 왕이 코델리아를 보고 "눈물을 흘리고 있느냐? 그렇군, 눈물이로군. 제발 울지 마라"(제4막 7장) 등에서의 제스처와 스테이지 액션의 암시 등은 생동감 넘치는 사실적 표현이라 할 수 있다. 뿐만 아니라 이 부분은 리어 왕과 그의 딸 코델리아와의 관계를 새로 정립하는 부분이어서 작품의 주제적 의미와 밀접한 연관을 맺고 있다.

〈코리올레이너스〉나 〈줄리어스 시저〉 〈로미오와 줄리엣〉 〈맥베스〉 〈햄릿〉 등의 개막 장면의 무대적 상황은 한결같이 작품의 주제를 상징적으로 암시하고 있다. 그것은 읽지 않아도 눈으로 보면 즉시 어떤 메시지가 전달되는 시각적 효과를 만들어내고 있다. 〈햄릿〉(제4막 7장)에서 레어티즈가 익사한 오필리어를 보고 "가엾은 오필리어. 물은 그만하면 충분할 테니,

나는 더 이상 눈물은 흘리지 않겠다"고 하는 대사에서 우리는 레어티즈가 울지 않으려고 애를 쓰면서도 눈물이 복받쳐 오르는 광경을 상상하게 된다.

이토록 셰익스피어의 텍스트는 제스처, 동작, 배우들의 연기적 앙상블 등에 관한 무궁무진한 지시와 암시로 가득 차 있다. 그것을 읽을 수 있느냐 없느냐 하는 것은 작품 감상에 큰 차이를 만들어준다. 대사 속에 있는 대명사, 부사 등도 분석해보면 대소도구의 실제적 사물과 동작과 무대 공간과 긴밀한 연관이 있음을 알 수 있다. 〈햄릿〉에서 폴로니어스가 클로디어스 왕에게 햄릿 왕자와 오필리어의 사랑 관계를 알려줄 때 그는 그의 말을 강조하는 제스처를 하게 된다. "만일 제 말에 어긋남이 있다면, 이것과 이것을 분리시켜주십시오."(제2막 2장)라고 말하는데, 우리가 '이것'이 지시하는 명사를 알지 못하면 이 대사를 전혀 이해할 수 없게 된다. 이때 제스처는 머리와 어깨를 가리키는 것이다. 즉 "제 어깨로부터 머리를 잘라내십시오"라는 뜻이 된다.

셰익스피어의 작품 속에서 사용되고 있는 소품도 아주 중요한 연극적 기능을 수행하고 있다. 그 한 가지 예가 〈오셀로〉에 나오는 데스데모나의 '손수건'이다. 이 '손수건' 하나 때문에 오셀로 장군의 파멸이 발생했기 때문이다. 무대의상도 마찬가지다. 셰익스피어 시대에도, 무대미술에 있어서 장치는 허술하고 간혹 생략될 수도 있다 하더라도 의상만은 완벽하게 갖추었다. 의상은 무대의 선이요 색채요 작중인물의 성격이었다. 의상에 의해서 작중인물의 역할이 관객에게 전달되었다. 더욱이 엘리자베스 시대에 의상은 동족과 사회계층과 직업의 표상이 되었다. 〈로미오와 줄리엣〉에서 캐퓰리트 집안과 몬태규 집안을 시각적으로 구분 짓는 유일한 방법은 의상이었다. 특히 무대에서 서로 대립하고 갈등하는 집단들의 반목과 증오를 보여주는 방법이 의상이었다. 〈템페스트〉의 제2막 1장에서 "에리얼이 눈에 보이지 않게 등장한다"라는 지문이 있다. 제3막 3장에서 프로스페로도 '눈에 보이지 않게' 등장한다는 지문이 있다. 그러나 이 두 인물은, 관객에게는 그 모습이 보여야 한다. 무대 위의 등장인물에게만 보이지 않을 뿐이다. 이들의 의상을 다른 등장인물과 어떻게 구분 짓고, 그 '보이지 않는' 특징을 관객들에게 어떻게 전달하느냐 하는 문제는 연출자의 중요한 과제라 하지 않을 수 없다. 독자들은 그 의상을 상상할 수 있어야 한다. 〈한여름 밤의 꿈〉에 등장하는 퍽도 오베론의 명령을 수행하기 위해서 스스로의 모습을 숨기고 다녀야 한다.

〈햄릿〉의 망령이나 〈맥베스〉의 마녀들에게 어떤 의상을 입혀서 이들의 초자연적 특성을 표출하느냐 하는 문제에 대해서도 독자들은 텍스트를 읽으면서 상상해볼 수 있어야 한다. 셰익스피어의 작품에서 전투 장면이 벌어질 때면, 이상하게도 화려하게 잘 입은 군대 쪽이 한결같이 패배하게 된다. 역사극의 무대에서는 이 문제도 소홀히 넘길 수 없는 디테일이다. 이같은 디테일을 낱낱이 살펴 건져올리고 음미하면서 작품을 읽는다는 것은 여간 흥미로운 일이 아니며, 이 일은 작품 감상에 큰 도움을 준다. 〈리어 왕〉에서 의상의 이미저리는 실상과 허상의 주제적 의미를 부각시키고 있기 때문에 중요하며, 〈맥베스〉에서도 의상의 이미저리는 작중 인물의 심리적 상태와 성격의 특징을 표현하는 일에 사용되고 있다.

셰익스피어 극에서는 음향이나 음악도 중요한 기능을 다하고 있다. 〈줄리어스 시저〉에서 시저를 환호하는 군중들의 함성은 시저의 정치적 야심의 간접적 표현이 되고 있다. 〈리어 왕〉의 폭풍 장면에서 자연의 폭풍은 리어 왕의 마음속에 일고 있는 분노의 격정을 나타내고 있다. 천둥·번개·바람 등이 불러일으키는 소리는 곧 인간 내면의 소리가 된다. 그 소리는 모두 연극화된 소리다. 소리는 또한 시간의 흐름을 나타내는 일에도 사용되고 있다. 엘리자베스 시대의 극장은 일부 야외극장의 형태인데, 공연은 오후 시간에 진행되었다. 해가 뜨겁게 내리쬐는 한낮에도 〈로미오와 줄리엣〉의 낭만적인 달밤의 장면을 보여주지 않으면 안 된다.

밤이 새벽이 되는 시간의 흐름을 또한 나타내 주지 않으면 안 된다. 이때 새소리 등을 포함해서 시간의 경과를 알리는 청각적 이미저리를 사용하게 된다. 셰익스피어의 텍스트에는 지문과 대사를 통해 이 일이 가능하도록 만들어주는 언어가 있다. 그 언어의 무대적 기능을 모르고 넘어갈 때 우리는 셰익스피어를 제대로 읽었다고 할 수 없다. 물론 당대 셰익스피어의 무대에서는 시간의 경과나 낮과 밤의 차이를 알리기 위해 소리 이외에도 횃불, 촛불이나 등잔불의 도구를 사용하기도 했다. 종소리의 사용도 효과적이었다. 〈햄릿〉 제1막 1장에서 한밤중을 알리는 종소리가 들리는 것도 그 한 예라 할 수 있다. 지문에 '닭 울음소리 들려온다'는 것이 있다. 이는 닭이 새벽을 알리면서 망령이 퇴장하는 시간을 암시해주고 있다.

2) 셰익스피어 시대의 무대적 인습을 알아야 한다

연극은 무대와 관객 사이의 약속으로 진행된다. 무대와 관객은 픽션을 상상적 진실로 수락하는 일에 서로 동의하고 있다. 엘리자베스 시대의 무대적 인습은 그 원리에 있어서 현대연극의 무대와 다를 바 없다. 인습은 무대 형상화 방법에서 생겨났다. 왜냐하면 무대적 방법이란 어떤 한계상황에 직면하지 않으면 안 되기 때문이다. 전기가 발명되기 이전에 무대에서 표현된 밤의 시간도 그것은 양쪽의 약속을 전제로 한 것이었다.

엘리자베스 시대의 무대에서 지적될 수 있는 첫번째 중요한 인습은 여자 역할을 소년 배우가 담당한다는 것이었다. 그런 까닭에 셰익스피어는 현대연극의 경우와는 달리, 여자 역할의 연기적 범위를 축소하는 착상을 하게 되었다. 외관상의 매력을 제시하기보다는 될수록 언어의 힘에 의존해서 여성스러움을 표현한다든지, 또는 육체적 사랑의 행위 등의 장면을 될수록 축소하거나 제외하였다. 따라서 셰익스피어 작품에 있어서 여성의 성격은 남성보다도 더 지혜롭고 활기차고 침착하게 묘사되고 있다.

셰익스피어는 여성의 성격에 미모와 여성적 매력 이외에 또 다른 특성을 부여하여 그 인물의 호소력을 강화시키고 있다. 이 점에서 셰익스피어 희극의 특성으로 지적되고 있는, 변장을 통한 인물의 전환, 성의 전환을 음미해볼 수 있고, 그 연기적 용이성도 긍정할 수 있다.

두 번째 중요한 인습은 독백과 방백의 인습이다. 이 방법을 통해 작중인물은 인물들 상호 간의 대화를 통하지 않고서도 관객에게 직접 말을 할 수 있게 되었다. 엘리자베스 시대에 유행한 이 같은 방법은 메시지 전달방법이 대화의 구속으로부터 벗어나는 형식인데, 미국의 작가 유진 오닐도 양심과 죄의식의 내면적 목소리를 관객에게 전달하는 방법으로 독백과 방백을 그의 극작술에 대폭 도입하고 있다. 셰익스피어 시대의 에이프런 무대(apron stage) 구조는 이 기법의 사용을 더욱 효과적으로 만들었을 것이라고 짐작된다.

독백은 셰익스피어의 악역들이 즐겨 사용하는 방법이다. 〈오셀로〉에서의 이아고의 독백은 그 대표적 경우라 할 수 있다. 〈햄릿〉에서도 햄릿 왕자의 독백장면은 그가 클로디어스와 대결하는 증오심이 최고조에 도달하는 장면인데, 평상시 대사를 통해 제시되는 햄릿의 모습과는 다른 성격적 측면을 보여준다. 또한 햄릿의 독백은 무대적 상황의 진행과도 밀접하게 연관되고 있다는 것을 알아야 한다. 그 순간 그 장면은 독백 이외에 다른 방법이 없거나, 독백에 의하지 않고는 극적 분위기가 고조되지도 않을뿐더러 다음 장면으로의 전환과 발전의 필연성도 생기지 않는 경우이다.

방백은 진실을 토로하는 기능을 지니고 있다. 방백은, 작중 인물이 관객의 이해와 협조를 요청하면서 관객을 극 속으로 끌어들이는 기술인데, 가령 〈리어 왕〉 제1막 1장에서 코델리아가 하는 방백 "코델리아는 뭐라고 말해야 좋담?" 이라든지 "다음은 가엾은 코델리아 차례로군!……" 등은 코델리아의 내면적 목소리의 전달인데, 이같이 억제되어 외부로 발설되지 못한 마음이 일단 관객들에게만은 전달되어야 코델리아와 고네릴, 리건 세 자매의 성격적 차이가 확실해질뿐더러 다음으로 이어지는 "아무 할 말이 없습니다" 그리고 계속 이어지는 "없습니다" 의 진의가 관객에게 쉽게 전달될 수 있다. 코델리아는 어떤 행위에 대한 비판적 언어 행위로써 방백의 방법을 효과적으로 사용하고 있다. 방백은 언제나 갑자기 튀어나오기 때문에, 앞뒤가 뒤엉키는 플롯상의 불일치와 부조화가 발생되지만, 극작가의 대담한 표현의 자유를 보장해주는 극작술상의 기교가 되면서 동시에 불필요한 설명적 대사를 제거할 수 있는 이점 때문에 셰익스피어는 이 방법을 그의 작품 속에서 즐겨 사용하고 있다. 〈햄릿〉에서의 방백의 사용은 돌연히 시작됨으로써 극적 흐름의 조화가 깨어지지만, 이 때문에 오히려 작중 인물의 마음 상태가 강렬하게 제시되고 표현되고 있어서 강렬한 연극적 효과가 달성된다. 클로디어스의 돌연한 기도장면은 클로디어스의 악행이 극명하게 표현되고 있는 장면이다. 그리고 양심의 아픔과 쓰라림이 고백적으로 전달되는 장면이기도 하다.

오필리어와 햄릿이 밀회하는 장면을 숨어서 지켜보고 있는 클로디어스가 폴로니어스의 말을 듣고, "아, 참으로 옳은 말이로다. 그 말이 채찍처럼 내 양심을 치는구나"고 방백을 통해 말한다. 이 같은 고백적 방백은 클로디어스가 극중극 장면 이전에 보여주기 때문에 극의 구조상 유익하다고 할 수 있다. 방백은, 악역들에게는 그들의 죄를 관객에게 전달하면서 스스로 변명을 늘어놓을 수 있는 편리한 방법이다. 그러나 셰익스피어는, 그러면서도 악역들이 죄의식 때문에 번민하고 고뇌하는 모습을 관객들에게 전달하는 것을 잊지 않았다. 그래서 방백은 비평적 아이러니의 기능이 되기도 한다.

셰익스피어의 여주인공들은 너무나 순결하고 아름답다. 오셀로의 질투심은 데스데모나의 부정(不貞) 때문이 아니라는 대전제가 비극 〈오셀로〉의 감상에는 필수적이다. 그러기 위해서 데스데모나는 더욱 순결하게, 그리고 아름답게 묘사되어야 한다. 데스데모나는 실제로 도덕적으로 타락한 여성이 아니다. 오셀로가 이아고의 간계에 빠져, 부질없는 질투심으로 데스데모나의 순결을 믿지 못하고 있을 뿐이다. 그래서 비극인 것이다.

〈햄릿〉의 오필리어를 보자. 그녀 역시 순결하고 단순하고 아름답다. 셰익스피어는 오필리어를 정치적 음모나 도덕적 타락의 구렁텅이에 빠지지 않도록 그녀를 보호하고 있는 듯하다. 그녀를 이토록 순진하고 결백한 여인으로 표현하면 할수록 폴로니어스, 클로디어스 그리고 거트루드 등의 도덕적 타락은 대조적으로 강조된다. 오필리어의 죽음에 대한 거트루드의 대사는 오필리어의 아름다움을 찬양하는 한 편의 시(詩)가 된다. 이와 같이 셰익스피어의 작품에 등장하는 여주인공들의 아름다운 인간상이, 직접적인 행위가 아닌 간접적이며 객관적인 언어 묘사를 통해 표현된다는 사실은 엘리자베스조 시대의 연극적 인습을 이해할 때 충분히 납득되고 수긍되리라 생각된다.

이태주

연도	윌리엄 셰익스피어	시대 배경
1564 (0세)	4월 23일 출생. 4월 26일, 존과 메리의 장남으로서 세례 받음.	C. 말로 탄생. 갈릴레오 탄생. 미켈란젤로 사망.
1565 (1세)	7월 4일 존, 스트랫퍼드 시참사위원(alderman)으로 피선(被選). 9월 12일 임명.	『지혜의 보고』의 저자 프랜시스 미아즈 탄생.
1566 (2세)	10월 13일, 존과 메리의 차남 길버트 세례.	해군대신극단 대표배우 에드워드 아렌 탄생.
1568 (4세)	9월 4일 존, 스트랫퍼드 시장(bailiff)에 선출됨.	메리 스튜어트 폐위. 영국에서 유폐됨.
1569 (5세)	4월 15일, 존과 메리의 다섯 번째 아이 조앤(Joan) 세례.	여왕극단, 우스터백작극단 스트랫퍼드에서 공연.
1571 (7세)	이즈음 윌리엄은 문법학교 킹즈 뉴 칼리지에 입학. 9월 28일 4녀 앤 세례 받음.	윌리엄 세실 경, 벌리 경이 됨.
1574 (10세)	3월 11일, 존과 메리의 일곱째 아이 리처드 세례. 전염병으로 런던 공연 금지.	5월 10일 레스터경극단이 왕실의 후원을 받음.
1575 (11세)	존, 스트랫퍼드에 정원과 과수원이 있는 두 채의 집을 40파운드로 구입. 윌리엄은 아마도 케닐워스의 축제를 봤을 것이다. 〈한여름 밤의 꿈〉에 반영되어 있다.	7월, 엘리자베스 여왕, 케닐워스성 방문.
1576 (12세)	존, 문장(紋章) 허가 신청. 이때부터 존은 마을 의회 결석이 잦음. 군비 의연금도 미납.	제임스 버비지의 상설극장 '시어터(The Theatre)'가 쇼어디치에 건립됨.
1577 (13세)	존, 이때부터 재정적 어려움 때문에 공식회의 불참.	커튼극장 건립. 홀린셰드, 『연대기』 초판 발행.
1578 (14세)	11월 14일, 존은 부인의 유산 일부인 윌름코트의 집과 토지를 담보로 의형 에드먼드 란바트의 돈 40파운드 차입.	8월 24일, 존 스톡우드가 설교 중에 극장 비난.

연도	윌리엄 셰익스피어	시대 배경
1579 (15세)	4월 4일, 4녀 앤 매장. 존, 스니타필드의 토지를 4파운드에 매각.	노스 역 『플루타르크영웅전』 출판. 존 플레처 탄생.
1580 (16세)	5월 3일, 4남(여덟 번째 아이) 에드먼드 세례. 존, 치안유지법 위반으로 20파운드의 벌금 지불.	『영국연대기』 출판.
1581 (17세)	8월 3일, 랭커셔에 사는 알렉산더 호턴의 유언장에 '배우 윌리엄 셰익스피어'에게 연금 2파운드를 남긴다는 기록이 있음. 윌리엄의 이름이 최초로 문서에 기록.	10월, 6세의 헨리 리즐리가 3대째의 사우샘프턴 백작이 됨.
1582 (18세)	11월 27일, 윌리엄, 8세 연상의 앤 해서웨이와 결혼.	버클레이경극단, 스트랫퍼드에서 공연. 에든버러대학 창립.
1583 (19세)	5월 26일, 윌리엄과 앤의 장녀 수재나 세례.	옥스퍼드백작극단, 우스터백작극단 등이 스트랫퍼드에서 공연.
1585 (21세)	2월 2일, 쌍둥이 햄닛과 주디스 세례.	제임스 버비지, 커튼극장의 경영권 장악.
1586 (22세)	9월 6일, 존, 시위원에서 해임. 윌리엄, 런던행(?).	여왕극단, 레스터백작극단이 스트랫퍼드에서 공연.
1587 (23세)	6월 13일에 발생한 상해 사건으로 결원을 채우기 위해 윌리엄이 여왕극단에 가입한 가능성 있음.	헨슬로, 로즈극장 건립. 홀린셰드, 『연대기』 제2판 간행.
1588 (24세)	윌름코트 토지가옥 변제를 청구하면서 윌리엄이 란바트에 소송 제기.	레스터 백작 사망. 영국 해군, 스페인 무적함대 격파. 리처드 탈턴 매장(9월 3일).
1589 (25세)	윌리엄, 스트랑경극단과 해군대신극단이 합병해서 만든 극단에 관계함.	로버트 그린의 『Menaphon』에 쓴 토머스 내시의 서문에 〈원햄릿(Ur-Hamlet)〉이 언급됨.
1592 (28세)	윌리엄 그린의 책 『문(文)의지혜』(9월 20일 출판등록)에서 윌리엄을 비난하는 문구 '벼락출세한 까마귀(upstartcrow)' 발견.	6월, 극장 폐쇄. 9월 3일 그린 사망. 에드워드 알레인, 헨슬로의 양녀와 결혼해서 헨슬로와 동업자가 됨.

연도	윌리엄 셰익스피어	시대 배경
1593 (29세)	사우샘프턴 백작에게 〈비너스와 아도니스〉 헌정. 출판등록 4월 18일. 같은 해에 4절판으로 등록. 〈타이터스 앤드로니커스〉 집필. 〈말괄량이 길들이기〉 집필. 〈루크리스의 능욕〉 집필.	극작가 크리스토퍼 말로 살해당함(5월 30일). 전염병으로 윌리엄이 소속된 펜브루크백작극단이 어려움을 겪음.
1594 (30세)	윌리엄, 궁내대신소속극단에 단원으로 참가. 〈타이터스 앤드로니커스〉 출판 등록(2월 6일). 동년에 양(良)사절판으로 출판. 로즈극장에서 공연(1월 23일). 〈헨리 6세 2부〉 출판 등록(3월 12일). 동년에 악(惡)사절판 출판. 〈루크리스의 능욕〉 출판 등록(5월 9일). 동년 양사절판으로 출판. 〈실수 연발〉 그레이 법학원에서 공연(12월 28일). 〈베로나의 두 신사〉 집필. 〈사랑의 헛수고〉 집필. 〈로미오와 줄리엣〉 집필. 〈말괄량이 길들이기〉 공연(6월 13일).	1592년부터 이래로 폐쇄되었던 정규공연이 6월에 시작됨. 스트랫퍼드 대화재(9월 22일). 헨리 거리의 셰익스피어의 가옥도 피해를 입음. 펜브루크백작극단 해체(12월 28일). 6월 7일에 유대인 의사 로더리고 로페즈가 여왕 암살 용의로 처형됨.
1595 (31세)	3월 15일에 전년 12월의 어전공연에 대한 지불명부에 20파운드의 액수와 간부단원 윌리엄의 이름이 기록됨.	9월, 스트랫퍼드 화재. 〈리처드 2세〉 또는 〈리처드 3세〉 공연(12월 9일). 프랜시스 랭글리, 펜브루크백작극단의 본거지인 스완극장 건립.
1596 (32세)	8월 11일, 장남 햄닛 매장(11세). 10월 20일에 존, 문장 사용 허가받음. 윌리엄, 비숍게이트의 세인트헬렌에 거주(10월).	스완극장에서 네덜란드의 관광객 한니스 드 위트가 관객을 3천명으로 추산. 2월 4일에 제임스 버비지가 블랙프라이어즈극장을 600파운드로 구입.
1597 (33세)	5월 4일에 윌리엄, 스트랫퍼드에서 가장 아름답고 두 번째로 큰 '뉴 플레이스' 저택을 60파운드에 구입. 〈윈저의 즐거운 아낙네들〉 공연(4.22~23). 〈리처드 2세〉 출판등록(8.29), 동년 양사절판 출판. 〈리처드 3세〉 출판 등록(10.20), 동년 양과 악의 중간사절판 출판. 〈헨리 4세 1부, 2부〉 집필(1597~1598). 〈사랑의 헛수고〉 공연.	2월 2일 제임스 버비지 매장.

연도	윌리엄 셰익스피어	시대 배경
1598 (34세)	〈헨리 4세 1부〉 출판 등록(2.25). 출판. 〈베니스의 상인〉 출판 등록(7.22). 윌리엄, 벤 존슨의 〈각인각색〉에 출연(9.20 이전). 〈사랑의 헛수고〉 양사절판 출판(12월). 〈헛소동〉 집필(1598~1599). 〈헨리 5세〉 집필(1598~1599)	재상 윌리엄 세실 사망. 프랜시스 미어스의 수기 『지식의 보고』 출판(9.7). 이 책에는 윌리엄에 관한 여러 가지 언급이 있음.
1599 (35세)	2월 21일, 윌리엄, 주주의 한 사람으로서 글로브극장 건설 운영에 관한 계약서 작성. 세인트 헬렌에 보관된 세금 관계 서류에 윌리엄의 이름 있음. 글로브극장 개장. 〈줄리어스 시저〉 집필. 글로브극장에서 공연(9.21). 〈로미오와 줄리엣〉 양사절판 출판. 〈당신이 좋으실 대로〉 집필(1599~1600). 〈십이야〉 집필(1599~1600).	시인 에드먼드 스펜서 사망. 풍자문학 금지(6.1). 에식스 백작의 아일랜드 원정 실패.
1600 (36세)	〈당신이 좋으실 대로〉 등록(8.4). 출판 보류. 〈헛소동〉 등록(8.4). 양사절판 출판(10월). 〈헨리 4세 2부〉 등록(8.23). 양사절판 출판. 〈헨리 5세〉 등록(8.23). 악사절판 출판. 〈한여름 밤의 꿈〉 등록(10.8). 템스강 남안(南岸) 크린크 지구 납세자 리스트에 13실링 4펜스 미납 기록.	동인도회사 설립. 헨슬로, 520파운드를 들여서 포춘극장 건립.
1601 (37세)	부친 존 사망. 9월 8일 매장. 궁내대신극단이 에식스 백작 일당의 요청에 의해 왕위 찬탈극 〈리처드 2세〉 글로브극장에서 공연(2.7). 〈십이야〉 궁전에서 공연(1.6). 〈햄릿〉 집필(1601~1602). 〈트로일로스와 크레시다〉 집필(1601~1602).	2월 8일, 에식스 백작, 런던에서 반란 일으키다 체포되어 사형됨(2.25). 사우샘턴 사형 면함.
1602 (38세)	5월 1일 윌리엄, 스트랫퍼드에 107에이커의 토지를 320파운드로 구입. 윌리엄, 런던 크리플게이트에 하숙. 〈윈저의 즐거운 아낙네들〉 등록(1.18). 악사절판 출판. 〈햄릿〉 등록(7.26). 〈끝이 좋으면 다 좋다〉 집필(1602~1603).	

연도	윌리엄 셰익스피어	시대 배경
1603 (39세)	5월 19일, 궁내대신극단이 국왕극단이 되다 (5.19). 〈트로일로스와 크레시다〉 등록(2.7). 〈햄릿〉 악사절판 출판.	엘리자베스 여왕 사망(3.24). 튜더 왕조 끝남. 제임스 1세 즉위하여 스튜어트 왕조 출범. 3월 19일 전염병으로 극장 1년간 폐쇄.
1604 (40세)	〈오셀로〉 집필. 11월 1일 궁정에서 공연. 〈자에는 자로〉 집필(1604~1605). 12월 26일 궁전에서 공연. 〈햄릿〉 양사절판 출판. 〈윈저의 즐거운 아낙네들〉 궁정에서 공연(11.4).	4월 9일, 극장 개관. 제임스 1세 스페인과 화평 체결.
1605 (41세)	국왕극단이 〈헨리 5세〉를 궁정에서 공연(1.7). 국왕극단이 〈베니스의 상인〉을 궁정에서 공연(2.10). 〈리어 왕〉 집필(1605~1606).	11월 15일, 가이 포크스의 의사당 폭파 음모사건(화약음모사건) 발각. 레드불극장 개관.
1607 (43세)	6월 5일 장녀 수재나, 의사 존 홀과 결혼(6.5). 〈리어 왕〉 출판등록(11.26). 〈코리올레이너스〉 집필. 〈아테네의 타이몬〉 집필. 〈맥베스〉 아마도 햄프턴코트에서 덴마크 왕 크리스찬 4세 방문을 기념해서 공연(8.7). 〈햄릿〉 영국 함선 드래곤호 선상에서 공연. 12월 31일 윌리엄의 동생 배우 에드먼드 셰익스피어 매장(12.31).	7월~11월, 전염병으로 극장 폐쇄.
1608 (44세)	수재나의 장녀 엘리자베스 출생(2.8.세례). 모친 메리 사망(9.9. 매장). 〈안토니와 클레오파트라〉 등록(5.20). 〈리어 왕〉 양과 악의 중간판본 출판.〈페리클레스〉 집필(1608~1609), 등록(5.20).	시인 존 밀턴 출생. 8월 9일, 국왕극단이 블랙프라이어즈 극장 임대권 매입.
1610 (46세)	윌리엄, 고향에 은퇴. 〈겨울 이야기〉 집필(1610~1611).	2월, 제임스 1세 의회 폐쇄.
1611 (47세)	〈심벨린〉 관극(4월 하순) 기록(점성가 사이먼 포맨). 〈겨울 이야기〉 글로브극장에서 공연(5.15). 〈템페스트〉 집필(1611~1612). 동년 궁정에서 공연(11.1).	흠정(欽定)영역성서 출판.
1612 (48세)	〈헨리 8세〉 집필(1612~3).	태자 헨리 사망.

연도	윌리엄 셰익스피어	시대 배경
1613 (49세)	2월 4일 동생 리처드 매장. 런던 블랙프라이어즈 지구에 140파운드를 들여 게이트 하우스 (Gate-House) 구입.	〈헨리 8세〉 공연 중(6.29) 글로브극장 소실. 곧 재건립 착수.
1614 (50세)	글로브극장 6월 준공(1400파운드 소요됨).	호프극장 건립.
1615 (51세)	〈리처드 2세〉(제5쿼토판) 출판(90월).	조지 채프먼이 호메로스의 『오디세이』 완역.
1616 (52세)	1월 26일경, 윌리엄 유언장 작성. 차녀 주디스가 토머스 퀴니와 결혼(2.10). 유언장 수정, 서명(3.25). 4월 23일 윌리엄 셰익스피어 사망. 스트랫퍼드 홀리 트리니티교회에 매장(4.25). 11월 23일, 토머스와 주디스의 아들 셰익스피어 세례. 『루크레스의 능욕』 출판.	1월 6일 헨슬로 사망.
1623	8월 6일, 윌리엄의 아내 앤 사망(67세). 11월 8일 윌리엄의 전집 첫 폴리오판이 셰익스피어의 동료배우들인 존 헤밍스와 헨리 콘델에 의해 출판.	

셰익스피어 가계도

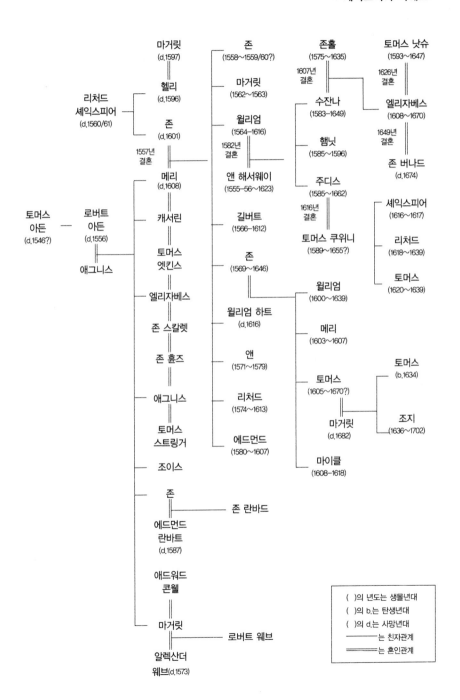

( )의 년도는 생몰년대
( )의 b.는 탄생년대
( )의 d.는 사망년대
────는 친자관계
════는 혼인관계

장미전쟁 역사극의 가계도

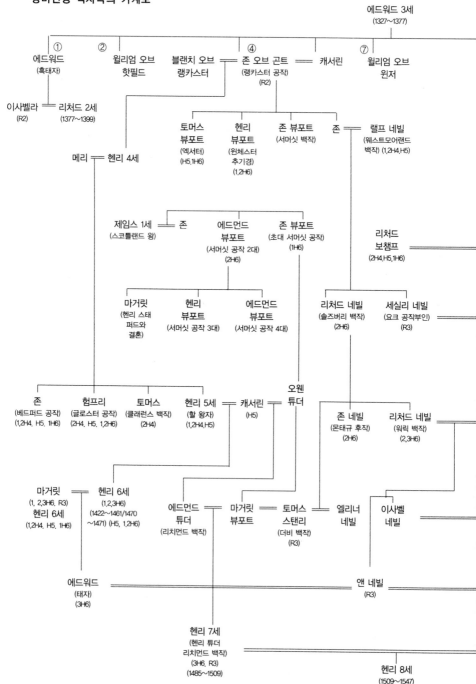

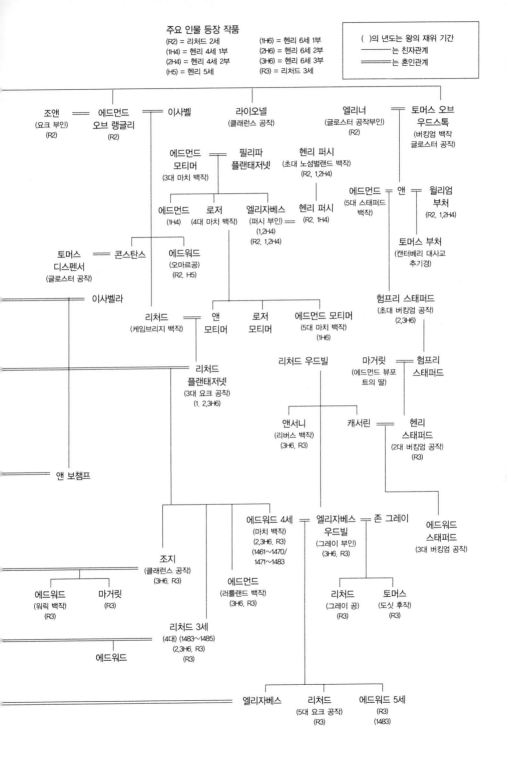

주요 인물 등장 작품

(R2) = 리처드 2세
(1H4) = 헨리 4세 1부
(2H4) = 헨리 4세 2부
(H5) = 헨리 5세

(1H6) = 헨리 6세 1부
(2H6) = 헨리 6세 2부
(3H6) = 헨리 6세 3부
(R3) = 리처드 3세

( )의 년도는 왕의 재위 기간
——— 는 친자관계
=== 는 혼인관계

조앤
(요크 부인)
(R2)

에드먼드
오브 랭글리
(R2)

이사벨

라이오넬
(클래런스 공작)

엘리너
(글로스터 공작부인)
(R2)

토머스 오브
우드스톡
(버킹엄 백작
글로스터 공작)

에드먼드
모티머
(3대 마치 백작)

필리파
플랜태저넷

헨리 퍼시
(초대 노섬벌랜드 백작)
(R2, 1,2H4)

에드먼드
(5대 스태퍼드
백작)

앤

윌리엄
부처
(R2, 1,2H4)

에드먼드
(1H4)

로저
(4대 마치 백작)

엘리자베스
(퍼시 부인) ==
(1,2H4)
(R2, 1,2H4)

헨리 퍼시
(R2, 1H4)

토머스 부처
(캔터베리 대사교
추기경)

토머스
디스펜서
(글로스터 공작)

콘스탄스

에드워드
(오마르공)
(R2, H5)

이사벨라

리처드
(케임브리지 백작)

앤
모티머

로저
모티머

에드먼드 모티머
(5대 마치 백작)
(1H6)

험프리 스태퍼드
(초대 버킹엄 공작)
(2,3H6)

리처드
플랜태저넷
(3대 요크 공작)
(1, 2,3H6)

리처드 우드빌

마거릿
(에드먼드 뷰포
트의 딸)

험프리
스태퍼드

앤 보챔프

앤서니
(리버스 백작)
(3H6, R3)

캐서린 ==

헨리
스태퍼드
(2대 버킹엄 공작)
(R3)

에드워드 4세
(마치 백작)
(2,3H6, R3)
(1461~1470/
1471~1483)

엘리자베스
우드빌
(그레이 부인)
(3H6, R3)

존 그레이
(3H6, R3)

에드워드
스태퍼드
(3대 버킹엄 공작)

조지
(클래런스 공작)
(3H6, R3)

에드먼드
(러틀랜드 백작)
(3H6, R3)

리처드
(그레이 공)
(R3)

토머스
(도싯 후작)
(R3)

에드워드
(워릭 백작)
(R3)

마거릿
(R3)

리처드 3세
(4대) (1483~1485)
(2,3H6, R3)
(R3)

에드워드

엘리자베스

리처드
(5대 요크 공작)
(R3)

에드워드 5세
(R3)
(1483)

영국 왕가 족보 (1)

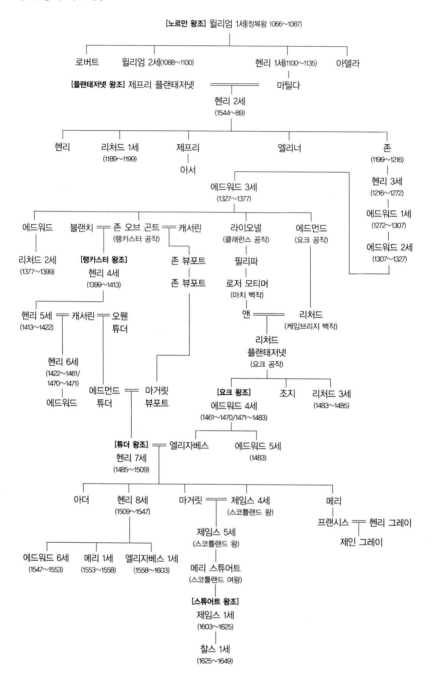

[노르만 왕조] 윌리엄 1세(정복왕 1066~1087)

로버트　윌리엄 2세(1088~1100)　　헨리 1세(1100~1135)　아델라

[플랜태저넷 왕조] 제프리 플랜태저넷 ══ 마틸다

헨리 2세
(1544~89)

헨리　리처드 1세　제프리　　　엘리너　　　　　존
　　　(1189~1199)　｜　　　　　　　　　　(1199~1216)
　　　　　　　　　아서

에드워드 3세
(1327~1377)

헨리 3세
(1216~1272)

에드워드 1세
(1272~1307)

에드워드 2세
(1307~1327)

에드워드　블랜치 ══ 존 오브 곤트 ══ 캐서린　라이오넬　에드먼드
　　　　　　　　(랭카스터 공작)　　　(클래런스 공작)　(요크 공작)

리처드 2세　**[랭카스터 왕조]**　존 뷰포트　필리파
(1377~1399)　헨리 4세
　　　　　(1399~1413)　존 뷰포트　로저 모티머
　　　　　　　　　　　　　　　　(마치 백작)

헨리 5세 ══ 캐서린 ══ 오웬　　　앤 ══ 리처드
(1413~1422)　　　　　튜더　　　　　　(케임브리지 백작)

헨리 6세　　　　　　　　리처드
(1422~1461/　　　　　　플랜태저넷
1470~1471)　에드먼드 ══ 마거릿　(요크 공작)
　｜　　　　튜더　　뷰포트
에드워드

[요크 왕조]　조지　리처드 3세
에드워드 4세　　　　(1483~1485)
(1461~1470/1471~1483)

[튜더 왕조] ══ 엘리자베스　에드워드 5세
헨리 7세　　　　　　　　(1483)
(1485~1509)

아더　헨리 8세　　마거릿 ══ 제임스 4세　　메리
　　(1509~1547)　　　　　(스코틀랜드 왕)
　　　　　　　　　제임스 5세　　프랜시스 ══ 헨리 그레이
　　　　　　　　(스코틀랜드 왕)
에드워드 6세　메리 1세　엘리자베스 1세　　　　　　제인 그레이
(1547~1553)　(1553~1558)　(1558~1603)　메리 스튜어트
　　　　　　　　　　　　　　(스코틀랜드 여왕)

[스튜어트 왕조]
제임스 1세
(1603~1625)

찰스 1세
(1625~1649)

영국 왕가 족보 (2)

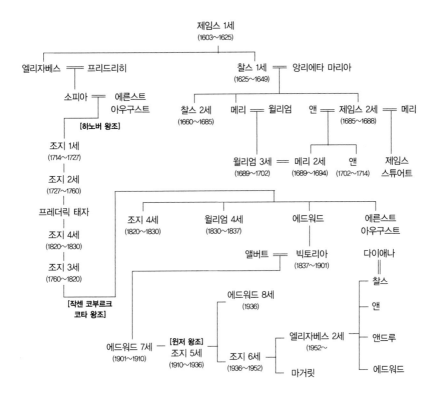

제임스 1세
(1603~1625)

엘리자베스 ══ 프리드리히   찰스 1세 ══ 앙리에타 마리아
                                (1625~1649)

소피아 ══ 에른스트   찰스 2세   메리 ══ 윌리엄   앤 ══ 제임스 2세 ══ 메리
          아우구스트   (1660~1685)   (1685~1688)
[하노버 왕조]

조지 1세   윌리엄 3세 ══ 메리 2세   앤   제임스
(1714~1727)   (1689~1702) (1689~1694) (1702~1714) 스튜어트

조지 2세
(1727~1760)

프레더릭 태자   조지 4세   윌리엄 4세   에드워드   에른스트
                  (1820~1830) (1830~1837)   아우구스트
조지 4세
(1820~1830)   앨버트 ══ 빅토리아   다이애나
                                      (1837~1901)   ║
조지 3세   찰스
(1760~1820)
                          에드워드 8세   앤
[작센 코부르크   (1936)
 코타 왕조]   엘리자베스 2세 앤드루
                                         (1952~)
          에드워드 7세 [윈저 왕조] 조지 6세   에드워드
          (1901~1910) 조지 5세   (1936~1952)
                      (1910~1936)   마거릿